世襲のどこ…………どこの馬の骨かもわからない
サラリーマ…………り、さらには息子を社長にす
る「エセ世襲…………ずばかりではないか。

「これが…………

…………希望を捨ててはいけません。
優れた人材が自ら残りたい国にすればいい」

その内容は悪質そのものだった。常習的に、排ガスに含まれる一酸化炭素濃度の計測やサイドブレーキの制動力チェックなど、必要な項目を検査することなく車検を通していた。抜き打ち検査では、異常値が出た項目の書き換えまで行っていたことが明らかになり、不正を行っていた店舗には、国から指定自動車整備事業者の認定取り消し処分が下された。

「この国が低迷するわけね……。
総理官邸でバカ騒ぎした総理の息子を筆頭に、
右を向いても左を向いてもバカ息子と親バカばかり」

「世襲なんて流行らんよ。
息子やというだけで器量のない人間に跡を継がせても
不幸になるだけや。本人もやけど、会社も不幸や」

「父さん、あなたは亡霊だ」

「EVは心臓よりも〝脳〟が大事なのです。
トヨトミのEVにはまだ脳がない」

外には笑顔を見せながら、会社の中の邪魔者を排除し、メディアの批判を飴と鞭で封印、サプライヤーや販売ディーラーを恫喝する。社外取締役も、トヨトミのメインバンクのOBに経産省OBと息のかかった人間ばかりを揃え、世襲の地固めは万端……しかし気がついたら、日本の自動車産業は、世界から取り残されていた——

創造者と破壊者は、もしかしたら同じ顔をしているのかもしれなかった。

小説・巨大自動車企業

トヨトミの世襲

覆面作家
梶山三郎

小学館

トヨトミの世襲 小説・巨大自動車企業——目次

おもな登場人物

豊臣統一《とよとみとういち》　トヨトミ自動車社長
豊臣清美《とよとみきよみ》　統一の妻
豊臣翔太《とよとみしょうた》　統一、清美の息子。トヨトミの子会社「ＴＲＩＮＩＴＹ」副ＣＥＯ
豊臣凜子《とよとみりんこ》　翔太の妻。関急電鉄の創業家の令嬢で、元・雲雀ヶ丘歌劇団の女優
豊臣新太郎《とよとみしんたろう》　トヨトミ自動車名誉会長。統一の父
豊臣麗子《とよとみれいこ》　新太郎の妻
住谷佳代《すみたにかよ》　名古屋・錦の〝伝説のマダム〟。元・雲雀ヶ丘歌劇団のトップ女優
田臥満津夫《たぶせみつお》　豊臣清美の父。元・三友銀行頭取
林公平《はやしこうへい》　トヨトミ自動車副社長。統一の右腕で事実上のナンバー2
沼平健一《ぬまひらけんいち》　「ＴＲＩＮＩＴＹ」社員。父親はトヨトミ自動車の購買部部長、沼平義雄
飯山夏帆《いいやまかほ》　統一の個人秘書
織田善吉《おだぜんきち》　「織田電子」の創業者。代表取締役会長
織田歳三《おだとしぞう》　織田善吉の三男
星涉《ほしわたる》　織田電子ＣＥＯ。元ヤマト自動車専務執行役員

おもな登場人物

小《こ》梶《かじ》隆《たか》英《ひで》　織田電子専務取締役
高《たか》杉《すぎ》文《あや》乃《の》　日本商工新聞（日商新聞）産業情報部記者
多《た》野《の》木《き》聡《さとし》　日商新聞嘱託記者
安《やす》本《もと》明《あきら》　日商新聞東京本社産業情報部デスク
武《む》藤《とう》エリ　日商新聞デジタル特報部記者
近《こん》藤《どう》晴《はる》彦《ひこ》　日商新聞産業情報部記者
唐《から》池《いけ》真《しん》一《いち》郎《ろう》　ＥＶベンチャー「Ｅフラット」創業者。ヤマト自動車時代の星の部下
佐《さ》伯《えき》泰《たい》造《ぞう》　急成長中の運送会社「ＧＦＬホールディングス」社長
三《み》輪《わ》明《あき》良《ら》　「Ｅフラット」社員。元トヨトミ自動車開発部のエースエンジニア
保《ほ》科《しな》道《みち》康《やす》　レッツトヨトミ名古屋社長
保《ほ》科《しな》圭《けい》吾《ご》　道康の弟
八《や》尾《お》博《ひろし》　経済産業省審議官
塚《つか》原《はら》保《たもつ》　高杉文乃の義兄。「塚原カーサービス」を経営
田《た》所《どころ》誠《まこと》　静岡県・裾沼市の市長

豊臣家系図

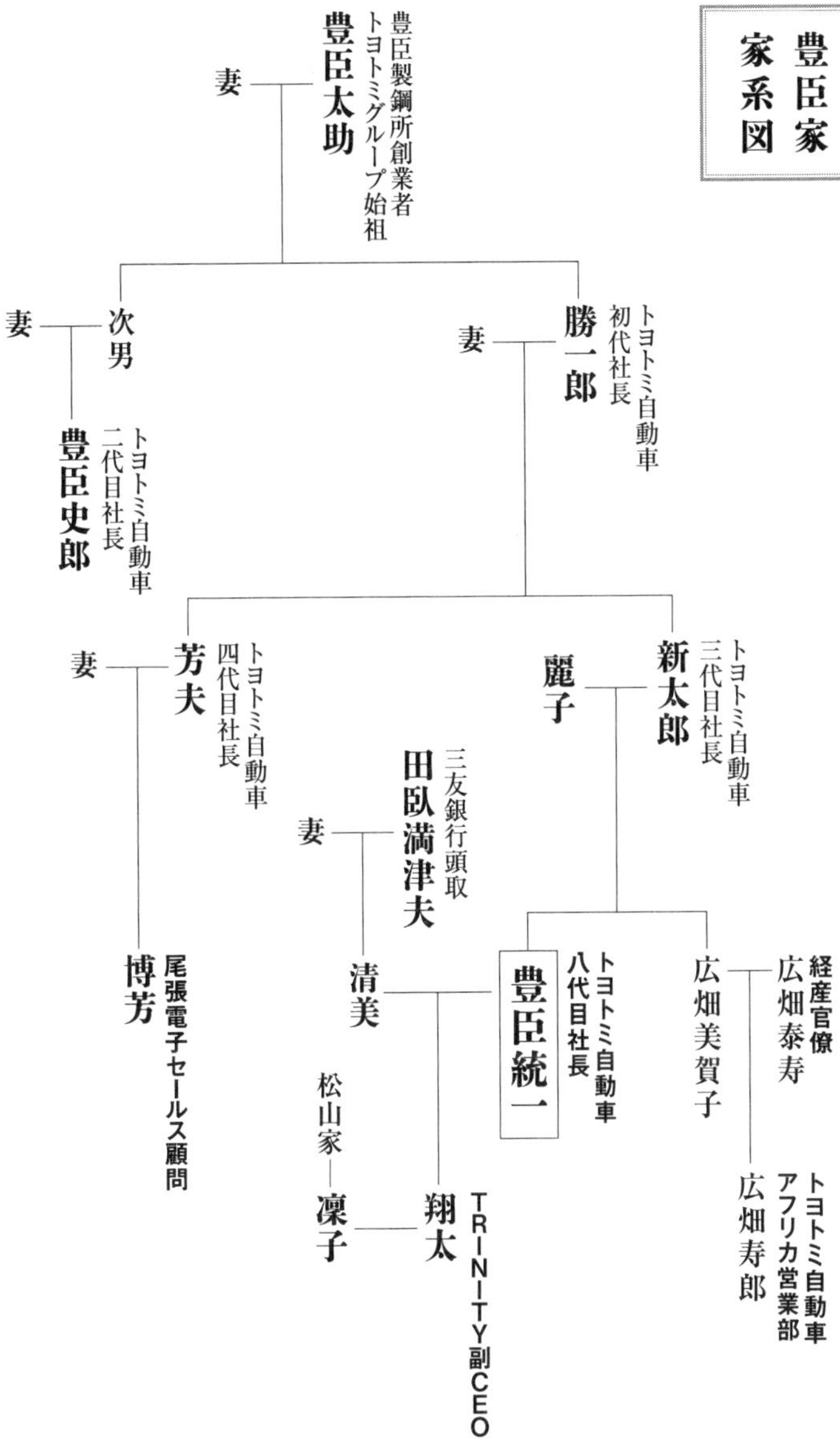

豊臣太助
豊臣製鋼所創業者
トヨトミグループ始祖
妻
勝一郎
トヨトミ自動車初代社長
妻
次男
妻
豊臣史郎
トヨトミ自動車二代目社長
新太郎
トヨトミ自動車三代目社長
麗子
芳夫
トヨトミ自動車四代目社長
妻
田臥満津夫
三友銀行頭取
妻
広畑泰寿
経産官僚
広畑美賀子
豊臣統一
トヨトミ自動車八代目社長
清美
博芳
尾張電子セールス顧問
広畑寿郎
トヨトミ自動車アフリカ営業部
翔太
TRINITY副CEO
凜子
松山家

これまでのあらすじ

シーズン1.

愛知県豊臣市に本社を構える世界的自動車企業、トヨトミ自動車――。

不正を許さず歯に衣着せぬ発言から上司に疎まれたサラリーマン・武田剛平は、フィリピンに左遷されていた。だが、そこで創業一族の豊臣新太郎の知遇を得、日本に帰還する。世襲に失敗し創業以来の危機を迎えた豊臣家に社長を託された武田は、世界に先駆けハイブリッドカー「プロメテウス」の量産を決断する。自動車王国アメリカでのロビー活動、巨大市場中国の攻略など剛腕経営者・武田の鬼神のような活躍で、トヨトミは世界一の企業へと駆け上がっていった。

一方、創業家の御曹司である豊臣統一は、豊臣家の七光りと陰口を叩かれながらも、いつの日か武田剛平を越えようと野心に燃えていた。しかし、武田はトヨトミ自動車を真のグローバル企業にするために「持ち株会社化」を構想。創業一族を経営から排除しようと目論むが……。

シーズン2.

三代続いたサラリーマン社長から王座を奪還した豊臣統一は、世界的な潮流となったEVシフトへの立ち遅れを挽回するため航続距離一〇〇〇キロという画期的なEV「プロメテウス・ネオ」の開発を宣言する。EVのパイオニアであるアメリカのコスモ・モーターズのクルマよりも安価で長い航続距離を持つ「プロメテウス・ネオ」が実現すれば、「ガソリンエンジン車の雄」であるトヨトミはEVでも覇権を握ることができる。しかし、トヨトミ社内では統一の寵愛を受けようとする役員らが権力闘争に明け暮れ、社外では自動車のEV化によって仕事を失う部品サプライヤーたちのトヨトミからの離反が始まっていた……。

装幀　岡　孝治
装画　井筒啓之
編集　加藤企画編集事務所

トヨトミの世襲

小説・巨大自動車企業

序章　策略　二〇二〇年　八月上旬

ウイルス

「このまま黙っていられるか！　あいつらはナメてるんだ」

赤坂――。東京都心を見下ろす高層ビルの最上階にある高級中華料理「龍鳳《りゅうほう》」のＶＩＰルームで男はそう吐き捨てると、グラスの紹興酒をあおった。酒齢五十年の古越龍山は飲み口も香りもまろやかだが、胃に落ちると燠火《おきび》のように身体《からだ》の芯を焼く。歯を剝《む》いて顔をしかめた。目元には怒りが滲《にじ》んでいた。

「マスコミはあんたのお気持ちなんてわからないのよ。期待しちゃダメよ」

相手は男をたしなめた。女言葉だったが、野太い声だった。

「あんた」と呼ばれた男の名は豊臣統一《とよとみとういち》。世界一の自動車メーカー「トヨトミ自動車」を二〇〇九年から率いる社長であり、半導体製造、製鋼、住宅販売、金融、食品加工などありとあらゆる業界に関連会社、子会社を持つ「トヨトミ・グループ」の頂点に立つ人物である。

創業本家の三代目。何かにつけて昭和の名経営者だった父や祖父と比べられ、統一が社長に就任した当時は「社長の器ではない」「いいところ部長止まりだろう」とその能力に疑問符をつける声が大きかったが、リーマンショックや大規模リコール、東日本大震災など、トヨトミを襲った幾多の危機を見事に乗り越えた実績もある。今では日本を代表する経営者としての評価を不動のものにし、「マスコミ嫌いだが注目されるのは大好き」という本人の性分もあって歴代のトヨトミ社長であれば絶対に出演しなかったバラエティ番組にも積極的に出て、お茶の間の認知度も高い。

統一はやり場のない忿懣《ふんまん》を相手にぶちまけた。トレードマークとなっている黒縁の眼鏡が叫ぶような表情の頰に押し上げられた。

「そうは言ってもね、トモコ。彼らは勉強が足りないくせに傲慢なんだよ。とくに日商新聞はひどい。減収減益だと騒ぎたてる前に、ほかに書くことがあるだろう」

「トモコ」とは、円卓の向こうで深々と椅子に身を沈めるドラァグクイーンのトモコ・プリンセスである。身長一八〇センチ、体重一八〇キロ。もともとはゲイ雑誌の編集者だったが、新宿二丁目のママそのままの遠慮会釈のない物言いがテレビでウケて、今はタレントとしてレギュラー番組を八本抱える売れっ子である。

あるバラエティ番組のロケで、トモコがトヨトミ自動車のテストコースを訪ね、統一の運転するトヨトミのスポーツカー「シラヌイ」でサーキットを走ったことがきっかけで親しくなり、今では定期的に食事をして、会社でも家でもこぼせない愚痴を聞いてもらう相談相手となっている。そのトモコは今ではトヨトミ関連の社会福祉法人「トヨトミ福祉財団」の理事も務めている。

「バカ言ってんじゃないわよ。『危機感がなくなるからあまりトヨトミをほめないでくれ』ってメディアに言っていたのはあんたのほうじゃない。そりゃそう言われたらほめないわよ。相手はあんたに忖度《そんたく》してるのよ」

そう言って、トモコは統一の怒りの形相を歯牙にもかけぬ様子でこってりとしたスープに浸った青鮫のフカヒレを箸で二つに割り、大きな口を開けて一つを放り込む。テレビに出るときは、女性オペラ歌手が着るようなロングドレスに白粉《おしろい》と口紅を塗りたくった厚化粧。髪はアップに束ねているが、今日はデニムにTシャツという装いで化粧はしていない。下ろした髪は肘のあたりまで垂れ下がり、口元には無精髭まで生えている。外を歩いていても、トモコだとは誰もわからないだろう。

それはそうかもしれないが、と統一はなおも不服そうな声で言った。

「妙な報道で足を引っ張られたらかなわんよ。このたいへんな時期に」

ガラス張りの部屋の外を目で示す。

眼下には東京の夜景が広がっている。トモコの背後の南側には首都高速が走り、路肩に等間隔に灯《とも》る明かりが、輝くのをやめた大都市の寂しさを際立たせている。動く明かり、つまりクルマのヘッドライトは緊急事態宣言中ほどではないにしろ、それでもきわめてまばらだ。

ゾッとする光景だった。まだ夜の八時を少し回ったばかり。おそらく自分の背後を走る国道二四六号も同じようなものだろう。こんなことが続いたら自動車メーカーはどうなる？　人が家から外に出ない世の中が当たり前になったら。そう考えると胃がきりきりと締めつけられる感覚を覚えた。世の中の変化はあまりに突然で、容赦がなかった。

ことの発端は三ヵ月前。新型コロナウイルスのパンデミックが引き起こす恐怖の連鎖が全世界を覆い尽くしていた五月に遡る。

当時の実業界はこの未知のウイルスの猛威に怯《おび》えきっていた。いったいこの先どうなるのか。見通しはつかず、損失は見当もつかなかった。そんななか世界的自動車メーカーであるトヨトミが決算会見で「翌年三月」の業績予想を発表。「営業利益四〇〇〇億円」という数字を出した。

前年同期の営業利益は三兆四〇〇〇億円。実際には年末になってみないと、そのとおりの着地になるかはわからないが、トヨトミはコロナショックによって利益の約九割を失うと言ったに等しい。

「このコロナ禍の被害がどの程度になるかわからないから、よその会社はみんなビビって業績予想そのものすら出していなかったんだぞ」

統一が言うと、立派だったわよ、とトモコは眉尻を下げて同意した。

「自動車需要も供給能力もどうなるかわからないなかで、それでも黒字の予想を出したんだから。勇気のいることだと思うわよ」

「自動車業界の裾野は広いから……」

統一は、アルコール臭い大きなため息をついた。怒りは収まらなかった。

「サプライヤーは一次、二次、いや三次や四次請けも入れたら何十万人という従業員がいて、そのそれぞれに家族がいる。彼らを不安にさせないためにやったことだ。ほとんどの新聞やテレビはその意義をわかってくれた。わかっていないのは日商新聞だけだよ。経営は数字ではなくて人間の思い、感性、感情だろ。俺がサプライヤーを気遣い、日本経済を思ってやったことを奴らはまったく理解していない！　日商の報道を見ると数字ばかりで頭が痛くなってくるよ。あいつらが活字にするのは〈利益九割減〉だけだ。どうしてもっと右脳的に考えられないんだろう」

決算説明会を思い出し、円卓を拳でガツン、と叩《たた》いた。会見の席で受けた質問が頭に蘇る。

「その四〇〇〇億円は、どれほど当てになる数字なのですか？」

感染症対策を強化すれば、人流や物流が滞《とどこお》り経済はダメージを受け、経済を優先させれば感染症は広まる。このトレードオフのゲームがいつまで続くのかわかる人間など世界中に一人もいない。そんな非常時にもかかわらずあえて発表した数字に対して、まるで何事もなかったかのように投げられた不躾《ぶしつけ》な質問には苛立《いらだ》ちを覚えた。

悪だくみ

トヨトミにしても被害は甚大だ。それでも四〇〇〇億円の利益はなんとしても確保する。「予想」というより「決意表明」に近かった。なぜ連中はこの俺の心意気がわからないのか？　こんな質問、ただのいちゃもんじゃないか。

「日商の連中はしばらくトヨトミの会見は〝出禁〟にしてやったよ。しかし、本当に許せないのはその後なんだ」

「何よ」

「今度はどういうわけかトヨトミに賞を与えたいと言ってきた」

「賞？」

「連中が主催する『日商ＤＸアワード』だとさ。うちが大賞に選ばれたらしい」

やだ、とトモコが分厚い手をばちばちと叩き、天を仰いで笑う。椅子の背もたれが大きく軋《きし》んだ。

「お詫びのつもりかしら。やっすいお詫びねぇ」

「ふだんいい加減なことを書いておいて、今度は賞でご機嫌取りだ。まったく人をバカにするにもほどがある」

ふと、トモコは意味ありげに片方の口角を引き上げると、チリソースがたっぷり絡んだ大ぶりのエビを丸ごと口の中に放り込む。歯応えのある咀嚼音《そしゃくおん》が静かな室内にしばらく続いたが、それを飲み下すと、切れ長の瞳がぎらりと光った。

「殴り込んでやればいいじゃない。授賞式に」

えっ、と思わず聞き返す。相手は湿った笑みを浮かべていた。

「日商にお灸を据えたいんでしょ？　授賞式に飛び入りして、ガツンと言ってやればいいじゃない。向こうは腰抜かすわよ」

怒りを忘れて吹き出した。

「そんなことをしたらそれこそマスコミの格好の餌食になるだけだ。気持ちとしては大いに賛同す

と「さ行」にその名前はあった。

あの人なら相談に乗ってくれるかもしれない。いや、できる。スマートフォンのアドレス帳を開く

根回しって誰に、と口から出かかったが、思い出す顔がある。日商の上層部で話せる関係の人間。

「バカね、根回しはしなきゃダメよ。日商の上層部には話を通しておくのよ」

るがね」

出過ぎたことかもしれないけどさ、とトモコは前置きして言った。

「あたしがこんなことを言うのはね、今回のことだけじゃなくて先々のことも考えてのことなのよ。ほら、翔ちゃんのことがあるでしょ？」

「翔ちゃん」とは、統一の息子・豊臣翔太《とよとみしょうた》である。城南義塾大学を卒業後、アメリカのビジネススクールで経営を学びＭＢＡを取得。外資系証券会社に数年間勤めたのち、帰国してトヨトミに入社した。

統一自身の経歴をそっくりトレースするかのようなキャリア。となるとその先は当然、トヨトミの社長が視界に入る。

「あの子が社長になったら、またマスコミはあることないこと書くわけじゃない。あたしならイヤよそんなの。辞めたくなっちゃう」

「世襲で社長になる出来の悪い惣領《そうりょう》息子を守るためにも、今のうちにトヨトミの怖さを連中に植えつけておけ、ってことか」

「そこまで言ってないわよ！」とトモコは慌てて否定した。

世界的自動車メーカーであるトヨトミは、創業以来社長の座は数人の例外を除き、一族の間で承継してきた。世襲に対する世間の風当たりが厳しいのはわかっていた。何より「世襲で社長になった出来の悪い惣領息子」とは、統一自身が嫌というほど言われてきたことだった。

それだけに翔太の現状は歯痒《はがゆ》い。

トヨトミの車載用ソフトウェア開発の部署でマネジメントを担当しているのだが、目立った功績はなし。それどころか聞こえてくるのは西麻布や六本木で「トヨトミニュース」と称するオウンドメディアに出演する歌舞伎役者と遊んでいたとか、ハデな女子大生と〝ギャラ飲み〟しているのをＳＮＳでライブ配信されていたというような目撃情報ばかりである。今の翔太と同じ三十代前半だった頃の自分はあれほど幼くなかったと思うのは過去を美化しすぎだろうか。

「クルマのソフトウェアを開発する工程を翔太さんが効率化しました。やはり翔太さんにもトヨトミが誇る〈カイリョウ〉の血が流れていますな」とおべっかを使ってくる役員もいる。

ＫＡＩＲＹＯ——そのまま英語になって経営学の教科書にも掲載されているトヨトミ・システムのことだ。徹底した合理化と効率化で、コストダウンを図り、利益を出してきたトヨトミのお家芸である「カイリョウ」の哲学を翔太が受け継いでいるのは嬉しい限りだが、そこは将来の社長であるる。重箱の隅をつつくような仕事ではなくもっとスケールの大きなことに取り組んでほしいという気持ちも拭えない。

「本来なら役員に上がっても誰からも文句が出ない実績を作ってほしいんだがな、親としては」

そこは翔ちゃんががんばらなきゃいけないところだけど、とトモコは前置きして言った。

「日本一、いや世界一の会社の社長人事よ、どこからも文句が出ないことなんてありえない。地固めは必要よ。芸能界でも敵が多いとふとしたことで引きずり下ろされるのよ。人気者がスキャンダルの餌食になるのなんて、たいていはやっかみよ。やっかみは怖いわよ」

「トヨトミにそんなに敵はいないよ。マスコミの連中は別だがね」

「だからあんたはお坊ちゃんなのよぉぉ！」

トモコが分厚い手のひらを顔の前で振った。

「ふだんから製品を安値で買い叩かれてるサプライヤーは今回の利益九割減で溜飲を下げてるわよ。ざまあみろと思ってるわよ」

言葉に詰まってしまう。トヨトミはサプライヤーにそんなに憎まれているのだろうか？　トモコのほうを見やるとしたり顔だ。

「といっても、サプライヤーはまだいいのよ。どんなに憎んだところでトヨトミなしじゃ生きていけないんだから。用心しないといけないのはむしろ社内のほうね」

死角から伸びてきた手に肩をつかまれたように、統一はぴくりと身体をこわばらせた。社長就任以来、常に頭の片隅に居座り、引き際と事業承継が視野に入ってきた今、次第に大きく膨らんでいく「懸念事項」を、不意にトモコが射抜いたのだった。急速に酔いが覚め、冷え冷えとした意識の底に、いくつかの顔が浮かんだ。

「社内？」

トモコは顎の肉を揺らしてうなずいた。

玉座を譲る前に

アンタにこんなことを言っても釈迦に説法でしょうけど、と前置きしてトモコは言った。

「翔ちゃんを社長にするって、しょせんは〝絵空事〟なのよ」

トモコが言いたいことは痛いほどわかった。

統一が思い描いている翔太への世襲は、既定路線ではあるものの、けっして約束されたものではない。トヨトミ自動車の創業家である豊臣一族によって社長の座が承継されることは、法的にはなんら担保されていないのだ。

統一自身、巨大企業となったトヨトミの株のわずか〇・一パーセントしか持っていない。豊臣一族全体でもわずか二パーセントしか持っていないのだ。にもかかわらず、巨大企業の玉座に君臨する豊臣家は、「法」ではなく、社員が仰ぎ見る「旗」となってトヨトミを統治する奇妙な存在である。戦国時代の武将が先陣に立てた馬印のように。

おそらくは、玉座を息子に譲る前にまずは取締役にして、下から這《は》い上がってきたサラリーマンの中からワンポイントの社長を据えることになるだろう。しかし、翔太を社長にするときに周りが諸手をあげて賛成してくれる保証などまったくない。それをトモコは絵空事と評したのである。

事実、豊臣家の一大危機となった事件があった。一九九〇年代に画策されたトヨトミの「持ち株会社化構想」は、前近代的な統治システムの隙を突き、創業一族を経営と切り離そうとした一種の「クーデター」だった。謀叛《むほん》の首謀者は、豊臣一族ではないサラリーマン、つまり豊臣家から言えば「使用人」であった当時の社長・武田剛平《たけだごうへい》である。

武田の目論見は事前に露見し、統一の父・豊臣新太郎《とよとみしんたろう》によって阻止されたが、豊臣一族にとっては今も忘れえぬ苦い記憶である。当時も今もトヨトミの株主構成は変わっていない。海外のファンド、メインバンクや主要株主に密かに根回しをし、さらに世論を味方につけて役員会で社長解任のクーデターが起こされたらひとたまりもない。

しかし、と統一は思う。創業一族による経営の承継、つまり世襲のどこがいけないのか。いまの日本の企業は、どこの馬の骨かもわからないサラリーマンあがりの社長が三十年もトップに居座り、さらには息子を社長にする「エセ世襲」で上場企業を私物化している恥知らずばかりではないか。総合印刷会社の帝国印刷、エネルギーの帝都ガス、空調メーカーのオオキン……。

それに比べれば、創業一族は先祖代々ロイヤリティ高く心血を注ぎ王国を築き上げてきたのだ。玉座を血統で継承して何が悪いのか。

「おいおい、役員連中は信頼の置ける人間を揃えているつもりだ。不安にさせるなよ」

冗談めかして言ってみたが、喉に刺さった小骨のようにトモコの「絵空事」という言葉が脳裏から離れなかった。たしかに、腹心の部下として仕えてくれる役員はいた。しかし、腹の底で何を考えているかなどわからない。

「人間には家族と使用人と敵の三種類しかいない」

それが統一の、そして豊臣家の人間観だった。

そんな統一の心を見透かしたようにトモコがぼそりとつぶやく。

「あんたが絶大な信頼を置いている、副社長の林さんは怪しいわねぇ」

トモコを見返す視線が意図せず険しいものになった。トヨトミの副社長・林公平《はやしこうへい》は統一がアメリカの証券会社を辞めてトヨトミにひとりの新入社員として入社したときに上司として仕えた間柄だ。創業家の惣領息子である統一を忌憚《きたん》なく叱りとばし、戒め、厳しく鍛える上司だったが、自分に媚《こ》びへつらいながら裏で陰口を叩くほかの連中よりもよほど信頼を置けた。関連会社の尾張電子で副会長を務めていた林をあえてトヨトミ本体に呼び戻し、二〇一七年には役員定年を過ぎた七十歳という年齢で副社長に据えたのは、その信頼によるものだ。

これは新宿二丁目で生きてきたあたしの勘だと思って聞いてちょうだい、とトモコは前置きして言った。

「一見、従順な〝使用人〟。だけど、あたしの見立てでは野心は人一倍ね。隙を見て寝首を搔くなんて朝飯前よ。キャリアの終わりが見えている今だから怖いのよね。長年仕えたあんたに牙を剝いて〝最後の一花〟を狙っていてもおかしくないわ」

バカ言え、と苦笑したが、内心では笑っていなかった。

トモコは皮肉っぽい表情を崩さず、「あんたの遊び仲間の寺内も論外よね」と別の側近の名前を出した。

林がかつての上司であり指導役《メンター》だとしたら、同じく副社長の寺内春人《てらうちはると》は統一にとって長年の部下である。統一のためならたとえ火の中水の中という忠誠心を買って、自分が出世の階段を登るたびに一緒に引き上げてきた。

「口の悪い新聞記者は、上司にくっついて出世することだけに長《た》けた〝プロ部下〟ってバカにしてるわ。でもあの手の小判ザメは、保身術だけは一流。役員会でクーデターが起こった時に、これまでの忠誠心をひっくり返さなければいいけど。あんたが引き上げてやった広報担当役員の永山だって、損得で動く男よ。寝返ったほうが得なら寝返ることを厭《いと》わないわ」

ふと、無数の見えないナイフが自分の背中に向けられているような感覚を覚えた。林が、寺内が、永山が、そして自分に忠誠を誓うその他の役員の面々がそれぞれにナイフを持ち、その切っ先を自分に向けていた。

取締役会議で社長の解任動議が賛成多数で可決され、すごすごと役員会議室から退場する光景が浮かんだ。

「何よりね、あんたがしっかりしないといけないのよ」

トモコの太い声でハッと我に帰った。

「そうだな。先のことはともかく、今の社長は私だ」

探るような細い目がこちらに向けられた。

「ところで、いつからトヨトミの社長室は本社から豊橋に移転したのよ。また若い女を囲っているんでしょう。そんなことにうつつを抜かしていて、心配になっちゃうわよ」

「おいおい、誰がそんなことを」

「筒抜けよ。あんたの女好きは病気ね」

トモコの言うことは図星だった。トヨトミの関連イベントに出入りしていたコンパニオン派遣会社の経営者兼コンパニオンだった女を気に入った統一は、彼女を個人秘書にした。三河湾に臨む豊橋にあるトヨトミ自動車の役員専用研修施設「友愛」に、控えの間付きの執務室を設け、隣の部屋には大きなベッドルームをこしらえた。彼女には「社長室秘書」の名刺を与え、ふたりで豊橋で過ごし、どこへ行くにも彼女を同伴させている。はじめのうちこそ豊橋からヘリコプターで本社に出勤していたが、今ではよほどのことがない限り、終日この施設で仕事をしている。名古屋市内の自宅に戻らない日も多い。

「息抜きさ。目くじら立てるな」

鼻で笑って強がった。

「あたしが知っているってことは、翔ちゃんだって知っているわよ。どうするのよ」

「どうするも何も、このくらいのことはあいつだってやっているさ」

知らないわよ、どうなっても、とトモコはデニムの尻のポケットから取り出した葉巻入れから一本取り、吸い口をカットして火をつけた。弱々しい紫煙が一本の糸のように天井に向かってのぼっていった。

「あたし、ちゃんと言ったからね。くれぐれも地固めは抜かっちゃだめよ」

地固めか、と内心でつぶやき、もう一度東京の夜景に視線を向けた。自動車は東京の大動脈たる首都高速を流れる血液だ。だがその血液は切れ切れに、もはや枯渇しかけていた。
たしかにやっておくべきだろう。血を絶やさぬためだ。

第一章　神籤　二〇二〇年　八月下旬

父の霊感

京都洛中の鬼門の方角から若狭湾に向かう鞍馬《くらま》街道は貴船川と交わり縫うようにして山間《やまあい》に入っていく。八瀬《やせ》をすぎたあたりの街道筋にある「九十九龍大社《つくもたいしゃ》」の境内を竹箒《たけぼうき》で掃いていた宮司は、少し前から禿頭《とくとう》にぽつぽつと落ちはじめ次第に大きく激しくなっていく雨粒に、手を止めた。

京都の夏は暑い。加えて今日は昼前から東に切り立つ比叡山の向こうまで分厚い雲がたちこめ、空にふたをしたかのように暑気の逃げ場がなかった。境内は耐えがたい蒸し暑さだ。周りに誰もいないということでマスクは顎に引っかけていたが、それでもわずらわしい。遠くで雷が低く喉を鳴らした。

「こりゃあかん。ゲリラ雷雨がくる。掃除はもうやめや」

雨脚が急に強くなった。宮司はつぶやき、社務所に引き上げようとしたところで、境内から石段を降りた先の駐車場のほうで短くクラクションが鳴った。

平日の日中に参拝者はほとんど来ない。誰だろう。作務衣《さむえ》の袖で雨を避《よ》けながら、音のほうに小走りで駆けていくと、石段の下にスカイブルーのフローラが見えた。トヨトミ自動車の大衆車である。今朝までの晴れわたった空を吸い込んだかのような、鮮やかな青だった。

やはり社長やったか。宮司は石段を降りて行こうとしたが、クルマのエンジンが止まり、近づいてくる足音を聞くと、思い返して竹箒で先ほどよりも熱心に地面を掃き始めた。玉砂利を敷きつめた境内にはすでに濁った水が浮いていた。

「ええ心掛けやな。こんなに降っとるのに」

作務衣が雨水を吸いきれず、袖から滴《したた》る。車から降りてきた人物がようやく姿を現した。織田善吉《おだぜんきち》。日本を代表する電機メーカー「織田電子」の創業者であり、七十六歳のいまなお会社のCEOである。

運転手に傘を持たせ、半袖シャツの胸ポケットからクルマと同じ色の空色のハンカチを出して、額に滲む汗を拭いている。ネクタイとカフスボタンも空色で統一され、眼鏡のモダン部も空色だ。この色は織田電子のコーポレートカラーなのだそうだ。

「ありがとうございます。掃除だけは雨でも雪でも欠かさんのです」

「そうやで、掃除と挨拶、整理整頓。凡事徹底してやらせているおかげでうちの会社は成長よし・収益よし・株価よしの3Yや」

本当は掃除するのは晴れた日だけの宮司だったが、織田は満足そうに微笑《ほほえ》んだ。

しかし、たかだか二〇段ほどの石段を登るのにずいぶん時間がかかったものだ。参拝に来るたびに口うるさく境内のここが汚い、ここにホコリが落ちているだのと重箱の隅をつついて叱言《こごと》を並べるため少々疎《うと》ましくもあったが、織田はこの神社の開祖である父の代からの信者だ。これまでの寄進の総額は軽く「億」を超える。石段のふもとの大鳥居も境内の手水舎《ちょうずや》も織田からの寄進で新調させてもらった手前、多少のことは我慢せねばなるまい。雨を冒して掃除をしている健気《けなげ》な姿を見せようとしてすっかりずぶ濡れになってしまった宮司は、うらめしそうに織田を見た。五〇年にわたって経営の第一線を走り続けてきた織田の足腰も、七十代半ばを過ぎてさすがに弱ってきたかと頭をよぎったが、すぐに宮司は、そうではないと思い直した。

若い頃から織田は「わしがケガでもしたら、会社が回らん」が口癖の、超ワンマン経営者である。自分がいなくなったら即座に会社が傾くと信じ込んでいるため、どんなに急いでいても階段はゆっくり慎重に昇り降りしていた。それは織田電子がまだ小さな町工場だった頃も、売上高一兆円を超え、世界各地に拠点を広げた今でも変わらない。


「いつものやつを頼むで！」

社務所に入ろうとしていた織田に呼ばれ、宮司はようやく雨ざらしから解放される。そそくさと後を追った。

はい、いつものです、と社務所の奥から蠟燭《ろうそく》の束を手渡すと、織田は椅子に腰掛けた。長机の上で一本ずつ念を込めるようにゆっくりと筆ペンで名前を書いた。自分の名前、妻の名前、三人の息子の名前……。それらの蠟燭に火をつけて外の蠟燭台に立てるのが、この神社では加持祈禱となる。昔は織田本人と家族と会社の名前だけ、合計六本で足りたが、今ではグループ企業が増え、数年前に大学と病院を買収し、蠟燭の数は一二本に達している。

雨はさらに強まり、外の玉砂利を激しく打ちつけていた。二、三度稲妻が光り、雷鳴が空気をかすかに震わせたが、織田は脇目もふらず、蠟燭に名前を書いていた。

「あの、すごい雨ですが、本当にいつもどおり参拝されますか？」

おそるおそる宮司は尋《たず》ねた。蠟燭を立ててたら、外の本殿の周りを九周回ってから一礼二拍手するのが九十九龍大社の作法である。

「当たり前や、これしきの雨で」

蠟燭を見たまま短く返した織田は、ふと手を止めてこちらを向いた。

「あんた、何歳になった」

「今年、四十七になります」

「一九七三年生まれやな。わしが会社を興した年や。何があったか知らんやろ？」

はあ、とどちらともつかない返事をした宮司だったが、すぐに頭の中で年表を思い浮かべた。

「オイルショック、ですか」

「そうや、世の中は大騒ぎ、景気は大減速。そんな中での船出や。最初は苦しかったが、ここのご利益で乗り切った」

その話は開祖である父から聞いたことがある。宮司は若い出仕《しゅっし》が淹《い》れた熱いほうじ茶を、織田のかたわらに置いて言った。

「〈お告げ〉があったそうですね」

琵琶湖に臨む滋賀県近江八幡《おうみはちまん》市にあった実家の納屋を改装して「工場」にし、家電製品向けモーターの製造で起業した織田だったが、創業間もない頃はなかなか注文が入らず、資金が底をつき不渡りを出しかけたことがあった。

このままでは倒産してしまう。藁《わら》にもすがる思いで、伝手《つて》をたどってこの神社を訪ねたところ、父から「大事ない。節分まで耐えよ。そこで運が開ける」と助言を受けたという。

自分の生命保険の証書を担保に銀行から金を借り、なんとか倒産をまぬかれ事業を継続した織田電子のもとに、アメリカのコンピュータ最大手のＵＢＭからパソコンのハードディスクを駆動する小型モーターの大口発注が入ったのは、二月四日。節分の翌日のことだったという。

そのときから織田は父に心酔し、経営が行き詰まると必ずこの神社にやってきては、本殿の裏に父が構えていた庵《いおり》で話し込んだ。不思議なことに父のお告げはことごとく的中し、織田は危機を乗り越えた。父が死んだ今でも、織田は月に一度は必ずこの神社に参拝に訪れている。

「アジア通貨危機のときもリーマンショックのときも、東日本大震災のときも大変やった。会社経営ちゅうのはピンチの連続や。そのピンチをチャンスに変えて織田電子は成長してきたんや。これしきの雨がなんぼのもんじゃ」

「社長にとっては、このコロナもチャンスですか？」

織田は答えなかったが、マスクの下の口元に不敵な笑みを浮かべたのがわかった。

「コロナで事業拡大を控える会社があるが、わしに言わせれば何もわかっていない。こういうときに事業を広げれば設備投資は安くあがる。アホな経営者のせいで傾いた会社から優秀な人材が出てくるから採用も大助かりや。どんな時でも使わなあかん金がある。カットしたらあかん金がある。設備投資と採用や。風が吹いているならなおさらやで」

風、と聞き返した宮司に、織田は悠然と答える。

「モーターにはコロナごときでは止まらん追い風が吹いとるよ。環境規制の強化のおかげでクルマはガソリンとエンジンの時代から電気とモーター、ＥＶの時代やで」

そういえば世の中、ＥＶ、ＥＶと騒がしいですね、と水を向けると、織田は眼鏡の奥の瞳を細めた。

「ＥＶのキモはバッテリーやとみんな言うとるが、そうやない。モーターや。うちは今、クルマに載せるモーターを開発しとる。いずれトヨトミ自動車も、ヤマト自動車も、ドイツのドイチェファーレンも、アメリカのウォードも、世界中のクルマが織田電子の〈Ｏｄｅｌ（オデル）〉のマークの入ったモーターを積むようになるよ。今は売上高一兆円。十年後は一〇兆円や」

強烈な霊感の持ち主として評判だった父には、不渡りを出しかけた零細企業の青年経営者が一兆円企業を作り上げる未来が見えていたのだろうか。しかも一兆円では飽き足らず、今度は一〇兆円と言っている。

年齢的にいって、織田が第一線にいられるのもせいぜいあと十年だろう。十年で一〇倍。そんなことが可能なのか見当もつかない。父の霊感は自分には受け継がれなかった。

後継者の条件

「見てみい、神さんはわしの味方よ」

織田が天を指さした。雨が玉砂利を叩く音が和らぎ、境内に面した窓からは日光が差し込んでいた。ほな、行ってくるで、と織田は蠟燭を束ねて立ち上がった。

社務所を出て火をつけた蠟燭を外の祭壇に立てると、織田はいつものように本殿の外周をしっかりとした足取りで回りはじめた。社務所の庇《ひさし》の下でそれを眺めていた宮司は、足腰が弱ったというのはやはり自分の思いすごしだったか、と安堵した。会社を率いて半世紀。いまだ衰えない活力と、執念にも似た事業への熱意はすさまじい。

倒産寸前の土俵際を踏みとどまった織田にはその後も何度も信じられないことが起きた。父のお告げにしたがって出張に向かう飛行機を変更したところ、本来乗るはずだった飛行機が墜落し、九死に一生を得たこともある。

織田は父のお告げのおかげだと言うが、もともと織田本人が強運の持ち主なのだ。失敗もあれば挫折もあったのだろうが、それでもブルドーザーのように正面から困難に突き進む。断じて行えば鬼神も之《これ》を避く——致命的な出来事は織田を避けて通る。宮司は織田を見ていると、功を成す人間はかくあるもの、という実例を見せつけられている気がする。

「三十八番や」

参拝を終えて戻ってきた織田は、額に浮かぶ汗の粒を空色のハンカチで拭いながら、本殿の賽銭箱の脇に置いた神籤《みくじ》筒から引いたみくじ棒を差し出してきた。

「会社もええですけど、お身体のほうも気いつけんと。いつまでも若くないんやから」

宮司は三十八番のみくじ箋《せん》を出しながら、織田を気遣った。この神社のおみくじは「大吉」「小吉」といったものではなく、守り神である「九十九龍」からのお告げが書かれている。安心せえ、と織田は椅子に腰を下ろす。

「死ぬまでCEOをやるつもりやったんやけど、それはなくなりそうや」

「定一さんですか？　それとも啓二さん？」

あかん、あかん、と織田は手を振った。

「二人とも一兆円企業を率いる器量はないやろ。息子らに継がせたら私らの老後が台無しになると言って、女房も大反対や。二人ともまともなええ子らやけどな、まともな神経では大企業の舵取りは務まらん。頭のネジが二、三本飛んでるくらいのほうがええんや」

「では歳三さんも？」

三男の名前を出してみたが、織田は首を振った。

「世襲なんて流行《はや》らんよ。息子やというだけで器量のない人間に跡を継がせても不幸になるだけや。本人もやけど、会社も不幸や」

織田の三人の息子のうち、上の二人はそれぞれ会社を経営している。東京を拠点にしているため織田ほど頻繁に来るわけではないが、それでも年始や盆には参拝に来てくれていた。しかし、末っ子の歳三については何も知らない。子どもの頃は一家で参拝に来たものだが、最後に会ったのはいつだったか。

ビジネスの世界には疎い宮司だったが、一兆円企業ともなれば世の中の関心は高い。創業社長である織田の後継者問題はたびたび新聞で取り沙汰されていたし、織田がこの神社の信奉者であることを知って取材にやってくる記者もいた。

「ええのがおるんや。ものづくりをわかっとるし、製造現場にも詳しい。経営の経験はまだ浅いが、それはわしを見て勉強すればええ。すぐものになるで」

にわかに織田の口調が熱を帯びた。

「何より、苦労しているのがええ。ええとこのお坊ちゃんに経営は無理や。大事なところで逃げるし、人の気持ちもわからない。そこへいくと、あいつは苦学している。後継者を長いこと探し回ってきたが、あいつしかおらんと思っとるよ。まずはＥＶ向けモーターの事業を任そうと思っとるんや」

そろそろ行くで、と立ち上がった織田だったが、

「そうや、本題を忘れるところやった」

とこちらを振り向いた。

「明後日からその男が出張や。ご祈禱を頼むわ」

出張で乗るはずだった飛行機が墜落して以来、織田は出張中の安全とビジネスの成功を期すため

に祈禱を依頼してくる。その日程に合わせて、宮司は本殿の中で、織田が向かった方角に連日祈禱を行うのである。

しかし、自分以外の出張の祈禱を頼んでくるのは初めてだった。よほどその人物に惚《ほ》れ込んでいるらしい。

「承知しました。どちらへ？」

「中国や。詳しいことは話せんが、大事な出張やしコロナに罹《かか》ったら大変やから念入りにな」

うやうやしく頭を下げた宮司を尻目に、社務所を出ていこうとしたところで、織田は先ほど引いたみくじ箋を見せた。

「ここのおみくじは本当によう当たるな。内心を見透かされている気がするで」

そう言うと、織田は豪快に笑い、それから少し咳き込んだ。社務所の外に控えていた運転手を引き連れて、境内を出ていった。

みくじ箋には、こう書かれていた。

侮るなかれ　おごれるものを神は見捨てる

織田は負けん気が強いだけだ。けっして慢心するような人間ではない。

社務所に残された宮司は、しばらくしてから外に出た。空はすっかり晴れ渡り、強い日差しが雨に濡れた境内を蒸していた。

ほら見ろ。社長は大丈夫や。

織田が立てた蠟燭からは、どれも蠟が一筋になって垂れ落ち、蠟燭はさながら背にせりあがったウロコを持つ龍に見える。

この九十九龍大社の吉兆の証《あかし》だった。

F－35

オホーツク海上空に出現したフライトプランが把握できない国籍不明機をレーダーが捉えた。謎の飛行体は二機、いずれも日本の防空識別圏を越えて日本海を南下してくる。若かりし日に研修で配属されていた航空自衛隊・三沢基地にスクランブルの命令が入り、アラームが鳴り響く。二等空尉の星渉《ほしわたる》は、同僚たちとともに全速力で戦闘機の格納庫に走る。

最新鋭のＦ－35戦闘機のコックピットに飛び乗ると同時に、エンジンマスタースイッチを入れジェット燃料始動装置を作動させると、機体に生命が宿る。耳をつんざく爆音と爆風が格納庫の内壁を圧する。

緊迫感に我を失いそうになるのを必死にこらえて思考をまとめる。国籍不明機の位置は北海道利尻島の西の沖合八五キロ。最高速度マッハ１・６のこの機なら現地まで約十五分。侵入機に警告を発し、場合によっては警告射撃を行う。

左右のエンジンに火が点《とも》ると、激昂した獣のように機体が細かく震え、荒々しく喉を鳴らし、全身の毛を逆立てて唸りをあげる。胃の腑が熱くなるが、自分を戒める。心は熱く、頭は冷静に。機を滑走路へ向けて地上走行を始める。しかし、そこで星は足元の地面が急に消え去ったような恐怖に駆られた。戦闘機の操り方を何ひとつ思い出せないのである。

離陸の手順も、旋回の仕方も、二五ミリ機関砲の撃ち方も、レーダーミサイルの照準の合わせ方も、すべての記憶と経験が抜け落ちていた。一瞬で背中に冷たい汗が噴き出した。滑走し、機体を加速させたあとどうするのか、まったく思い出せない。

落ち着け、思い出せ、と自分に言い聞かせる。あんなに訓練したじゃないか。

気づくと、機はすでに滑走路上にあり、誘導の隊員が滑走ＯＫのサインを出した。発進せよ。

ここまできて飛べませんなどと言えるはずがない。状況に押しやられるように機体を発進させた。戦闘機はまたたく間にスピードを上げ、背骨を砕かんばかりのＧが鍛え上げた身体をコックピットに押しつける。

離陸しなければならない。早く、離陸を。しかし、どうやって？　離陸地点があっという間に迫ってくる。もともと三〇〇メートルもあれば離陸できてしまう機だ。操縦レバーを手当たり次第に動かしてみる。機体は上向かない。Ｆ－35は飛び立とうとする星の意志に反して、いつまでも地に足をつけたまま巨大な弾丸のように滑走する。滑走路の終わりが見えてくる。パニックに陥る。このままいけば、数秒後には基地の外壁に衝突する。だめだ、死ぬ……！

そこで目が覚めた。

やりたいことと、人から求められることは違う。

関西国際空港に近づく機内で、短いまどろみから目覚めた星の頭に残ったのはそんなことだった。おそらく、今見ていた夢のせいだ。

三十代の半ばまでたびたび見ていた夢が、中国からの帰りの機上でふたたび眠りに忍び込んできた。昔は自分の叫び声で目を覚まし、妻を驚かせることがあった。思わず周囲に視線を巡らせるが、旅客がまばらな機内でこちらに注意を払う者はいなかった。

夢の中で飛び方がわからなかったのは、星が空自のパイロットになる夢を断念したからだろう。防衛大学校理工学専攻をトップに近い成績で卒業。幹部候補生学校でも常に上位二パーセントに入っていた。適性も能力も、山口県防府での飛行準備課程に進み、戦闘機乗りになるのに障壁はないはずだった。一点を除いては。

第五世代のステルス戦闘機に旧式のコックピットか、めちゃくちゃな夢だったな。星は苦笑を浮かべた。

まだ脳裏にうっすらと残っているコックピットはF－15のものだった。F－35は航空自衛隊が最近導入した機だ。自分が空自にいた頃、そんなものはなかった。それでも、星はこの最新機のスペックを熱心に調べ、よく知っていた。これも未練というものか。

窓の外に視線を投げかける。眼下に広がる大阪の夕暮れは、眼鏡をはずした星の目には輪郭のはっきりしない、あいまいな光の重なりにしか見えない。幹部候補生時代の猛勉強がたたったのか視力が急激に低下し、空自のパイロットに求められる「裸眼で両目1・0以上」を満たすことができなかったのだ。

その挫折に両親の相次ぐ病死が重なった。幼少時から入退院を繰り返していた父が亡くなり、必死に家計を支えた母が後を追うように半年後に亡くなった。夢を失い、両親を失い、自分を支えてくれたものすべてをなくし、この先どう生きればいいのかわからなかった。

戦闘機乗りになれないのなら自衛隊に残る理由がない、とすぐに除隊したのは、今考えると英断だったのだろう。

頑健な身体ときわめて客観的で冷静沈着な性格。状況判断の素早さと決断力。パイロットに要求される資質が役立つところがもう一つあった。マネジメントである。夢破れすべてをなくした男の資質は、仕方なしに飛び込んだ実業の世界では、皮肉にも常に求められていた。

自動車大手のヤマト自動車に入社すると、生産技術部門、とくに海外でのエンジン生産の現地化でメキメキと頭角を現し、四十代半ばで海外事業を統括する立場に。二〇一三年にはヤマトが中国企業と立ち上げた合弁会社の副総裁となった。

しかし、大企業において出世は大いに運に左右され、功績をあげた者、実力のある者が必ずしも社長の座まで登り詰めるとは限らない。今、ようやく視界に入りだした薄暮の関西国際空港の滑走路の明かりのように、ヤマトの社長の座は、星にとっていつまでも遠くできらめく、現実味の乏しい幻影めいた燈《ひ》であった。


運命の歯車が大きな音をたてて動いたのは、ヤマト自動車会長として社内で絶大な権力を握っていたカール・ゴンザレスが失脚した時だった。

一九九九年、倒産寸前だったヤマトはフランスの自動車会社「アルノー」に株を買ってもらうことで救済される。ヤマト再建のためアルノーから送り込まれたゴンザレスはまたたく間にV字回復を成し遂げ、世界第二位の自動車会社連合を作り上げた。その辣腕経営者が、金融商品取引法違反で東京地検特捜部に逮捕され、会長職を解任されたのだ。

ヤマト自動車の混乱と没落の始まりだった。

苛烈な人員削減で経営状況は改善されたが、リストラに次ぐリストラで現場は疲弊しきっていた。工場では現場社員の士気が下がり、自動車会社の「命」である新車の開発能力は他メーカーに遅れをとるようになっていた。ゴンザレスが来る前にヤマト自動車が陥っていた大企業病がぶり返した。

病因ははっきりしていた。ゴンザレスだった。

権力が彼に一点集中したことによって組織は機能不全に陥っていた。一年で三五〇億円もの役員報酬を不正に受け取り、社費で豪遊していたゴンザレスの失脚は、万策尽きた彼がヤマトをアルノーに叩き売る決断をしたことを察知した日本人取締役たちが経産省に内通し、検察を動かして〝絶対君主〟の排除に動いた〝クーデター〟だった。

事件の首謀者であり、ゴンザレスの失脚後に社長兼CEOの座に就いた西山謙《にしやまけん》もまた短命に終わった。社内ルールに反する形で役員報酬を不当に多く受け取っていたことが社内調査で発覚し、就任から三ヵ月で退任に追い込まれたのだった。

意図的な不正ではなかったためゴンザレスほどの悪質性はなかったが、ゴンザレスの件でコーポレートガバナンスの強化をメディアにアピールしていた矢先に発覚した不始末は、社内外の印象が極めて悪かった。

トップが二人続いて金がらみの不正で退任した。地に落ちたヤマトの社会的信用を立て直すために、次のトップの人選は失敗ができない。

三人の候補が立てられた。その一人が星だった。

当時、星は専務執行役員。永遠に続くかと思われた順番待ちの列が消え去り、自分が差し出した掌の上の枝で、果実は今にも臍落《ほぞお》ちしそうにゆらゆらと揺れていた。

記者の直撃

ごつん、という硬い衝撃を尻に感じた。小刻みな振動とともに機は減速し、停止した。機内の空気が緩《ゆる》み、乗客らの吐息があちらこちらで聞こえた。

空港の第一ターミナルビルを出ると、晩夏の夜のむっとする暑気に、すぐに背中が汗ばむ。上海も暑かったが、関西の暑さは性質が違う。じっとりと肌に貼りつき、身体の自由を奪うような暑さだ。これから京都市内の自宅で二週間の隔離生活に入る。公共交通機関は使えないため、妻がクルマで迎えに来ることになっていた。帰ったらまずシャワーを浴びたかった。それから出張の報告をあげなければならない、と算段していると、後ろから星さん、と声をかけられた。

振り向くと若い女性が立っていた。

「お久しぶりです。覚えてますか？」

新聞記者だ。疲労で散漫になっていた神経を一点に集め、警戒感を高めた。

見覚えのある記者だった。以前に何度か取材を受けたことがある。日商新聞の、たしか、名前は高杉文乃《たかすぎあやの》だ。

しかし、こんなところでなぜ？　まさか俺を直撃しようと待っていたのか？

出張ですかと問われ、いえ東京のオフィスに行っていただけです、と冷たい調子を装って短く答えた。会釈をして歩き出す。正直、今取材に応じるのは億劫《おっくう》だった。

「織田ＣＥＯの強い勧誘でヤマト自動車から大型移籍。肩書きは〈顧問〉ですが、後継者候補として入社したわけですよね。織田さんからＣＥＯ就任の条件などは」

相手は怯《ひる》むどころかどんどん懐に踏み込んでくる。無遠慮な質問に思わず語気が荒くなった。

「後継者うんぬんはみなさんが勝手に思っていることでしょう。私は私のできることをするだけです」

こわばった視線と視線がぶつかる。ひと呼吸、ふた呼吸。

先に破顔したのは相手だった。くすりと笑って言う。

「冗談です。でも、みんなそう思ってますよ」

笑うと鼻梁に皺が寄り、ターミナルのオレンジ色の照明を受けた大きな瞳がきらきらと光る。リスのような愛嬌のある笑顔だった。ぐいぐいと迫ってくる相手に、思わず頬をゆるませてしまった。しまった、と思う。こちらの態度の軟化を見逃す相手ではなかった。一歩前に出て、間合いを詰めてくる。

星が思わず後ずさりし、同じだけ距離を空けた刹那、好奇心の強そうな大きな瞳が鋭く光った。空港で受けたＰＣＲ検査の結果がまだ出ていないため、万が一の感染があってはいけないと距離を取ったのだったが、それがこの記者には臆したと映ったのだろう。

「織田電子が車載用モーターの新工場をルーマニアに作るという話を聞きました。その視察ですか？　それとも生産拠点がある中国ですか？」

これは逃げ回ってもダメだ、と肚《はら》を決め、即座に、言っていいことといけないことを勘案する。

「勘弁してくださいよ。なんでこんなところにいるんですか？」

「私、これから沖縄に旅行なんです。ふだんはセントレアからなんですけど、たまたま今日はこっちで取材があったもので。それでたまたまお見かけしたものですから……」

よく見ると、相手もキャリーバッグを引いていた。ダークグレーのパンツスーツ姿を見ると、取材帰りというのは本当のようだ。背は高くないが均整の取れた肢体で、運動能力が高く機敏そうな印象を受けた。自衛隊に入れたらいい働きをするかもしれない。

「織田の考えはどうあれ、今の私はいち顧問です。そんなに話せることはないですよ」

そう言うと、一つだけ教えてください、と相手は答えた。

「何が移籍の決め手となったのでしょうか」

いつのまにか記者への不躾な印象も、わずらわしさも消えていた。不思議な記者だった。

移籍の決め手、か……。

勧誘

西山の退任が決まったあとの人事で、星に与えられたポストは副最高執行責任者（副ＣＯＯ）だった。

長年身を削って働いてきた会社である。どんなポストであれヤマトを立て直さなければならないという使命感は当然あったが、新体制の人事が決まった時に気づいたのは別の感情、すなわち自分の裡《うち》にあった出世への執着にほかならなかった。

ヤマト自動車の実質ナンバー3。大抜擢ではある。ただ、胸裏にこびりついていたのは一抹の悔恨であった。

ＣＥＯになるにはこのタイミングしかなかった。自分はチャンスを逃したのだ。

どうしても叶《かな》えたかった夢を諦めて入った実業の世界である。ヤマトのトップの座に就くことは、戦闘機乗りになる夢を供養する唯一の方法。自分は無意識にそう考えていたのだ。そうでないと、この苦い感情の説明がつかなかった。

あの日、自宅で夕食を済ませたところで携帯電話が鳴った。知らない番号だった。

「なんや、わしはあんたがＣＥＯになると思うとったわ」

いたずら電話か？　しかし電話口の声には聞き覚えがある気がした。がっかりしたような電話口の声に苛立ちを覚えた。外野が勝手に失望するな。失望しているのはこっちのほうだ。

「三番手で満足か？」

失礼ですがどちら様ですか、とムッとしながら訊《たず》ねる。一拍置いてようやく相手が名乗った。

「織田電子の織田善吉ちゅう者や。悪いことは言わん。うちのＣＥＯをやれ。三番目じゃつまらんぞ」

それが織田の勧誘の始まりだった。

「わしが作った会社やが、いつまでも生きられるわけでもない。星さん、わしはあんたを何年も前から見とったよ。あんたには悪いが、ヤマトの社長人事はわしにとっては天の配剤や。ＣＥＯになってしまったらあんたを諦めなあかんからな」

織田が自分に目をつけた理由は容易に察しがついた。織田電子が力を入れ始めたＥＶ事業である。

織田と直接の面識はなかったが、相手は日本有数の「カリスマ経営者」である。その動向や発言は耳に入ってはきていた。しかし、星は織田のＥＶ事業については懐疑的だった。

しょせん、パソコンや家電製品の小型モーターを作ってきた会社だろう？

ＥＶは内燃機関を積んだ車よりも部品点数が少なく構造が単純なため、自動車メーカー以外にもさまざまな企業が参入してきている。人によっては「ＥＶはプラモデルのようなもの」とまで言う。

冗談じゃない、と星は思う。

それならユーザーが納得するものを作ってみろ。ＥＶで使われるトラクションモーターは、そんなに単純なものではない。加速の良さがＥＶの特徴だとされるが、その加速時にどれだけモーターに内蔵された歯車に負担がかかっているか、わかっているのだろうか。何万キロ走っても摩耗しない歯車ひとつとっても、開発するのは大変な苦労なのだ。

しかし、織田は自信に満ちていた。

「基幹技術が足りんのはよくわかっているんや。そこはM&Aで埋めていく。歯車も軸受けも、日本にはええ会社がゴロゴロしとるよ」

CEOに、と言う織田の申し出に心が動かなかったといえば嘘になる。しかし、混迷を極めるヤマトを今去るわけにはいかなかった。

「わしは織田電子の売上を今の一〇倍、一〇兆円まで伸ばす自信があるが、それは一人では無理や。一緒にやってくれんか」

何度断っても織田は食い下がった。なぜ自分を必要としてくれるのかを二時間半、滔々《とうとう》と話し続けた。

「一ヵ月で決めてほしい」と言い残して電話が切れた時、すでに日付が変わっていた。

星は目の前の記者を改めて見た。高杉は焦《じ》れた様子もなく、こちらをうかがっていた。ヤマトを辞めて織田のもとにやってきた理由、か。あの日、織田と話し始めた時は、断ることしか考えていなかったが、電話が終わった時は織田電子への入社を現実味のある選択肢として考え始めている自分がいた。

「すみません。それについてはまだ自分の中でも考えがまとまっていないんです。いつか必ずお話ししますから、今日は勘弁してください」

それだけ伝えると、今度こそ車寄せのほうに踵《きびす》を返した。ヤマト自動車のＥＶ「フロンダ」の運転席から妻が手を振っていた。

考えがまとまっていないのは本当だった。社長という地位に惹《ひ》かれたのか、織田の人柄に惹かれたのか、あるいは沈みゆくヤマトを逃げ出したかったのか、ヤマトを立て直す自信がなかったのか、まだ自分でもよくわからなかったのだ。

第二章　討ち入り　二〇二〇年　九月

スピーチ原稿

日本商工新聞（日商新聞）産業情報部の記者・高杉文乃は、自社が主催する「日商ＤＸアワード」の授賞式を取材するため帝都ホテルの宴会場を目指して走っていた。集合時間はとっくに過ぎている。よりによってこんなときに遅刻とは。

文乃は入社六年目の二十九歳。トヨトミ自動車のお膝元・尾張名古屋の出身とあって、親戚にはトヨトミ本体だけでなく、尾張電子、トヨトミ製鋼、トヨトミハウスといったトヨトミのグループ企業に勤める者がいる。学校のクラスにはいつも四、五人は、親がトヨトミにゆかりのある会社に勤める子がいた。小さい頃から彼ら彼女らに聞かされてきたこの巨大企業にまつわるエピソードと人脈は、何の因果か日商で自動車担当、しかもトヨトミ番となった今、大いに役立っている。今日は、第一回目のＤＸアワード大賞の受賞企業が担当しているトヨトミだから、名古屋支社から駆けつけたのだ。

文乃がエスカレーターを駆け上がると、「鳳凰《ほうおう》の間」の前の広いロビーに人だかりができていて、なにやらただならぬ気配を感じた。

「鳳凰の間」はまだ開場されておらず、ロビーにいるのは式の実行委員になっている東京本社の社員だけだった。「三密を避ける」のが徹底されているおかげでまばらな人だかりに見知った顔は少ない。彼らは一様に焦りを浮かべた顔を見合わせ、ささやきあっていた。人の輪に近づくと、自分と同じようにトヨトミと浅からぬ縁のある男と目が合う。東京本社の産業情報部でデスクを務める安本《やすもと》明《あきら》である。彼の妻は、トヨトミ役員室の元秘書だ。

その安本は文乃を見つけると、手招きした。顔見知りではあるが、実際に会うのは一年ぶりだった。挨拶もそこそこに、「いいところに来た。これ、見てくれ」と一枚のファックス用紙を手渡される。

「いましがたトヨトミから届いた受賞スピーチの原稿だ。本当にこんなことをしゃべるつもりなんだろうか」

官民問わず、日本のデジタル化の遅れがコロナ禍でいっそう鮮明になったことで、ＤＸ（デジタルトランスフォーメーション）の機運はこれまでになく高まっている。「日商ＤＸアワード」は、ＤＸによって組織の生産性向上や、新たな価値の創造を実現した企業を選考し、表彰するビジネスアワードである。

授賞式にはトヨトミの副会長・河村元《かわむらはじめ》が出席し、日商新聞社長の吉住豊彦《よしずみとよひこ》から表彰状と記念品の盾を受け取ったあと、スピーチをする予定になっていた。安本から手渡されたのは、そのスピーチ原稿である。

――このたびは、このような大変に名誉ある賞にトヨトミ自動車を選んでいただいたこと、感謝感激しております。――

慇懃《いんぎん》な挨拶から滲み出る不穏な気配を察するのは容易だった。手書きの文面は皮肉と怒りをたたえて書き殴られていた。

――弊社は常々御社の報道を通して耳の痛いご意見、ご批判を頂戴しております。その多くはいわれのないもので、日商さん、それはないいんじゃないの、と言いたい気持ちに耐えている日々です。本日はこの場を借りてひとこと申し上げたい所存でございます……――

そこまで読むと、その先に書かれていることは大方察しがついた。安本のほうを見ると、無言でうなずいた。

「あのこと、ですよね？」

「それしかないだろ」

先日は弊社がお出ししました業績予想につきまして「大減益」「利益九割減」などと大々的に報じていただきました。これによりまして、コロナ禍で先行きが見通せないなか、せめてトヨトミに自動車部品を供給していただいているサプライヤー企業のみなさまの不安を和らげようと今後の見通しを述べた弊社の配慮が水砲に帰したわけであります。ところがその舌の根の乾かぬうちに、今度は弊社にこのような賞を授けたいとおっしゃる。いったいどういうおつもりなのか、ぜひともうかがいたい所存でございます。

五月の決算報告でトヨトミが発表した来年三月期の業績予想のことだ、と文乃には察しがついた。

この時、トヨトミは社長の豊臣統一が出席した会見で、前年を大きく下回る「営業利益四〇〇〇億円」という予想を出した。世界中の人間が「ステイ・ホーム」（家にいること）を求められていたのだから、自動車需要があるはずもない。会見で統一は「リーマンショック以上のインパクト」と、こわばった表情で語っていた。

前年比九割マイナスの大減益。

その会見に出席し記事にしたのは文乃だった。

その日の夕方遅く、原稿がチェックをとおり、整理部が見出しをつけ、割り付けをする直前、一本の電話がかかってきた。

トヨトミの広報担当役員・永山俊《ながやましゅん》が、日商名古屋文社の代表・山田康介《やまだこうすけ》に「掲載予定の記事を見せてもらえないか」と申し入れてきたのである。

永山は統一を支える忠臣として近年頭角を現してきた。統一と同じ城南義塾大学出身。しかし統一からの評価は低く、関連会社に出向させられる寸前だったのだが、昨年の東京モーターショーで「来場者一五〇万人」を目標に掲げる統一のために、二つに分かれた会場の両方にやってきた来場者を「二人」とカウントする〝水増し工作〟で見事目標達成。これが統一から激賞され、役員に引き上げられた人物である。

トヨトミ広報のトップとなってからの永山は、一度握った権力は絶対に放すまいとばかり、恐山《おそれざん》のイタコのように統一の主張を代弁し、それに疑義を呈す記者を排除するため、すこぶる評判が悪い。永山に嫌われたらオンラインの記者懇談会に参加できない。情報がとれない記者らは彼に擦り寄るしかないのだが、それに味を占めたのか、プライベートの飲み会に女性記者を呼び出してはセクハラまがいのことを行い、つれない態度をとった記者はオンラインの記者懇談会から締め出していた。そもそも日商はトヨトミから〝出禁〟を食らっているため文乃は参加したことがなかったが、この飲み会は「膝上丈のスカート着用」がルールなのだとか。

その永山からの申し入れは、彼の増長ぶりをよく表していた。むろん、記事が意に沿わない内容であれば修正、あるいは掲載ストップを要求するのだろう。

日商にとってトヨトミは取材対象であると同時に、毎年多額の広告出稿をしてくれる「大口クライアント」である。それだけにこちらもトヨトミ関連の報道には細心の注意を払い、ときには多少の忖度もせざるをえないのだが、事前の記事チェックなど前代未聞の介入行為だ。報道する側とされる側の一線を越えている。

さすがに山田はトヨトミの申し出を拒否した。ところがトヨトミは諦めないどころか、今度は記事の見出しを指定してきたのである。


「コロナ苦境で見せた底力　トヨトミが四〇〇〇億円の利益確保でサプライヤーに配慮」


「大幅な減益よりもコロナ禍で利益を出したこと自体を讃《たた》えよ、先行きが見通せないなかでも業績予測を出したことを評価せよ」とでも言いたいのだろうが、日商としては、この言い分はとうてい受け入れられるものではなかった。

文乃にしても、トヨトミが公表した情報を率直に記事にしただけで、トヨトミへのネガティブ・キャンペーンを張るつもりなどなかった。会見で減益の予想を出したから、その事実を書いた。当然、見出しには「減益」のワードを入れないとコロナの影響が伝わらない。それが咎《とが》められるべきことなのだろうか？

「このスピーチ原稿、河村さんが書いたんですかね？」

そう尋ねると、安本はうーん、と首を捻《ひね》った。安本はその昔、剛腕で鳴らした武田剛平社長の時代、今の文乃のように名古屋でトヨトミを担当していた。トヨトミのことならば、その歴史から役員の面々の性格や好みまで、トヨトミの社員以上に知り尽くしている。

その安本は思案深げにつぶやいた。

「以前にトヨトミの内幕を書いた本が出た時に、出版社に乗り込んだ河村さんが、広告引き上げをちらつかせて脅しつけたっていう話を聞いたことがあるけど、こういうやり方はしないと思うんだよな。もしかしたら、社長が直々に書いたのかもしれない」

　そう言って自分の左手の親指を立てて上に向けた。

「私もそう思います。〈水泡に帰した〉の漢字もまちがえているし。ぜったい統一さんですよ、書いたのは」

　自分の書いた記事に社長の豊臣統一が烈火のごとく怒ったと関係者から聞いていたし、それ以来日商はトヨトミの会見からは締め出されてしまっている。しかし、腹いせに怪文書まがいの文面を送りつけて嫌がらせをしてきたのだとしたら、あまりにも子どもっぽすぎる。文乃がため息をつくと、安本が「おい」とこちらを睨《にら》んだ。

「まずい記事を書いたなんて思ってるんじゃないだろうな？」

　まさか、と文乃は安本を睨み返す。

「呆《あき》れてるだけです。バカじゃないかって。そんなに自分たちの意図を知ってほしいなら『トヨトミニュース』でいつもみたいに流せばいいじゃないですか」

　トヨトミは数年前にオウンドメディア「トヨトミニュース」を立ち上げ、息のかかった記者や芸能人を囲って日々自社の主張を統一本人や、子飼いの役員たち、統一の〝お友達〟として知られるタレントのトモコ・プリンセスが出演する動画で配信し続けている。メディアとは名ばかりで、トヨトミの考えを一方的に宣伝する、実質的には動画コマーシャルである。編集長はこれも統一と親しい歌舞伎役者の伊勢孝良《いせたかよし》。「ステークホルダーのみなさまにトヨトミの取り組みや考えを正しく広く知ってもらう」のが目的とのことだが、そこからは「マスコミは悪口しか書かない」という、統一の根強い不信感が透けて見えた。

これだけの大企業である。記事のネタにされることは数限りなくあるだろうし、中には根も葉もない噂話を書き散らすメディアもあるだろう。しかし、上場して株を公開すれば、私企業であっても会社は社会の公器だ。

安本は文乃からファックス用紙を受け取りながら言った。

「これまでのトヨトミの社長は、歯に衣着せぬ報道や悪口もあるだろうが、それも世間の批判の一つだと広く耳の痛い話も聴く〟広聴〟が大切だ、と、どちらかといえばみな口下手だったけど、器の大きいところを見せていたよ。俺の先輩なんか、豊臣新太郎さんが社長だった頃〈世間知らずのぼんぼんの机上の空論〉だと辛口の記事を書いたら、呼び出しを食らって……」

「それ、どうなったんですか?」

「てっきり怒られると思ったら新太郎さん、『これからもジャーナリストとして健全な批判をしてくださいね』だって。トヨトミ番三十年のその先輩が、懐が深い、参りましたって毒気を抜かれてた。でもいまのトヨトミといったら……」今度は安本がため息をついた。

〝トヨトミの母〟

「こちらが気に食わない記事を書いたお詫びに、賞でご機嫌取りをしようとしていると思っているんだろうけど、選んだのは社外の選考委員だからな」

「汚い字で殴り書きしたスピーチ原稿をファックス送信してくる会社にDX大賞をあげるうちもどうかしてますけど、統一さんのマスコミ嫌いはちょっと病的ですよ」

アワードの実行委員である安本は、選考結果を皮肉られたことへのバツの悪さか、あるいはやり場のない怒りの感情に振り回されたのか、疲れたような苦笑いを浮かべて言った。

「批判を受けるのが大嫌いなのさ。しかし、ちょっとした変化は感じるなぁ……」

「変化？」

「あの人、批判されると癇癪《かんしゃく》を起こすのは昔からだが、最近は自分よりもトヨトミ自体への批判に過敏になっている感じがある。今は工業系の業界新聞の買収にご執心のようだよ。その交渉のためならどんな予定もさしおいて、ヘリコプターで駆けつけるってさ」

「御用メディアを作って翼賛記事を撒き散らす気ですか。ただでさえEV開発で出遅れてるのに、社業そっちのけで何してるんだか」

統一さんが狭量なのは確かだけど、と安本は言った。

「今やっていることは、先々のことを考えてのことだろうな」

文乃はうなずいて、ここ数年、トヨトミを担当する記者らからポツポツと聞こえてくる言葉を口にした。

「世襲、ですか？」

「おそらく。息子の豊臣翔太がいずれ社長になるのは既定路線。その時のための地固めと考えると最近の統一さんの行動は説明がつく。業界新聞の買収も、これまで興味がなかった財界活動に力を入れはじめたのも」

「警察庁長官の天下りをゲットしたのも？」

「もちろん」

今トヨトミで顧問を務める郡正義《こおりまさよし》は、四年前まで警察庁長官として日本の警察機構のトップに立っていた人物。特定の業界と癒着しているというイメージがつくのを避けるため、これまで警察庁は警察庁長官だけは直接民間企業に天下りさせないのが慣例だったのだが、トヨトミと郡はその慣例を破った。

そこまでしてトヨトミが郡を欲しがったのは、今自動車業界が百年に一度ともいわれる大変革期を迎えていることによる。大物官僚を取り込むことでＥＶや自動運転など新技術に対応する法整備を自社に有利な形で進めたいのだろう。

それだけではない。郡の天下りからは、翔太への「政権移譲」後の〝トラブルシューター〟が必要というトヨトミの底意も感じとれた。

「トヨトミ自動車は豊臣一族のもの、という姿勢はこれからも変わらんだろうな。統一さんから翔太さんに直接社長の座が移るかはわからないが、まちがいなく社長にはなる。トヨトミは未来永劫《えいごう》、巨大な同族企業だよ」

「正確に言うなら、トヨトミ自動車は豊臣本家のもの、じゃないですか」

文乃が言うと、安本は「たしかに」と言って苦笑した。

「分家の優秀な人材はことごとくパージ。統一さんの執念深さは常軌を逸している」

「もったいないと思うんですよね。同族企業の是非はともかく、本家の人間だけが会社を牛耳るよりも分家の人間も登用するほうが経営陣に厚みが出ると思うんですけど」

「まあ、息子があの調子では、分家の秀才を警戒したくなるのはわかるよ」

豊臣翔太の経営者としての能力は未知数。これまでのところの社業でも目立った働きはなし。実務面でとりたてて優秀なわけではない。それどころか、筋金入りのぼんぼん、口さがない記者にいたっては、甘やかされて育ったバカボンなどと呼んでいる。

だから統一は凡庸な息子への世襲がスムーズに進むように、今のうちに周囲の草を刈り、石をとりのぞき、障害物のないまっさらな舞台を用意しようとしているのだろう。息子を鍛えるのではなく、ぼんぼん息子でも社長が務まる環境を整える。本末転倒のようだが、無尽蔵の資本とメディアをねじ伏せる影響力を持つトヨトミにしかできない世襲のやり方だ。

「マスコミは脅し、財界は手なずける。息子への権力譲渡の障害になるなら身内にも牙を剝く。まるで、クーデターに怯える独裁者みたい」

文乃がそう言うと、安本は声を落として独り言のようにつぶやいた。

「実際、怯えているのさ。会社は株主のもの、という原則でいえば、統一さんが目論む世襲にはなんら正当性がないんだから」

そして、口元で人差し指を立てた。

「そろそろ河村さんが来る頃だ。このへんにしておこう」

そうだ、忘れてた、と文乃は手をぽんと叩いた。

「財界の話で思い出しましたよ。安本さんに聞きたいことがあるんです」

日商新聞は来年年始に「財界の戦後七十年史」という企画特集を組むことになっていた。

文乃も「名古屋財界の戦後七十年史」の担当になったのだが、名古屋の戦後復興を支えた大企業の当時の経営者らのほとんどは鬼籍に入っている。若手時代に長く名古屋支社にいた安本であれば直接取材したことがある人がいるかもしれないし、彼らの人となりを知る人物を知っているかもしれなかった。

安本はジャケットの内ポケットから出したスマホを操り、名古屋の大企業経営者の家族や側近だった人間の住所や電話番号を見せて、あとで社内のスラックで送っておくよと言ってくれた。しかし、不意に口元に手をやり、考え込む仕草をすると「これは役に立つかわからないけど」と前置きして言った。

「名古屋の錦に、いわゆる〝夜の商工会議所〟と呼ばれた名門クラブがあったんだ。そこのママが絶世の美女と評判で、当時の名古屋の財界人がお忍びで通っては、こぞって口説きにかかっていたって聞いたことがある」

「名古屋財界というと、トヨトミ、尾張電子、中日本電力、中邦ガス、シスター工業、医療用品のツジケンあたりですか？」

「トヨトミも尾張電子も名古屋財界では新顔さ。元は尾張の鍛冶屋だもの。ただな、そのママにはこんな異名があったんだ」

「異名？」

すると、安本は用心するように周囲を見回し、ささやいた。

「ああ、錦では〝トヨトミの母〟と呼ばれていた」

開場の時間が迫っていた。文乃は口調を速める。

「トヨトミと何らかの関係があった人ということですか？」

「詳しくは俺もわからない。ただ新太郎さんが一時期入れあげていたっていうのはどうも事実らしい。恋仲だったんじゃないかと言われてる」

統一の父・豊臣新太郎はトヨトミ自動車元社長（現・名誉会長）であり、産団連（産業団体連合会）の会長も務めた人物。名古屋財界どころか、日本財界の大物であり、「名古屋財界の戦後七十年史」には欠かせない。国立尾張大学工学部を出た優秀なエンジニアとしての顔、そして「財界総理」としての顔はよく知られているが、新太郎には知られざる「夜の顔」もあったようである。

「英雄、色を好む、ですか。……って、男のだらしなさを肯定しているようで好きな言葉じゃないですけど」

文乃が言うと、安本はにやりと笑った。

「英雄かどうかは知らないが、好色な一族なのは確かだな。統一さんもそうだろ?」

統一も愛人の噂が絶えない。女優にニュースキャスター。元レースクイーンを関連会社の社長にしてお手当代わりに高い報酬を支払っていた〝前科〟もある。最近ではコロナを警戒しているのか、愛知県豊橋市の高級リゾートホテルと見まごう役員専用研修施設にお気に入りのイベントコンパニオンと入り浸っていると聞く。とあるトヨトミの関連イベントの二次会でコンパニオンたちに目隠しをさせ、トヨトミの役員陣を匂いで当てさせる余興を行ったところ、見事、統一の匂いを嗅ぎあてたことで「運命を感じた」そうである。

今では彼女と施設内に作ったヨットハーバーから三河湾に出ては、トヨトミ傘下のヨットメーカー「トヨトミオーシャン」に作らせた豪華なクルーザーで船遊び三昧だとか。好色なのはけっこうだが、公私混同が目に余る。


「話が違うじゃないか!」


「お店の名前、教えてもらえませんか?」

「それが思い出せないんだよ。もうトシだな、俺も」

半ば白くなった頭を掻きながら安本がそう言った時、エレベーターが止まる音がした。河村が到着したと思ったのか、安本は素早くそちらを向いた。

ごとり、と重々しく扉が開く。安本はぽかんと口を開き、目を見張った。同時に周囲の人だかりからも、うおっという声が上がる。反射的にそちらを振り向いた文乃だったが、そこに立っていた人物が視界に入ると、スピーチ原稿の悪筆の主を確信した。

まちがいない。あれはこの人が書いたんだ。

授賞式の会場に突如姿を現したトヨトミ自動車社長・豊臣統一は、好奇と困惑が入り混じる周囲の視線を無視するかのように人だかりを縫ってロビーを突っ切り、「鳳凰の間」の分厚い観音開きの扉をこじ開けた。ずかずかと会場に足を踏み入れ、メインテーブルにどっかと腰を下ろした。

もう式の準備は整い、ちょうど来場者に向けて開場するところだったのだが「招かれざるゲスト」の登場に、その場にいた日商社員は混乱を極めた。ロビーの端では社長の吉住が落ち着かない様子で、遠目から統一の様子をうかがっていた。

「河村さんが来るんじゃなかったんですか？」と尋ねたが、安本は「そのはずだったんだけど」と首を捻るばかりである。しかし、まもなく各賞の受賞企業関係者やマスコミ関係者がやってくる。日商側も手をこまねいてはいられない。

統一は会場の、それも演壇の真ん前のテーブルに、いかにも不機嫌そうな表情を浮かべ、腕組みをして座っていた。その統一に説明を求められるのは、社長の吉住だけだった。

その吉住は周りの役員陣に説得され、意を決したように会場に踏み込んだ。仏頂面の統一に歩み寄ると慇懃な様子で何事かを話し始めた。統一は不満げに言い返し、それに対してまた吉住が応じる。ロビーの日商社員は静まり返り、固唾を呑んで見守っていたが、どんな会話が交わされているのかは聞き取れなかった。

「なんだ、おまえらこんなところに突っ立って」

背後でドスのきいた大声が響く。この大変な時に今度は誰だ、と振り向くと見覚えのある男が、スネークウッドの杖で身体を支えながらエレベーターから歩いてくる。ロビーに集まった日商社員は揃ってその男――日商新聞元社長・周防幹二郎《すおうかんじろう》――に頭を下げた。

現在は経営から退き、参与という肩書きを与えられている周防だが、文乃が生で見るのは日商の入社式以来だった。その周防は杖とは逆の腕につけたロレックスの金時計をチラリと見た。

「もう始まるんだろ？　中に入れろよ」

とても会場に人を入れられる状況ではなかった。安本が周防に近づき、耳元でことの経緯を説明し始めると、しかつめらしく聞いていた周防がみるみる顔色を失っていくのがわかった。

「いかん」

周防が唇を震わせ、うめくように言った。

「誰か豊臣社長を止めろ」

その時、ドカンという轟音と同時に「黙って聞いていれば、この野郎！」「あんたこそなんだ、悪口ばかり書きやがって！」という怒鳴り声、そこに悲鳴が交差した。

見ると「鳳凰の間」では、統一と吉住が真紅の絨毯の上に倒れ込み、まるで小学生同士のケンカのように取っ組み合っていた。

「おまえら、何見てんだ、早く行って止めろ！」

周防の一声で、一〇人ほどの日商男性社員が一斉に会場になだれ込む。揉み合っている二人を引き剝がそうとしたが、統一は吉住のネクタイを、吉住は統一の髪をつかんで放さない。「社長、やめてください！」「暴力はダメです！」「引っ張るな！　痛い、痛い！」二人に飛びかかった社員たちの声が錯綜し、椅子が倒れ、テーブルの上に準備されたミネラルウォーターのペットボトルが床に落ち、踏みつけられて中身が絨毯に飛び散った。

いったい何が起きている？

会場に飛び込んではみたものの、乱闘の輪からは蚊帳の外になっていた文乃は、必死で頭の中を整理しようとしていた。

トヨトミから嫌がらせめいたスピーチ原稿が届き、会場には予定されていた副会長の河村ではなく、社長の統一が現れた。火種《ひだね》になったのはまちがいなく自分が書いたトヨトミの決算会見についての記事だ。そして統一と吉住は話しているうちに口論となり……。

ようやく男たちの塊がほどけた。ある社員は上から折り重なった別の社員の下敷きになり、髪がぐしゃぐしゃに乱れていた。もみくちゃにされてシャツが脇の下から破れている社員もいる。その中心から、手負いの獣のように肩で荒い呼吸を繰り返す、興奮で顔を真っ赤にした統一と、反対に顔面蒼白の吉住が現れた。統一の額からこめかみにかけては、ひっかき傷のようなミミズ腫れが走っていた。

まったく状況がわからない文乃だったが、不可解なのは周防の表情だった。安本から事情を聞いている時、明らかに周防は顔をこわばらせ、焦った表情をした。何か知っているのだろうか。

文乃が自分の推測がまちがっていないことを確信したのは、日商社員に付き添われた統一が会場から出ていく時だった。統一は、ロビーの隅に隠れるように立っていた周防に気づくと、「話が違うじゃないか！」と叫んだのである。

「何を揉めているのか知らないが、日本一の大企業の経営者と、仮にも日本を代表する経済紙の社長が公衆の面前で取っ組み合いか。内向きになって没落していく日本を象徴するようなシーンだな」

いつのまにか、かたわらに見慣れない男が立っていた。日商の社員ではなかった。その声を、文乃は一瞬、自分の心の中の声のように錯覚した。

自分より十歳ほど上、四十歳手前だろうか。着古してよれよれのグレーのスーツにだらしなく首にぶら下がったネクタイ。シャツはシワだらけで、襟元は黒ずんでいる。靴のつま先は擦り切れそうになっていた。身なりを気にするタイプではなさそうだが、顔立ちは精悍で、みなぎる生気が周囲に発散しているようだった。

「本当に」と呆れた声で同意した。授賞式の取材に来た他社マスコミの人間か、あるいは招待客だろう。自社の恥を晒してしまい、いたたまれなかった。

「才気ある人間はもうこの国を捨てるでしょうね。残るのは何のとりえもない平凡な人間だけだ」

極端な意見だとは思ったが、的を射ていた。トップ一パーセントの人間はもはや日本で働くことを望まない。それがトップ五パーセントとなり、一〇パーセントとなっていく未来を、文乃は取材を通してひしひしと感じている。

「これが衰退する国の現実、ですかね」

「いや、希望を捨ててはいけません。優れた人材が自ら残りたい国にすればいい」

どこの会社の人間か知らないが、まるで政治家のようなことを言う。言うのは簡単だが、優れた人材が残りたい国にするにはどうすればいいのだろうか。

そもそも、誰なのだろう。そう思って文乃は名刺をもらおうと相手のほうに身体を向けたが、もうそこには誰もいなかった。

第三章　高級クラブ　二〇二〇年　十月

雲雀ヶ丘歌劇団

名古屋市の繁華街・錦の昼下がりは平日でも閑散としていた。朝から降り続く冷たい雨のせいなのか、それとも冬に向けて感染者数の増加が予想されるコロナ禍のせいなのか、スーツ姿の人影はまばら。そして、これは陽《ひ》が落ちて夜になってもおそらく変わらない——そう日商新聞の高杉文乃には思われた。

文乃は、安本が教えてくれた住所を頼りに、目当ての飲食ビルを探り当てた。入り口にある案内看板を見ると名古屋屈指の高級クラブやバーの名前が上下左右に並んでいるが、ところどころプレートがはずされて休業中と貼り紙されている。人気《ひとけ》はなく、建物全体がまどろんでいるようだ。ビルの外には酒屋のトラックが止まっていたが、ビールのアルミ樽やウイスキー、シャンパンを搬入する台車にはあまり物が載っていない。

文乃は案内看板の中から目当ての「雫《しずく》」というクラブを見つけた。どうやら休業はしていないらしい。エレベーターで七階に上がるとすぐに、木製の重厚なドアが目を引いた。安本が言っていた「名古屋の財界人が集う店」だった。

名古屋支社が地方版で年明けから始める「名古屋財界の戦後七十年史」の取材は、安本の協力のおかげであらかた済んでいた。「雫」を訪れたのは、記事に雑感を添えようという狙いだ。名古屋財界の当時の雰囲気や、ちょっとした裏話を聞くことができればいい。

家具や調度品には詳しくない文乃だったが、ノックした感触から、ドアは高級な木材が使われていることがわかった。

店内からどうぞ、という低い声が聞こえた気がした。ドアを開いてみると、タバコと葉巻、それとかすかにウイスキーの匂いがしたが、前夜の客らが残した香りというよりは、長年営業を続けるうちに壁や什器《じゅうき》に染み込んだ匂いのように思われた。

店内はバーカウンターに沿って一人がけの椅子が八脚並び、その背後に四人掛けボックスシートが三つ。シートの本革ソファーはワインレッドに統一され、かつては名古屋の最高級クラブだったという触れ込みどおり、こちらも値の張るものなのだろう。西側と南側の壁にはフォーブの額縁に入った一〇〇号サイズ絵画がかけられていた。店の客なのだろう。絵画には二科展の審査員を務めている日本画家のサインが入っていた。

カウンターの内側では、六十歳前後と見られる瘦身の男が掃除機をかけていた。文乃が入ってきたのに気づくと、スイッチを切った。

事前に連絡を入れてはいたのだが、男の目つきはあまりこちらを歓迎しているものではなかった。

「こんにちは。日商新聞の高杉と申します。あの、こちらに住谷《すみたに》佳代《かよ》さんという方はいらっしゃいますか？」

そう問いかけると、男は「佳代は私の母ですが」と答えた。

「こちらにはおられませんか？　このお店には名古屋の大企業の経営者たちが昔からよくいらっしゃっていると聞きました。できたらご本人にお話をうかがいたいのですが」

「もうとっくに引退して、和歌山のほうに引っ込んでいますよ。今は私が跡を継いでいます」

「もう、こちらにはいらっしゃらない？」

「まだ身体は元気なので年に一、二度は来ていたのですが、今はこれですからね」

昭一と名乗る息子は投げやりな調子で外に指を向けた。

二つの意味が読み取れた。高齢の佳代がコロナ禍で外に出るのを嫌がっているのと、店から客足が遠のいているため佳代が出てくる意味がないこと。そう言われてみると、いかにも高価な調度品にはどこか寂れた趣があり、店全体がほこりっぽく感じられた。おそらく客から贈られたのだろう、カウンターの隅に飾られた花びらが半分ほど落ちた胡蝶蘭《こちょうらん》は、今の店の状態を物語っているようだった。

「お母さまのご連絡先をうかがってもかまいませんか？」

文乃が企画の趣旨を説明すると、昭一は聞いているのかいないのかわからない、表情の乏しい顔でうなずいていたが、やがて「本人に聞いてみます」とだけ答えた。

「今も名古屋界隈《かいわい》の財界の方はいらっしゃいますか？」

「もともと母目当てに通っているお客さんばかりでしたからね……」

昭一はカウンターの奥の戸棚から古い写真を引っ張り出してきた。若かりし日の佳代だろうか。ボックスシートに座る恰幅《かっぷく》のいい二人の男の後ろに立ち、肩に手を置いている。写真はかなり色褪《いろあ》せていたが、透き通るような肌の白さと凛々《りり》しい顔立ちが印象的な、まぎれもない美人だった。

「今はもうそういった方々はいらっしゃいませんね。みなさんご高齢になられたし、社用族はいなくなる一方で……」

「なぜお店を継がれたのですか？」

「何年か前に母が体調を崩したのです。それを機に和歌山に移り住んでいます。もともと生まれがあちらなんです」

昭一はそろそろ店の準備がありますので、とカウンターの奥に戻ろうとした。それを潮に文乃も辞去しようとしたが、カウンターの片隅に置かれたフォトフレームに目を留めた。

「この写真は、もしかして佳代さんですか？」

色褪せた写真には、舞台上で踊る若い女性が写っていた。

「ああ、泉鏡花の『天守物語』ですね。確か亀姫の役だったはずです」

「雲雀《ひばり》ヶ丘《がおか》歌劇団の女優をされていたんですか？」

「ええ。引退を機にこの店を始めたのですが、名古屋で公演があるたびに後輩女優たちをタニマチがよく連れて来ていたそうです。その旦那衆がこの店をご贔屓《ひいき》にしてくださるようになって……。今はこんな有り様ですが、当時は賑わっていたそうですよ」

昭一の愛想がよくなったので文乃はもうひと押し質問してみた。

「そうだったんですね。トヨトミ自動車の豊臣統一社長のお父さんの新太郎さんがずいぶんここに通われていたとか」

「さあ、母がやっていた頃は、私はこの店には関わっていなかったんです。東京で建築士をやっていまして」

昭一が再び掃除機のスイッチを入れると、吸引音が店内に満ちた。会話を切り上げる合図だった。もう一つだけ聞かせてください、と食らいつく。

「佳代さんは、みなさんから〝トヨトミの母〟と呼ばれていたとうかがったのですが……」

答える気がないのか、その名前に心当たりがないのか、それとも掃除機の音で問いかけが聞こえなかったのか、すでに文乃に背中を向けていた昭一からは何の反応もなかった。しかし、文乃は昭一の背中がぴくりとこわばったのを見逃さなかった。

新太郎と佳代が関係していたというのは、もしかすると本当なのかもしれなかった。トヨトミ自動車を担当している記者として、もっと二人の関係を知りたい気持ちがないわけではなかったが、日商新聞は週刊誌ではない。名古屋財界の裏話を知りたいと言っても、色恋沙汰で紙面を賑わせるわけにはいかなかった。

後日、昭一からメールが届いたが、「本人の体調がすぐれないため、取材は遠慮させていただきます。ご期待に添えずすみません」と、型どおりの慇懃な断りの返事だった。

第四章　ゴルフのうまい経営者　二〇二〇年　十一月

ハードワーク

「こりゃあ、ずいぶんと年季の入った工場やなあ」

織田電子の織田善吉と星渉を乗せた空色のトヨトミ・フローラは、広島県福山市の県道三八〇号線を走り、瀬戸内海に注ぐ芦田川を渡る。はるか彼方に小さく見えていた「山陽ベアリング」の看板と工場が目の前にせまってくる。星は、たしかに織田の言うとおり、この会社のオーナーが身売りを考えているのもわかるような気がした。星は織田の声色から浮き立つような喜びを感じとっていた。

織田電子の本社がある滋賀からクルマで五時間。コロナ感染を気にする織田の意向で新幹線を使わず、クルマではるばるやってきた。

「ええ。昨年、創立六十周年だったそうです」

星は織田にそう返したが、工場の外観はお世辞にも手入れが行き届いているとは言えず、六十年どころかもっと古びて見えた。

大波スレートの屋根は劣化してあちこちが欠け落ちていたし、外壁に書かれた「山陽ベアリング」の「ア」の文字は消えてしまっている。

クルマが工場の敷地内に入った。車中では一分一秒も無駄にすることを嫌う織田による「経営者講義」を聞き続け、メモしていたおかげで、少し酔ったようだ。戦闘機乗りを志していた自分の平衡感覚もずいぶんなまったものだ、と星は織田に見られないように苦笑した。

「けどな、工場は外見じゃないわな」

「はい、問題は屋内ですが、きれいにしているのではないでしょうか。なにせ歴史と実績のある工場……」

星、と織田が星を制し、諌《いさ》めるような声で言った。

「あんたもまだまだやな。ものが散らかっていたり、工作機械の手入れを怠っていたり、工員が作業着を着崩していたり、そういう工場のほうが見所あるんや」

「は？」

「考えてみい。汚い工場で、だらしない格好で仕事をして、備品の管理はめちゃくちゃ。そういう会社を買収してうちのやり方で叩き直したらすぐ生産性が上がるで。汚さやだらしなさ、いい加減さは、言うなれば伸びしろなんや」

織田とともに働くようになって驚いたのは、会社を見る目の鋭さだった。Ｍ＆Ａの名手として知られ、個人として株式投資で築いた資産は一兆円を超えると言われている織田には、買収する会社、投資する会社それぞれに、独自の判断基準と嗅覚があるようだった。

「わしの見立てやと、ここは伸びしろ十分やろな。それに経営者もアホそうやから、なお結構。第一関門は花丸の合格やったしな。そうやろ？」

織田は分厚い眼鏡の奥の目を細めた。

「第一関門」とはゴルフのことだろう。

山陽ベアリングはベアリング（軸受け）に強い従業員数三〇〇人ほどの企業である。この山陽ベアリングが買収先を探しているという情報がある金融機関を経由して織田電子に舞い込んだのは二ヵ月ほど前のことだった。

織田はこの買収に強い興味を示した。ベアリングは織田電子の目論むＥＶ向けモーターの内製に必要な技術であり、山陽ベアリングはガソリンエンジン車のベアリングで実績があったからである。ＥＶとガソリンエンジン車は根本的に別物とはいえ、自動車業界での長年の経験は心強かった。

ただし、欲しい技術を持っているからといって、すぐに買収に取りかかるわけではない。お近づきのしるしに、と織田は山陽ベアリングの社長・山口則文《やまぐちのりふみ》と副社長の三田村寛《みたむらひろし》の二人をゴルフに誘った。とはいっても織田本人は参加せず、星と星が織田電子に入る際に自分の片腕としてヤマト自動車から引き抜いてきた津田昌志《つだまさし》に参加するように命じた。

「わしはゴルフはやらん。時間のかかる趣味は焦れったくてダメなんや。あんたたち、ヤマト自動車にいたなら少しはできるやろ」

その響きには、「ビジネスマンの社交の道具」としてのゴルフへの、かすかな嘲《あざけ》りが滲んでいるように星には思えた。

そして織田は、星に奇妙なミッションを与えた。

「山陽ベアリングの二人のプレーをよく見ておいてくれ。スコアだけじゃあかんよ。プレー中の態度と会話の内容もや。ウエアとクラブのメーカーもよく見なあかんで」

山口は四十九歳で、三田村は五十三歳。三田村は体型もプレーも年相応といったところだったが、山口は真っ黒に日焼けした顔に、よく鍛えられた引き締まった体軀《たいく》で、ゴルフの腕前は素人離れしていた。聞くと無類のゴルフ好きで、週に二、三回は必ず広島の名門コース「安芸カンツリー倶楽部」でプレーしているという。

ドライバーは空を切り裂くようによく飛び、フェアウェイの狭い難関ホールでも滅多にラフに打ち込まない。打ち込んでもすぐにリカバーし、グリーンを捉える。平均スコアが八〇で、アマチュアの大会で優勝したこともあるという。ヤマト自動車時代に少しゴルフをかじった程度の星と津田ではまったく太刀打ちできなかった。

その話をすると、織田は喜色満面。「それじゃあ、次は現場を見にいこうやないか」と言ったのだった。

そして今日の訪問である。

「ゴルフが買収とどう関係するのですか？」と尋ねると、織田は鼻で笑った。

「わしはどんなに業績が悪くても従業員のクビを切ったことがない。事業を育て、従業員を守るのが経営者の仕事やからな。真剣にそれをやろうと思うたら、会社を成長させなあかん。現状維持はすなわち退化や。ゴルフなどしているヒマはないはずやで。社員は経営者を見て仕事をするもんや。だからわしは誰よりも働かなあかん。ハードワークは労基法で守られていない経営者の特権や。平日に会社におらんとゴルフ三昧の経営者の下で社員が一生懸命働くと思うか？」

反射的にゴンザレスのことを思い出した。彼にとってリストラは常に経営の選択肢のひとつで、必要とあればそれを行うことにいささかのためらいもなかった。

どちらが正しいということではない。ただ、星には織田の経営手法のほうが共感できる気がした。金でも権力でも、体力や知力でも、「持てる者」は「持たざる者」を守らなければならない。自衛隊時代から星はそう考えてきた。思えばゴンザレスは持てる者の春を謳歌《おうか》し、持たざる者を冷酷に切り捨てるだけだった。

「山陽ベアリングの収支はトントンや」と織田が言う。

「ゴルフと会食にうつつを抜かし、成長への意欲を失った腑抜けた経営者でも収支がトントン。わしらが買収したらすぐ利益率が一〇パーセントを超えるやろね」

名刺一枚の値段

山陽ベアリングの敷地裏手の駐車場には従業員らのクルマがびっしりと停まっていた。織田はそれらの一台一台を車内から眺めていたが、駐車場の片隅のそこだけフェンスで囲った一角に一見して山口のものだとわかる高級車が停められているのを見つけると、「これだけ買収に向いた会社もなかなかないわな」と呆れたように言った。

「ええか、星」

「はい」

「今日の山口と三田村の服装をよく見ておけよ。工場の社長が背広でめかしこんでいるような会社は社員の士気が低い」

織田から「うちで社長をやれ」と言われて入社した星だったが、無条件で織田の後任の座が保証されていたわけではない。織田から任された車載用モーター事業を軌道に乗せ、織田の信頼を勝ち取ることは当然として、織田から後継者としての実力を認められなければならなかった。

簡単なことではなかった。これまでも織田はエグゼクティブ・サーチを通じて社外から何人もの後継者候補を入社させていたが、織田に認められた者はこれまで一人もいない。みなどこかで織田の不興を買い、それが続けば更迭され、会社を去っていた。創業者である織田の後継者選びの眼鏡は、どこまでも厳しく、妥協がなかった。

自分はそれをどうにかクリアしたらしい。複数の企業をM&Aで吸収合併か子会社化し、トラクションモーター製造に必要な技術はおおむねすべて揃った。試作品を作ったところ、中国の複数のEVメーカーが興味を持った。これがモノになればEVの巨大市場へと成長著しい中国で販路を拡大する道筋がつく。そして星には国内の需要への対応についても温めているアイデアがある。晴れてCEO就任が内定したのは、つい先週のことだ。

「それとな、トイレもよく見るんやで」

「トイレですか?」

「トイレットペーパーの予備がいくつも置いてある会社が最高やね。そんなに置いとったら気にせず好きなだけ使うやろ。コストカット意識が行き届いていない証拠や」

入社時から織田とは週に三回、一対一で話す機会を設け、織田の経営理論と哲学を一から学んでいた。徹底的な個人指導である。織田の言葉の端々からは、自分が退いても織田電子が成長を続けられるよう、星には自分のやり方を完全に吸収し、自分のコピーになることを求めていることが強く感じられた。

「社員の事務机の文房具もな、わざわざ社費でノートやボールペンを買っている会社も放漫経営や。あんなもん、無料で配っとるのをもらってきて使えば十分やろ。新聞チラシとか去年のカレンダーの裏でもええやないか。白い紙に文字が書ければええんやから」

織田が言っているのは、織田電子で徹底されていることの裏返しである。星は初めて織田電子の本社にやってきた時のことを思い出した。

最初の印象は、その「暗さ」だった。

従業員の活気がないということではない。物理的に暗いのだ。

オフィスの蛍光灯は半分ほど取り外されており、そのせいで昼間なのにオフィス内は薄暗く、昼食時の社員食堂もどこか寒々しかった。役員らの執務室も例外ではなかった。

社員が使うパソコンのモニターの輝度も抑えられていた。これは電気代をカットするため、とのことだった。

それだけではない。終業時には待機電力の削減のため、ありとあらゆるコンセントが引き抜かれ、昼の休憩時は完全消灯が義務付けられていた。エアコンは夏場は三〇度、真冬は一九度に設定されている。オフィスで私用の携帯電話を充電した一人の若手社員が、上司から「そんなことをしたら電気代がかかるだろう」と怒鳴りつけられていた。公私混同を叱られるのではなく、無駄なコストがかかることを叱られているのである。

織田電子は滋賀県彦根市の琵琶湖畔に本社を構える。地上二一階のビルは、京都企業の雄で織田がライバル視する京都電産の本社より三メートル高く造らせた巨大ビルである。そこで働く従業員全員に物資や電気の倹約を徹底させれば、「塵《ちり》も積もれば」で巨額の経費節減になるはずだ。

理屈は理解できる。しかし、星には及びもつかなかったやり方だった。

無駄を徹底的に削るのは正しい。とはいえ、これがなかなか実践できない。会社が大きくなり、日々の取引の額が大きくなるほど細かな倹約はおろそかになり、むしろ倹約を「せこい」などとバカにするようになる。

織田電子がモーターだけで巨大企業になりえたのは、この倹約精神があったからこそなのだ。どこにもマネができない技術をひたすらに追求する「技術のヤマト」で育った星にとって、前時代的ではあるが確かに効果的な織田のやり方はある種の盲点だった。

企業を的確に判断する目の確かさに、年商一〇兆円という壮大な目標を実現するために巨大組織を細部まで把握し、自分の手足のように動かすカリスマ性。織田は疑いようもなく「天才経営者」であった。

しかし、と星は思う。同時に、その天才性こそが織田電子の「弱点」なのだ。社内で行われている厳しい倹約作戦は、細部にいたるまですべて織田の指示で行われ、全グループ企業にも徹底されていた。驚いたことに、社内の一〇〇〇円以上の稟議書《りんぎしょ》はすべて織田本人が目を通し、精査し、可否を判断していた。仮にも一部上場企業、七万人の社員を持つ大企業の隅々までを、文字どおり織田ひとりが切り盛りしているのである。

「織田電子は織田の個人商店が巨大化した会社」という評判は本当だった。一人の突出した天才がすべてを取り仕切ることで成長してきた会社なのだ。人体でたとえるなら、織田電子の将来のビジョンを描く「脳」は織田の天才性が、ビジョン実現のために従業員を結束させ成長を追求する「心肺機能」は創業者ゆえのカリスマ性が担保していた。

だとしたら、高齢の織田が指揮を取れなくなったとき、この会社はどうなるのだろうか？

そして、天才でも創業者でもない自分がやるべきことは、本当に「織田のコピーになること」なのだろうか？

事務棟の正面玄関にはすでに山口則文と三田村寛が待っていた。山口はスーツ姿、三田村は作業服を着ていた。

創業者からの代替わりのタイミングで社内が混乱する企業は数知れない。その悪しき実例が目の前にあった。

「早く投降したい兵隊と、まだ戦いたい兵隊がおるな」

身を固くして深々と頭を下げた二人を見て織田が囁《ささや》いた。

どちらがどちらか、聞くまでもなかった。聞くところによると金融機関を通じて織田に買収を持ちかけてきたのは、社長の山口のほうだった。

山口は、山陽ベアリング創業者の山口広俊《ひろとし》の息子。つまり二代目である。

創業者の「カリスマ性」はあくまで創業者だけのもの。子どもに受け継がれることはほとんどない。それゆえに、身の程を知っている聡明な息子であれば、「親の七光り」の威光に甘えることなく、現場で懸命に実務能力を磨く。ただ、たいていの場合、苦労知らずで育ったゆえにその意欲にも欠ける。そうなると先代に仕えてきた従業員たちは、世襲でトップに立った無能な二代目をバカにするようになる。

それでも創業者の目の黒いうちは、表立ったトラブルは起こらない。地獄の釜が開くのは、亡くなった時だ。経営陣が離反し、従業員のモラルダウンが起こる。当然、業績もガタ落ちである。

「副社長の三田村のほうは叩き上げの職人や。辞めていった工員たちの人望も厚かった。もし買収するとしても、会社に残すのがええやろね。山口が去れば戻ってくる連中もいるかもしれん」

山陽ベアリングは世襲による会社の没落を絵に描いたような会社だった。一昨年に広俊が死んだ途端に業績が悪化した。その裏には熟練工員の大量離職があった。

技術がわかるわけでもなく、職人を束ねる人望もない山口はなすすべなく織田に泣きついたというわけだ。必要な技術が向こうから飛び込んできた。願ったり叶ったりの買収案件だった。

息子や娘によほどの能力がない限り、世襲なんてしないほうがいい、世襲は成功の見込みが薄い博打《ばくち》だ、と星は思う。則文は東京の城南義塾大学を卒業して山陽ベアリングに入社したものの、会社に籍を置いたまま世界放浪の旅に出た。家業を継ぐどころか、関わる気さえないように過ごしていたのだが、広俊に衰えがみえて後継者問題が浮上すると、当時、滞在していたタイのプーケット島から突如、帰国。バックパッカーは、跡取り息子然となって「海外で培った知見」を振りかざし経営に口を出すようになった。

そして、どういう経緯があったのかは知るよしもないが、親族で固められた役員らがこの則文を社長に据えてしまったのである。

はじめのうちは広島商工会議所主催の若手経営者の勉強会に顔を出し、殊勝な態度で先輩経営者に教えを乞うていた則文だったが、山陽ベアリングには大手自動車メーカーからの安定した受注があり、その収益源が当面は揺らぎそうにないことがわかった途端、会社に顔を出さずにゴルフと会食三昧。それればかりか経営者の会合にやってきてはわけ知り顔で経営論をぶつようになり、夜の街では女性がらみの悪い噂が聞こえてくるようになった。これでは従業員を引きつける求心力など望むべくもない。

別に、後継者候補として自分を連れてきた織田に見る目があると言いたいわけではないが、世襲だけはしないと公言しているだけでも、織田はまともだ。

織田と星が近づくと、二人は深々と頭を下げた。

「なんですか、二人とも怖い顔をして。うちかて取って食おうというわけじゃありませんよ」

織田はそれまでの冷徹な顔を恵比寿顔《えびすがお》に一変させ、社長の山口の肩をぽんぽんと叩くと、固く結ばれていた山口の口元がかすかにゆるんだ。

「ほな、さっそく話しまひょか〜、と言いたいところやけど、まず工場を見せてもらえないやろか？」

織田が言うと、二人は緊張した面持ちでうなずいた。社屋の裏手に回り、芦田川の堤に沿って進む間、織田はあちらこちらを値踏みするように見回していたが、造船のメッカとあって近隣の造船工場やドックから聞こえてくる機械音にも注意を払っているようにも見えた。

工場の中は整然としていたが、そこかしこから今日のために整理整頓をした慌ただしさが感じ取れた。星も長年工場を見てきた人間である。うわべだけ取り繕ったきれいさはすぐに見抜くことができた。

「このレンチはなんぼですか」

工場の西側の壁に沿って並ぶ工具の棚をのぞいていた織田が、社長の山口に突然尋ねた。

は、と目を見開いたまま固まってしまったのを見て、織田はかたわらの三田村にも同じ質問をした。

「一本、五〇〇円ほどではないかと」

そう答えた三田村に目もくれず、織田はどこか不興な様子でレンチを棚に戻し、黙々と仕事を続ける工員らを遠目に眺めながら工場を歩いた。買収の交渉はこれからだが、おそらく工員らには噂として伝わっていた。ときおりこちらを値踏みするような鋭い視線が投げかけられたが、織田はそれを意に介す様子もなかった。

工場視察を終え、事務棟の中の重役専用だという応接室に通された。ソファーからローテーブル、フォンテーブル、九谷焼やバカラのブランデーグラス、そして山口が広島青年会議所のゴルフ大会で優勝した際のトロフィーを飾ったウォールユニットはすべてカッシーナで統一され、今にも朽ち果てそうな工場の外観と対照的に、異様に華美に感じられた。おおかた、山口が社内に囲っている愛人にでも見繕わせたのだろう、と星は密かに見当をつけた。

「まだご挨拶をさせていただいておりませんでした」と差し出された名刺を受け取った織田は、紙の感触を確かめるように指で表面をこすると、またもや「この名刺は、なんぼですか」と山口に尋ねた。

「一枚、ですか？」

「そうです。これ一枚いくらかかっているのか教えていただきたい」

またも答えに詰まった山口を、織田は険しい目で睨んだ。

「経営者なら会社にあるものすべて、いくらなのか知らんと経営できんのとちゃいますか。そんなことウチの会社なら新卒社員でも答えられますわ。コスト意識が低いと利益も出せませんやろ」

山口は、一瞬ムッとした表情を見せたが、織田は反論を寄せつけない迫力で山口を見据えていた。

視線を逸らしたのは山口だった。恥じ入ったように俯《うつむ》き、懐から取り出したハンカチで額の汗を拭こうとしたが、そのハンカチの値段も尋ねられると思ったのか、慌てて懐に戻した。

ええですか、と織田は詰め寄った。

「御社の営業利益率は〇・九パーセントや。せやけど、〇・九パーセントしか利益を出せん理由を考えたことがありますか。こんなの日頃の暮らしぶりの問題や。備品やら無駄な電力やらを切り詰めれば、すぐ一〇パーセントに届きますわ。従業員の給料を増やしてやっても八パーセントや。それをやらんのは経営の怠慢ですよ。言葉を選ばずに言えば、あんたのせいや。ろくに現場に顔を出してへんから小さな無駄に気づかんのとちゃいますか？」

まだ買収の話がまとまったわけでもない〝赤の他人〟にも織田は容赦なかった。この叱責は同じ経営者としての織田の正義感からくるものだろうか。

おそらくそれもあるはずだ。しかし、星は織田の言葉が自分にも向けられていることに気づいていた。

現場から目を離すな。すべての数字と、会社の中で起きているあらゆる事案を把握しろ。そうでなければ織田電子のトップは務まらない。

背筋に冷たいものが走った。織田は山口への叱責を通して、自分にそう伝えているのだ。自分と同じようにやれ、自分の忠実なコピーになれ、と。

サラリーマンが一滴も持たない血

トヨトミ三代目ショーグンの「ご乱心」に宴会場は騒然　日商授賞式で社長同士が大乱闘

その見出しが目に入った瞬間、統一は自分の座る向かい側の革張りのシートを力一杯蹴り飛ばし、スマートフォンを持った手を膝に叩きつけた。寄り添うように隣に座っていた個人秘書の飯山夏帆《いいやまかほ》は怯えたように身体をこわばらせ、わずかに統一から離れた。それからコスメポーチからコンパクトを取り出して、嵐が過ぎるのを待つかのように化粧直しに集中した。

愛知県豊橋市。トヨトミ自動車の役員専用研修施設「友愛」の屋上ヘリポートでアイドリングを続けていたレオナルド社のAW169は、統一の剣幕にせき立てられるようにしてそそくさと離陸した。パイロットもまた怒り狂う統一に臆し、いつものようにミラー越しにこちらを見ない。

秋晴れの日曜日。ほぼ無風。ヘリで飛ぶには絶好の天気だが、南に広がる三河湾も、濃緑色から黄金色や燃えるような紅色に移ろいつつある美濃三河高原の木々も、統一の目には留まらなかった。

その代わり、脳裏には二人の〝戦犯〟の顔が焼きついていた。一人は「日商DXアワード」の授賞式に乱入するよう統一をけしかけたトモコ・プリンセス、もう一人は日商新聞参与の周防幹二郎である。

あいつらのせいで大恥をかいた。統一は再びスマートフォンに目をやる。読みたくなかったが、そんな思いとは裏腹に視線は活字に吸いついた。授賞式前に起きたトラブルの一部始終をアメリカの通信社「カールスバーグ」の記者に見られていたのだ。

九月一八日夕刻　帝都ホテルの宴会場に居合わせた関係者は、世界的自動車メーカーの創業家三代目の「奇行」に目を疑った。

この日の午後六時から、同ホテル鳳凰の間で、日本商工新聞が主催する「日商ＤＸアワード」の授賞式が開かれた。同紙記事によると、ＤＸアワードとはデジタルトランスフォーメーションを通じて新たな付加価値を創造する企業の顕彰事業であり、選考は学識者など外部の審査委員会が行い、「大賞」にトヨトミ自動車が選ばれていた。

ところが、式場には本来出席が予定されていたトヨトミ副会長の河村元氏（六八）ではなく、代表取締役社長の豊臣統一氏（六四）が現れ、日商新聞社長の吉住豊彦氏（六七）に向かって「日商新聞批判」を繰り広げた。それに吉住氏が応酬し、口論に。ついには取っ組み合いにエスカレート。帝都ホテルの宴会場は、レッドソックスとヤンキースが乱闘劇を繰り広げるフェンウェイパーク球場と化した。

関係者の話によれば、トヨトミと日商の間には遺恨があったという。今年五月、主要メディアがトヨトミの二〇二一年三月期決算の業績見通しについて「営業利益九割減」と報じると、統一氏はオンラインで行われた会見で「あなたたちは何もわかっていない」「トヨトミのがんばりをなぜ評価しないのか」と反論。日商の記事については、「トヨトミ側が見出しを変更させようとした」と証言する関係者もいる。

今回の〝トヨトミ三代目将軍ご乱心〟の背景には、この記事をめぐる一連のやりとりがあったとみてまちがいないだろう。統一氏は式が始まる三〇分ほど前に、受賞スピーチの原稿として日商への不満を書いた自筆の文書をファックスで日商に送信し、そのまま帝都ホテルに向かった。そして開場前にもかかわらず、式場のメインテーブルの来賓者席に陣取った。

驚いた日商側は、社長の吉住氏が統一氏のもとに歩み寄り、事情を聞くことにしたのだが、ここで統一氏が「うちを批判してばかりいる新聞社が、今度はうちを表彰するということに驚きを禁じ得ない」「こんなことで機嫌を取ろうとしているその魂胆が気に食わない」などと言った。日ごろからメディア、とくに日商新聞の報道への不信を募らせていたのではないかと日商新聞側はみている。

ただ、関係者への取材で、ここには一つの「ボタンのかけ違い」があったことがわかった。統一氏は既知の日商新聞参与・周防幹二郎氏（八二）に、式への飛び入りを事前に通告していたのである。

どういうことか。その内心は知るよしもないが、統一氏は周防氏づてに式への乱入計画をあらかじめ吉住氏に伝え、氏の了解のうえで「トヨトミのボスが日商に物申す」という、いわば〝寸劇〟を演じたかったようだ。もちろん、その目的は現場の日商記者らにトヨトミの怒りを示すことであろう。

はたしてそれは実現したわけだが、統一氏にとって誤算だったのは、周防氏がこの計画を吉住氏に伝えるのを失念していたことだった。〝打ち合わせ〟どおりに日商・吉住氏に不満をぶつけた統一氏に、事情を含んでいない吉住氏が激怒、乱闘となってしまったのである。

翌日の日商新聞では「日商ＤＸアワード」の授賞式が行われたことが報じられ、紙面には受賞各社の名前が並んでいたが、開場前の大騒ぎのことには一行も触れられていなかった。

東に向かっていたヘリが大井川を越えたあたりで、地平線に富士の雄大な裾野がひらけた。統一は苦々しい気持ちで蛇行しながら海を目指す流れを目で追いかけた。日商の報道は目に余る。それを指摘するために会場に出向いた俺は悪くないはずだ。

トモコのアイデアには自分も賛同していた。しかし、言伝《ことづて》を忘れていた周防は許せない。

後日、周防から謝罪の電話がかかってきたが、「しばらく御社にはトヨトミの会見に出ていただきたくありません」と、出入り禁止の継続を告げただけで切った。トヨトミからのプレスリリースの宛先リストから日商を除外したいくらいである。

何もかもが裏目に出た企ての顚末《てんまつ》から、統一の心に不吉な予感が兆していた。悪いことは続くものだ。これがトヨトミ自動車の凋落のはじめの一歩だったりはしないだろうか？

先行きの見えないコロナ禍、息子・翔太への事業承継、開発が遅れているＥＶ。実際、トヨトミの懸念すべき事案は、大河の行く手を阻む土砂のように山積みとなっていた。それらはすぐには解決の糸口が見えないまま、いつまでも統一を苛《さいな》んでいた。

「トモコの言うことを真に受けちゃダメよ」

夏帆が鏡から目を上げてこちらに微笑んで言った。

「でも、大丈夫。カールスバーグの記事なんて読むのはごく一部の人だけでしょう。これでトヨトミがどうこうなるなんて、絶対にありえない」

首を振ると明るいブラウンの髪が揺れる。ホワイトティーの爽やかな香りが鼻先をくすぐった。統一の好きな香りだった。

冷静に考えると、夏帆の言うとおりだった。弱気になるな。大丈夫だ。日商の連中が九割減と報じた決算の見通しも、どうやら大幅に上方修正できそうじゃないか。ほかのことだってきっとうまくいくさ。これまでくぐり抜けてきた修羅場の数でいえば、俺はトヨトミの歴代社長の誰にも引けは取らない。

ありがとう、という気持ちを込めて、統一が夏帆に微笑みを返すと、夏帆は「あなたに必要なのは自信だけ。思い出して。あなたは誰もしたことがない経験をしてる」

統一にとって人生最大の危機は二〇〇九年。社長就任からわずか二ヵ月後に端を発した、トヨトミ車の大規模リコールである。アメリカ・カリフォルニアの高速道路でトヨトミの高級車「ゼウス」が制御不能となり、フルスピードでクラッシュ。乗っていた家族四人が即死した。この件をきっかけにアメリカではトヨトミへの批判が燃え上がり、その後に発覚したハイブリッド車「プロメテウス」の不具合が加わり、最終的に一〇〇〇万台以上のリコール（回収・無料修理）に発展。統一はアメリカ議会下院の公聴会に招請され、事件の経緯説明と謝罪に追い込まれた。

思い出したくもない出来事だったが、この経験は統一にある種の自信を与えていた。結果的に、あの場で統一が話したことで事態は沈静化に向かったのだ。

アメリカの公聴会で吊し上げられたことがある日本の経営者など自分だけだ。あの公聴会を乗り切れたのだ。どんな経営者にも俺は負けない。その矜持は、今の統一の背骨とも言えた。

統一は、鍛冶屋から身を起こし一代で豊臣製鋼所を築いた豊臣太助《たすけ》から四代目、その息子で、豊臣製鋼の自動車部門を独立させ日本初の自動車会社を創業した豊臣勝一郎《かついちろう》から三代目にあたる。だが、統一には、いくつもの艱難辛苦《かんなんしんく》を乗り越え、会社を立ち上げた創業者のみが身にまとうカリスマ性はない。そのことは誰よりも自分自身が身に染みてわかっている。しかし、公聴会の一件で、統一はカリスマ性への劣等感から自由になれた気がしていた。

創業者のカリスマ性など、しょせんは日本の中だけで通じる神通力である。そんなものはアメリカの議会では何の役にも立ちはしなかっただろう。大柄な白人の下院議員に「あなたには社長の資格がないっ」と罵《のの》られても、統一は顎を上げ背筋を伸ばし晒し者の屈辱に耐えた。あいまいな物言いをして逃げる気はなかった。正面から向き合うことができたのは、自分の体内に流れている豊臣家直系の血のおかげだった。周りの社員たち、サラリーマンが一滴も持たない血。

「わたしはトヨトミ自動車社長、豊臣勝一郎の孫であり、すべてのトヨトミのクルマにはわたしの名前が入っています」と啖呵《たんか》を切った。議会公聴会での責任追及に創業一族である自分が誠心誠意対応したから、事態は収拾できたのだ。

「あの時にあなたは生まれ変わったのよ。それまではボンボン息子だったかもしれない。だけど、あの公聴会でトヨトミを背負う存在へと生まれ変わった。そしてトヨトミ自動車は、創業家に救われた」

夏帆が疑いのない口調で言った。

「あなたはすばらしい」「あなたに勝る経営者はいない」「あなたが日本経済を支えている」。統一は常々、夏帆からこんな言葉をかけられた。その度に、自分の内側から力が溢れてくるのを感じていた。美貌だけの女はいくらでもいる。しかし、この女は自分を勇気づけてくれる。

トヨトミ自動車は創業一族に救われた。

統一は夏帆の言葉を反芻《はんすう》した。歴史ある企業の創業一族とは〝ブランド〟であり、茶道や華道でいうところの〝家元〟だ。一族の人間が社長を務めることは、顧客や株主、ユーザーにある種の信頼を担保する。その伝統を絶やしてはならない。

フューチャーシティ

ヘリは富士山麓を通過して、静岡県裾沼《すそぬま》市に向かっていた。裾沼にはトヨトミの子会社であるTRINITY（トヨトミ・リサーチ・インタラクティビティ）が計画するスマートシティ「フューチャーシティ」の建設予定地がある。水素技術の活用、自動運転車だけが走る公道、ビッグデータを活用した住環境の最適化など、トヨトミが開発を進める先端技術を人間の暮らしに落とし込むための実験都市。テーマは「人と街とクルマが情報によってシームレスにつながる都市」。完成したらトヨトミ社員を中心に約三〇〇〇人が暮らす予定である。

無機質な送電線が箱根の山肌を駆け上がり、尾根の向こうに消えていた。消えた先には芦ノ湖がある。

視界の南側には、クルマのスピードメーターに強いトヨトミ自動車の系列企業である山木総業《やまきそうぎょう》の本社があり、国道を挟んだ向かい側に「安全第一」と書かれた高さ二メートルほどのフェンスに囲われた東京ドーム三〇個分の広大な更地が見えてきた。その更地に向かってヘリは高度を下げていく。日曜日とあってバックホーや油圧ショベル、一〇トントラックといった工事用の重機はどれも動きを止め、近くを走っている横浜方面に向かう東名高速は車通りが少なかった。

建設予定地の出入り口を固めていた警備員らがヘリに気づき、爆風に飛ばされそうになるヘルメットを押さえながら駆け寄ってくる。今日の視察のために急遽《きゅうきょ》設《しつら》えた離着陸場にヘリは舞い降りた。機内から出ると、若い女性秘書に付き添われた、自分と瓜《うり》二つの顔と出くわす。顔のパーツが中心に寄った丸顔に黒縁眼鏡。統一の息子・翔太である。

似ているのは顔だけではなかった。城南義塾大学を卒業後、海外の経営大学院に留学してＭＢＡを取得、そして外資系証券会社に就職。数年間勤めた後、一族が経営するトヨトミ自動車に入社した。父・統一の足跡を辿って踏んできたかのようなキャリアだった。

統一が片手を上げて挨拶をすると、翔太は面倒そうにジャケットのポケットから片手を出して応えた。

秘書を後に残し、かちかちに固まった粘土層の土が剥き出しになっている無人の荒野を歩き出す。もともとはトヨトミ自動車の裾沼工場の敷地だったとあって、まだ当時の古い建屋が敷地の片隅に一つだけ残っていた。外壁には「裾沼工場　五十三年間ありがとう」の大きな看板が掲げられている。こうして更地になると、工場だった頃よりもいっそう広く思える。ところどころにブタクサやススキが生えている以外は、地表はごつごつとした土塊《つちくれ》に覆われ、どこか月面を思わせた。近くを走っている東名高速からの低く震えるような音が、無機質な荒野に人間の痕跡をわずかに伝えている。

「壮大な実験場だ。金の心配は無用。おまえに任せるから存分にやってみろ」

荒野の真ん中あたりまでやってくると、統一は翔太に言った。この実験都市に統一は私財から一〇〇億円を投じている。もちろんトヨトミからの金も潤沢にある。そもそもコストパフォーマンスが求められるようなプロジェクトではない。有り余るほどの資金と広大な敷地を与えられ、自由に街を作っていい。自分で手掛けたいくらいワクワクする仕事だった。

翔太は今年の春からＴＲＩＮＩＴＹの副ＣＥＯに就任。この地にできる「フューチャーシティ」を統括する立場にある。

翔太はうなずいたが、その顔にはかすかに不安の色が滲んでいる。統一は厳かな声で言った。

「トヨトミがクルマを作って売るだけではやっていけなくなる時が必ずくる。つまり、製造業としてのトヨトミ自動車はいずれ衰退していく。その後は自動運転やモビリティ・サービスの時代だ。そこで先端技術に強いＴＲＩＮＩＴＹがトヨトミの〝本体〟になり、主たる稼ぎ手になる。つまり、トヨトミは製造業の覇者から移動そのものを支配する覇者となるのだ。その時に向けて、知見を蓄えろ。この未来都市を創造した経験は唯一無二のものになる」

それがおまえが社長になる時の武器だ、とは言わなかった。翔太は三十四歳。統一が社長になった年齢まで、まだ二十年近くある。

黙って聞いていた翔太が不意につぶやくように言った。

「ここがどうなればプロジェクトは成功なのですか？」

思わず足が止まる。翔太は不思議そうな顔で続けた。

「プロジェクトには〈要件定義〉が必須でしょう。それがないと動き出せません」

成功？　要件定義？　何を言っているんだ。統一は翔太が言っていることが即座に飲み込めず沈黙した。やがて、言葉を絞り出したが、それはこれまでに何度となく翔太に話したことの繰り返しに過ぎなかった。

「この街をどうしたいのか、それはおまえが決めるんだ。そのためにおまえはトヨトミ本体からＴＲＩＮＩＴＹにやってきて副ＣＥＯになった。誰に気兼ねする必要もない。おまえの思想と哲学にしたがえばいい。そのビジョンが決まれば成功像も要件定義も、そしてクリアすべき課題も自ずとはっきりするだろう」

しかし依然、翔太はピンときていない様子だった。

「それでは困ります。白紙の状態で渡されても」

愕然とする。自由にやっていいと言われたら、人は喜んで自分なりの絵を描くものだと思っていた。ところが翔太はそうではないようだった。自由を与えられることを嫌がり、迷惑だと思っているのだ。

経営者という仕事は設定された問いに答えるようなものではないし、提示された選択肢からどれかを選ぶようなものでもない。未来のビジョンを掲げ、その実現に必要な問いを設定するところから始める仕事だ。ある意味で、それは「フューチャーシティ」の創造によく似ていた。にわかに翔太の能力が心配になってきた。

「一人で抱え込む必要はない。人材も豊富にいる。手足として使え。みんな能力は申し分ないぞ。

世界レベルの天才ばかりだ」

TRINITYは、AI（人工知能）のスペシャリストであり人型ロボットのソフトウェア開発の世界的権威でもあるCEOのジム・ハイフナーを筆頭に、トヨトミ・グループの中でもハイテク人材の質と量では群を抜く。

「ハイフナーは話すことが難しすぎます。相手にも自分と同じ知識を求めてくるんです。もう少し嚙み砕いて伝えられるようになってくれるといいんですけど」

気まずい沈黙が流れた。

作るだけであれば、トヨトミの技術とカネがあればスマートシティなどいくらでも作れる。自動運転ひとつとっても、トヨトミの自動運転バスは来年行われる東京五輪の選手村に導入されるレベルまできている。

豊富なカネと人材、そして技術。「フューチャーシティ」にはすべてが揃っていた。しかし、それらを使ってどんな未来像を描くのかという「ビジョン」だけがなかった。

肝心の翔太がこれでは、と統一は暗澹《あんたん》たる気持ちになった。ハイフナーをはじめ脇を固めるエリートたちが持ってきたアイデアを「うん、いいんじゃない？」と承認し続けるだけの〝お飾り〟としての翔太の未来が見えた。

恋愛結婚のシナリオ

やる気があるのかないのか、翔太はやきもきする統一を見てもどこ吹く風。「そういえば来月の式の挨拶、よろしくお願いします」と、天真爛漫《てんしんらんまん》に言った。

来月、都内のホテルで翔太の結婚式がある。相手は雲雀ヶ丘歌劇団の女優だった美剣凜《みつるぎりん》、本名・松山凜子《まつやまりんこ》。二十六歳。関急電鉄の創業者、松山孝吉の血を引く由緒正しい家系の娘でもある。大資産家の令嬢であり女優とあって気位の高さを心配したが、性格はいたって庶民的であっけらかんとした明るさがある。何よりもクルマが好きで、休日は愛車のトヨトミのSUV「グランドカイザー」を駆ってドライブに出るのが趣味というのもいい。

露骨に仕事の話を避けられたようで鼻白んだ統一だったが、努めて明るい声で「ああ、大丈夫。任せておけ」と応じると、翔太は「トヨトミ・グループのドン」から「父親」に変わった統一に安心したのか、凜子の美貌と気立ての良さを嬉々として話し始めた。

しかし、統一からすれば、我が子の結婚だからといって簡単に「経営者」から「父親」の顔に変われるわけではない。

豊臣一族の歴史は、財界との血族的なつながりを追い求めた政略結婚の歴史である。

統一の父・新太郎は皇室に連なる大財閥の令嬢であった母・麗子《れいこ》を妻とし、新太郎の父でありトヨトミ自動車初代社長の勝一郎は、江戸時代から続く家柄で総合商社を創業した中村家から嫁を娶《めと》った。統一の妻・清美《きよみ》も財閥系の三友銀行の頭取の娘である。

結婚を通じて財界とのつながりを深めることで、トヨトミは経済的にも政治的にも大きな恩恵を得てきたし、財界への強大な影響力を維持してきた。

血による結びつきによってのみ可能になることが増えることとは、言い換えれば「サラリーマン社長ではできないこと」が増えることでもある。それはそのままトヨトミ・グループを豊臣一族の人間が束ね続ける説得力となるのだ。

トヨトミが潰れる時は、日本が潰れる時だ。

自動車産業は日本の経済の屋台骨である。その頂点にトヨトミが君臨する。そしてトヨトミの王家が豊臣家なのだ。

これでいい。トヨトミに求められているのは「正しさ」ではなく、いつの時代も日本の代表として世界で存在感を示し続ける「強さ」なのだから。トヨトミが強さを維持するためには、世襲も政略結婚も、絶対的に正しい。

「凜子は財閥系の家じゃないからお祖母《ばあ》さんあたり文句の一つも言うだろうと思っていたけど、あっさりと認めてもらえて拍子抜けしたよ」

翔太の一言に、現実に引き戻される。

翔太と凜子は、家同士で話をつけたうえで翔太の取り巻きが企画したコンパに凜子を出席させ、翔太に紹介させたことが馴《な》れ初《そ》めである。反対が出ないのは当たり前だった。

見合いという形式をとっていないだけで、内実は限りなく見合い婚に近いのだ。それを翔太は自分が自由に選んだ相手との恋愛結婚だと無邪気に思い込んでいるのである。

松山家の人間に言わせると、凜子は芸能で芽が出ず悩んでいた時期で、それが結婚に前向きになる要因だったらしい。雲雀ヶ丘のファンである統一の母・麗子によると「美貌はピカイチだし気立てもいいんだけど、最後まで〝棒〟が直らなかったわね」。

演技やダンス、歌が下手な女優を、雲雀ヶ丘ファンは〝棒〟と呼ぶ。雲雀ヶ丘女優の中でも際立つ凜子の美貌は、棒読みのセリフやリズム感のない踊り、調子はずれの歌声を舞台上で悪目立ちさせてしまっていた。

しかし、美しさは誰にも負けなかった。雲雀ヶ丘歌劇団はそんな彼女を売り出そうと、舞台よりもテレビが主戦場である「映像専科」に在籍させた。大口のＣＭが決まり、ドラマの主役の仕事も舞い込んだ。すると、それまでも同僚の女優たちからさんざんいじられていた凜子は、やっかみと露骨ないじめの対象になった。

演技もダンスも歌も、本人の努力とは裏腹に、一向に上達しなかった。そこに不幸が重なった。テレビドラマのヒロイン役に大抜擢された凜子だったが、相手役の人気俳優が撮影期間の真っ最中に自殺。ドラマはお蔵入りとなり、凜子は世間の注目を集めるチャンスを失った。

劇団と女優たちとの板挟み。そして大抜擢ドラマの放送中止。翔太と引き合わされたのは、そんな苦しい芸能生活に倦《う》み疲れていた時期だった。

「トヨトミはもう財界にも政界にも確固たる地位を築いた。もう見栄を張る必要はない。自分の人生だ。自分が選んだ相手と好きに生きればいい」

統一は思ってもいないことを言った。翔太はトヨトミの社長の座がいつか自分のもとに転がり込んでくることを疑っていない。近しい人間に聞くところでは、統一が社長になった五十三歳よりも若く社長の座に就くことを目指しているという。

それならば、と統一は思う。それならばトヨトミに捧げろ。人生も、結婚も。どこの馬の骨かわからない女と恋愛をするのではなく、豊臣家の血筋を揺るぎないものにするためにすべてを犠牲にしろ。

しかし、と統一は自分の考えに引っかかりを覚えた。

それでは恋愛結婚はしがらみも責任も重圧もない「一般庶民」のお遊びなのだろうか。統一にはそうとも思えなかった。

脳裏に父・新太郎と、母・麗子のこわばった表情が浮かんだ。

それは数十年前の光景だった。名古屋市内の高級住宅街の中でもひときわ目を引く、統一の生家である豊臣新太郎邸での一幕だった。

自分のかたわらには、これから妻となる清美がいる。麗子は鬼のような形相で結婚を考え直せと怒鳴り散らし、何が起きても柳に風といった様子でいつも飄々《ひょうひょう》としている新太郎も、家庭でも会社でも見せたことがないような厳しい顔で腕組みをしている。

統一は両親の前に手をつき頭を下げるが、麗子の怒りは収まらず、そうしているうちに頑《かたく》なに結婚に反対する麗子への憎悪が心のうちで膨らんでくる。

思わず、豊臣一族が繰り返してきた政略結婚への不平が口からこぼれた。麗子は「そこいらの小娘と結婚して離婚沙汰になったらどうするの。財産分与でごっそり持っていかれるわよ」と喚《わめ》き散らす。

唇を嚙み締めて耐えていた清美が、たまらず「そんなことはありません。私は一生統一さんと生きていきます！」と割って入った時、麗子の怒りが爆発した。

「お黙りなさい！　あなたのような女の言うことを信用できるわけがないじゃないの！　何を要求されるかわかったもんじゃない！」

チャンピオン交渉

愛知県豊臣市。トヨトミ自動車本社上層階。自分に与えられた応接スペース付きの執務室でデスクトップパソコンのモニターを睨んでいたトヨトミ自動車副社長の林公平がふと視線を上げ、窓の外に目をやると、東の方角からこちらにまっすぐ向かってくるヘリコプターが見えた。社長の豊臣統一を乗せたレオナルドＡＷ１６９である。

パソコンでスケジュール管理ソフトを確認すると、前の行き先は静岡県裾沼市の「フューチャーシティ」とあり、林は統一が息子の豊臣翔太と会っていたこと、そして日曜日にわざわざ本社に自分を呼び出したのは、何かデリケートな相談事があるからだと素早く察した。二、三の心当たりがあった。心配事があるとともかくにも林に相談するのが統一の習慣になっていた。

やがて執務室の扉がノックされ、統一が姿を現した。畝《うね》の細いコーデュロイのスラックスにセーター姿の統一が応接スペースのソファーに座ると、林もそちらに移動する。

「日曜日にお呼び立てしてすみません」

その声音から、統一が自分に何か頼み事があるのだとわかる。統一とは営業部と企画部で二度上司となった間柄だ。付き合いは四半世紀に及び、今はもう表情や話の切り出し方で統一が何を言いたいのかわかる。そして、統一は自分に意見を聞き、肯定してもらわねば何一つ重大な決断を下すことができないのも知っていた。

「プロメテウス・ネオの原価をもっと下げなければいけません」

やはりこの話か、と林は思う。

プロメテウス・ネオはトヨトミがかねてから開発を進めている中価格帯ＥＶである。目標とする航続距離は単純走行で一〇〇〇キロ。消費電力の多いエアコンを使用しながらでも六〇〇キロほどを目指している。長年、ＥＶの普及には「航続距離」と「充電時間・充電設備の不足」という課題が横たわってきた。プロメテウス・ネオはそのうちの航続距離を完全に解決する野心的なクルマである。

予定販売価格は三五〇万円。ガソリンエンジン車並みの航続距離のＥＶをこの価格で発売することがどれだけ難しいか、クルマ作りに携わっていれば誰でもわかる。

「高級ＥＶ並みのバッテリーを積むことを想定すると、そのぶんほかのところで原価をいかに下げるかですな」

我が意を得たり、と統一がうなずく。

ＥＶの航続距離はバッテリーに左右される。バッテリーをたくさん積めば航続距離は伸びる、という単純な理屈だ。ただし、そのぶん価格は高くなる。

現状、航続距離の一番長いＥＶは、大富豪・タイロン・マークス率いるコスモ・モーターズの「タイプ３」で六〇〇キロあまり。価格は一〇〇〇万円を超える。これでは環境問題に敏感で金を持っている一部の金持ちしか買わない。ＥＶを世の中に普及させたかったら、航続距離を伸ばし、なおかつ価格を抑える必要がある。

膝の上に肘を立ててソファーに座っていた統一が、両手を組んで言った。

「トヨトミは長年、原価低減をお家芸にしてきました。いや、原価低減で収益構造を強化することで勝ってきたと言ってもいい。絶対に失ってはいけない文化です」

林は、ここ数ヵ月トヨトミの役員陣の間で共有されている課題を口にした。

「この四半世紀続いてきた資源デフレが終わりつつあります。デフレだからこそ原価を下げて利益率を高めるトヨトミの〝カイリョウ〟は効いていたんです。しかし……」

統一が後を引き取る。

「そう、インフレ局面では原価低減は効きにくい」

「鋼材ですか」

統一の不安は理解できる。現在一ドル一〇四円ほど。どちらかというと円高だが、日米の金融政策の違い、コロナ対策の違いから、来年以降に円安が来るという予想が各所から聞こえてきていた。為替が円安に振れれば、クルマを海外に輸出する自動車メーカーは儲かるように思えるが、インフレに加えて円安によって原材料の輸入コストが嵩《かさ》めば、トヨトミに部品を納めるサプライヤーの体力がもたなくなる。ＥＶ開発に限らず、トヨトミにとって難題だった。「錬金術」は今、その効力を失い始めていた。

とくに鋼材が問題だった。車体からモーター、シャフト、ベアリングまで、クルマを作るには大量の鋼材が必要とされる。その鋼材の原料となる鉄鉱石は、旺盛な需要がある中国の大量輸入によって二〇一八年頃からじわじわと値上がりが始まり、コロナによる物流の麻痺によって急騰した。しかも、まだ「天井」が見えない。

しかし、すでにさんざん話されてきたことを、今改めて持ち出す意図はなんだろうか。林にはピンとくるものがあった。

「大日鉄との交渉ならば、沼平にやらせましょう」

そう持ちかけると、露骨に統一の表情が和らいだ。やはりそうだ。統一は大日本製鉄との交渉に臨むのが嫌なのだ。

日本の鋼材の価格は、最大の大口顧客であるトヨトミ自動車と最大の供給元である大日本製鉄（大日鉄）の交渉で妥結した価格が「集中購買価格（集購価格）」として、ほかの製造業者が鋼材を仕入れる際の価格の相場になる。それゆえに両者の交渉は「チャンピオン交渉」と呼ばれる。

このチャンピオン交渉、通常ならトヨトミ側は購買部の部長、大日鉄側も交渉担当の部長クラスが出てくるのが慣例だったのだが、二〇一九年に大日鉄の社長に就任した野口幸成《のぐちゆきなり》は直々にこの交渉の場に出てくる。

これは下請け会社に回る分も含めた莫大な購買量を交渉カードに値上げを拒否し続けてきたトヨトミへの大日鉄の対抗策だった。やはり鉄鋼大手だった三友金属を買収したことで過剰設備となり経営状態が悪化した大日鉄は、トヨトミという大口顧客を失うわけにはいかない。日本の鋼材の集購価格は世界一安いと言われるが、それは強気に出るトヨトミと弱気に出ざるをえない大日鉄の構図が続いてきた結果だった。野口はこの状況を打開しようとしているのである。

そこにじわじわと始まっている原材料のインフレだ。野口が原料高を理由に、トヨトミ向けに確保していた鋼材を別の企業に回すことをチラつかせてでも鋼材価格の大幅な値上げを主張してくることは目に見えていた。

そこでトヨトミ社内では、相手に対抗してトヨトミも社長である統一が交渉の場に出るべきではないかという声が、役員たちの間で密かに出始めているのである。

「別に私が出てもいいのだけど、沼平のほうがこういうことには慣れているでしょう」

統一は無表情を装ってボソボソと言ったが、林には統一の内心が手に取るようにわかる。

何のことはない、びびっているのだ。

大日鉄の野口は剛腕だ。

上客中の上客であるトヨトミに対しても遠慮会釈なく、言いたいことを言ってくる。夜の宴席も、政治家や官僚を絡めた泣き落としも通じない、極めてビジネスライクな人間であり、交渉事には無類の強さを誇る。

東商大学商学部を卒業後、大日鉄に入社。社費留学でアメリカに渡り、ハーバードの行政大学院で学んだ。若手時代から無類の野心家で、いずれ社長になると公言してはばからなかったという。目上の人間にも郷里の鹿児島弁で直言してやり込めるため上司からは煙たがられ、若い頃はアフリカや南米を転々としていたのだが、その経験が野口という鋼《はがね》をさらに鍛えた。文字どおりの叩き上げで社長までのしあがった人物である。

実力で頂点に登り詰めた剛腕と、あらゆることをお膳立てしてもらって生きてきた創業一族のお坊ちゃん。確かに、交渉しても勝ち目はないな、と林は統一に悟《さと》られないように苦笑する。

〝子の七光り〟

大日鉄との交渉の場に統一を引き出そうというトヨトミ内部の声には、実はもう一つ理由がある。トヨトミ購買部の部長・沼平義雄《ぬまひらよしお》は、トヨトミから転籍してグループのトヨトミ製鋼にいたのを、昨年統一自身がトヨトミに呼び戻した。沼平の息子・健一《けんいち》はＴＲＩＮＩＴＹの社員なのだが、統一の息子・翔太と親しく、翔太がチューンナップしたフローラでラリーのレースに出る際にコ・ドライバーとしてナビゲーションを担当する間柄である。その健一が翔太を通じて、義雄がトヨトミに戻りたがっている、どうにかしてもらえないかと言ってきたのである。

要は縁故によって今のポストに就いた沼平をトヨトミ役員陣は〝子の七光り〟と揶揄《やゆ》し、その実力に懐疑的なのだが、統一の一存で決まった人事に表立って意見することはできない。そのため統一をおだてあげて、沼平の代わりに大日鉄との交渉の席につかせようとしているのである。

「沼平本人に、交渉を任せると言っておきます」

そう言った林だったが、統一が満足そうにうなずくと暗澹たる思いを抱いた。

コロナで経済の先行きが見通せず、トヨトミの収益確保がおぼつかない状況で、統一が考えているのは、自分の体面を守ることだけなのだ。相手の野口が将なら、こちらも将たる自分が出ていって少しでも値上げ幅を抑えようとすべき局面だろう。

その統一が林に言った。

「フローラのコストダウンをしたでしょう。あのやり方でプロメテウス・ネオの原価低減をできないだろうか？」

トヨトミはこの三年間ほどで、大衆車・フローラのコストダウンをするＦＣＤＯ（フローラ・コスト・ダウン・オペレーション）活動を行い、フローラの利益率を大幅に改善した。これを統括したのが林である。

「少々問題があるやり方ですが、おそらくは可能です。ただ……」

含みを持たせた語尾に、統一が視線を上げた。

「フローラの時のように、邪魔が入らないようにしたほうがいいでしょうな」

統一の顔がぴくりと動いた。

「主計の連中か」

林はうなずく。

トヨトミ経理部には「主計室」という、社内でも最高峰の能力を持つ人材が集められたセクターがある。通称「カネの企画部」としてトヨトミの収益管理を担う精鋭部隊である。彼らはトヨトミの各部署の投資を精査し、その妥当性と将来性をチェックする、まさにトヨトミの「頭脳」である。

この主計室が、フローラのコストダウン活動の際に「コストダウンだけで利益を出そうとするのは、長期的に見て会社の実力を削《そ》ぐことになる」として待ったをかけてきたのである。結局コストダウンは実行されたのだが、同様の横槍《よこやり》がプロメテウス・ネオの原価低減でも入ることが予想できた。

彼らは相手が統一であろうが誰であろうが、トヨトミから出ていくカネについて冷徹に精査し、費用対効果が見込めないものについてはダメを出し、時にはより良い方法を提案する。

かつてトヨトミがヨーロッパに新工場を作った際、統一の肝煎《きもい》りでメディア向けに現地取材ツアーを組んだことがある。マスコミ各社の記者らを現地に招待し、記事を書かせるためである。これに待ったをかけたのも、この主計室である。

トヨトミのカネでメディアを呼ぶまではいい。しかし、今やるべきことは現地にこの工場を根づかせること。呼ぶべきは日本のマスコミではなく、現地のマスコミだろう、というのが主計の言い分だった。メンツを潰された統一は怒り狂ったが、理路整然と費用対効果を示してくる主計室にぐうの音も出なかった。

「自動車産業は百年に一度の大変革期。これまでの常識は通用しません。主計室の考え方は古い。それでいて社内での権力は絶大です。翔太さんが社長になった時に、手足を封じられてしまうかもしれません」

そう言うと、統一は深々とうなずいた。

第五章　ラストワンマイル　二〇二一年　三月

京都発、EVベンチャー

滋賀県彦根市。織田電子本社高層階の会議室に通された唐池真一郎《からいけしんいちろう》は、少し遅れて星渉が入ってくるとさっと立ち上がり、深々と頭を下げた。

「ご無沙汰してます、先輩」

ＣＥＯ就任、おめでとうございます、と続けると、星は照れくさそうに笑った。

「やめろって。いつクビになるかわからない、雇われＣＥＯだよ」

星は唐池のヤマト自動車時代の最初の上司にあたる。京都の洛北大学の大学院で工学を専攻していた唐池はヤマトで技術者として二十年働き、二〇一五年に四十五歳で独立。洛北大学の教授らとともに、ＥＶの開発・生産を行うベンチャー「Ｅフラット」を立ち上げた。もちろん大学に工場はなく、ａＰｈｏｎｅのアンプルや画像処理用の半導体に強いＧ－ＶＩＤなど最先端のＩＴ企業同様、工場を持たないファブレス製造業である。

暗いよな、と星が窓際のブラインドを引き上げると、昼前の柔らかい陽光が琵琶湖の黒々とした水面で跳ねて部屋に射し込んでくるのが、慢性的な寝不足の目に沁みた。

会議室の蛍光灯はところどころ外されていて、薄暗かった。壁には創業者である織田善吉を描いた肖像画と、織田の直筆で「あきらめれば失敗　やり通さなければ失敗　すぐやらなければ失敗だから織田電子に失敗はなし」と大書された社是が額に入って飾られていた。

「そんなことはありませんよ。星さんなら当然です」

お世辞ではなかった。サラリーマン生活を二十年も続ければ、仕事ができ人望が厚くても出世できない上司をたくさん目にする。どうしてこんな人が役員に引き上げられるのかと納得いかない人事も見てきた。

星の場合、仕事が誰よりもできるのはもちろんのこと、とにかく部下の面倒見が良かった。上ばかり見て仕事をする上司が多い中で、星はどんな部下もないがしろにしなかった。

自分の下についた社員の名前は何十年経《た》っても覚えていたし、リストラや転職でヤマトを離れていった元部下たちから相談を持ちかけられると親身になって悩み事を聞き一緒になって解決法を探った。そんな星だから唐池も十数年ぶりに連絡して、今ここにいるのだ。

「それで、今日はどうした？」

互いの近況を話した後、星に水を向けられ、唐池は本題を切り出した。

「織田電子はEV向けのモーター開発を強化していくと聞きました。そこで、お力をお借りできないかと思いまして……」

話は半年前に遡る。洛北大学構内にあるEフラットのオフィスに、重量級の柔道選手のような大柄な男がやってきた。オフィスといっても八畳ほどの広さにデスクが二つ、応接用の古いソファーセットがあるだけの、教授室に毛が生えたような部屋だ。唐池の目測で身長一八五センチ、体重一二〇キロはあると思われる熊のような男が腰掛けると、二人がけのソファーがほとんどいっぱいになり、スプリングが悲鳴をあげた。

男が出した名刺には「GFLホールディングス株式会社　代表取締役社長　佐伯泰造」とあった。卓越した倉庫管理能力を武器に、企業の物流機能を一括で引き受ける「3PL（サードパーティ・ロジスティクス）」で急成長している運送会社である。

「われわれのような株式上場したばかりの新興の運送屋は、配送車両のEV化が急務なのです」

佐伯はこちらがお茶を出す間もなくそう切り出した。自動車業界が長い唐池にはすぐに察しがついた。

「ESG投資ですか」

「お察しのとおりです。われわれは大手運送会社や外資系ファンドの目の敵ですよ」

佐伯泰造《さえきたいぞう》は黒々と茂った太い眉根を寄せて苦笑した。

ESG投資とは、企業の財務情報だけなく「環境（Environment）・社会（Social）・ガバナンス

(Governance)」への取り組みを評価したうえでの投資を指す。

途上国の人々への労働搾取で利益を上げている企業のみならず、その企業から商品を買っている会社も投資対象としてふさわしくないし、環境負荷の高い石炭の輸出入に関わる商社への目も厳しい。こうした企業への投資を敬遠する動きは、すでに海外、なかでも欧米の先進国では一般的になっている。

コロナ禍でネット注文が増えて大忙しの運送業界も例外ではない。ＥＳＧ投資の理屈では、運送業は「配送トラックで排ガスを撒き散らし環境汚染と気候変動を悪化させる社会悪」ということになる。

日本ではＥＶで使う電力は火力発電で作られているのだから、クルマをＥＶに替えたところでCO_2は出るし、ＥＶの製造過程でもCO_2は出る。しかし「ＥＶ＝環境にやさしい」というのが世界の潮流である以上、少なくとも環境に配慮しているという体裁は整えられる。投資家が納得するエクスキューズになるのであれば「正しさ」は二の次、三の次、というのもＥＳＧ投資の現実なのである。

「昨年われわれは横浜にお取引先企業のストック機能を肩代わりできるようなＡＩ付きの巨大な倉庫を作って、物流業務の円滑化を図りました。それがうまくいきまして、今度は関西にも同様の倉庫を作ろうと考えていたのですが、外資の目を気にする金融機関が投資を渋っているんです。株主たちからも環境に配慮をせよという声が大きくなっていまして」

「そこで排ガスを出さないＥＶを、というわけですか」

おっしゃるとおりです、と佐伯は地肌が透けるほど短く刈り込んだ頭を掻いた。事情は理解したが、懸念も浮かぶ。運送で使うトラックとなると最低でも一・五トン、長距離の陸送なら一〇トンクラスだろう。とてもじゃないがうちでは……。

「それなら大手の自動車メーカーに相談するほうがいいかもしれません。現在、大手メーカーはEVのトラックを出していませんが、需要はあるはずですから話は聞いてくれると思います。うちのEVはどれも小型車です。ご希望に添えるかどうか」

そう伝えると、佐伯は意外なことを言った。

「いえ、そこがいいんです」

唐池は思わず前のめりになり、と申しますと、と聞き返した。

「都市間を結ぶ長距離配送と各地の配送センターまでの輸送は従来どおりエンジンを積んだトラックで行います。おっしゃるとおり、国産の大型EVトラックが出るのはまだ先でしょう。中国メーカーが発売したものもありますが、性能がまだまだ未知数です」

そう言うと、佐伯がソファーに浅く座り直し、居住まいを正した。

「問題はそのあとの、〝ラストワンマイル〟です」

唐池はそこでようやく佐伯がここにやってきた真意を理解した。

「配送センターから届け先までの小回りが利くクルマが欲しいと」

「ええ、毛細血管のような住宅地に分け入ることができる大きさで、配送範囲の荷物を積めることが欠かせません」

「となると……最大積載量は一トン、車両総重量は二トンほどでしょうか。普通免許で乗れるくらいの」

「ええ、ただもっと小さくてもいいです。小さいほどいい。運送業界はいつも人手不足でして、うちの配送員も人が集まらず、パートの主婦やウーバーと掛け持ちの若者にがんばってもらっています。大半は普通免許しか持っていませんし、ペーパードライバーだとあまり大きなトラックはぶつけそうで怖いと敬遠されてしまう」

なんとかなるかもしれない。佐伯が求めているクルマのおおよそのところがわかると、唐池は気持ちの昂《たか》ぶりを覚えた。これまで中国向けの小型ＥＶばかり作ってきたが、かねてから唐池は日本向けのＥＶ開発に向けて密かに準備を進めていた。佐伯が持ち込んだ話が突破口になるかもしれない。

「航続距離はどのくらいあればいいでしょうか」

いくら長距離輸送用ではないといっても、それなりに長く走れないといけないだろう、ということで尋ねると、佐伯は声を上げて笑った。

「そんなものまったく重要ではありません。自動車メーカーはＥＶの航続距離を伸ばそうと躍起になっているようですが、私たちにそんな需要はない。末端の配送トラックが一日に走る距離なんてたかが知れています。一〇〇キロも走れれば十分。充電して翌日に備えればいい。こういうクルマを二万台ほど欲しいのです」

ほかにも話を持ち込んだ会社があるのかと聞くと、佐伯はトヨトミ自動車に持ち込んだが断られたのだという。

「足元を見られましたよ。一台一五〇〇万円出すなら作ってやる、とね」

一五〇〇万とは大きく出ましたね、同じサイズのガソリンエンジンのトラックの四倍だ、と目を丸くしてみせた後、唐池はパーティションで区切られた向こうへ「三輪さん！」と呼んだ。

すると、すぐに五十代半ばの、浅黒い顔のずんぐりした男が顔をのぞかせる。

三輪明良《みわあきら》。トヨトミ自動車で開発部の主査を務めたのち、ベンチャー企業のEフラットに転職してきた変わり種である。三輪は唐池の隣に腰掛け、佐伯と向き合うと「原価でいえば四〇〇万もあればお釣りがくるはずですよ」と言った。

「三輪は昨年うちに転職してきたのですが、その前はトヨトミで開発部のエースエンジニアだったんです」

佐伯に驚いた顔で見つめられた三輪は「大した仕事はしていませんよ」と照れ笑いを浮かべたが、すぐに表情を戻す。

「トヨトミは佐伯さんの足元を見てふっかけたのではなく、単に興味がなかったんでしょう。彼らの考えることは手に取るようにわかります」

「二万台導入すると伝えました。それでもトヨトミには小さすぎるビジネスだというのですか？」

いえ、三輪は眉間に皺を寄せ、かぶりを振った。

「話の大小ではありません。机上のコンセプトばかり語り、見栄えのいいクルマを作りたがって、足元の需要を見ない会社。それが今のトヨトミなのです」

「商用車だからですか？」

佐伯の声が怪訝《けげん》そうにうわずった。三輪は少しの間、逡巡《しゅんじゅん》した。何を話し、何を話さずにおくか、慎重に言葉を選んでいるようだった。

「私が転職を決意した理由でもあるんですが……。私が入社した当時のトヨトミはユーザーの使い勝手を徹底的に追求する会社でした。インドネシアで新しいクルマを出すなら、現地の気候や道路の舗装率、そこで暮らす人々の生活や家族構成を完全に把握した上で設計開発していました。トヨトミの商品企画は伝統的にそういうことが得意だったんです。そこが私は好きでした」

「今はそうではないのですか」

三輪は時代の流れといえばそれまでですが、と前置きして答える。

「社長が変わったことも大きかったように思います。商品企画の部署が、かつてやっていたようにユーザーの需要調査に基づいてクルマのコンセプトを作るのではなく、社長の顔色を見て仕事をするようになってしまった。今のトヨトミ車のラインナップを見てください。スポーツカーや若者向けのセダンばかりでしょう。いつしか私はそこに疑問を抱くようになったのです。この会社は世の中の変化がまるで見えていないのではないか、と」

唐池は初めて三輪に会った時のことを思い出した。

「社会の実態に基づいたクルマづくりをしたい。豊臣社長はトヨトミ自動車が長年培った伝統を破壊しようとしている。彼はトヨトミの正統な後継者だが、血統しか信じていない。血統だけでなく伝統もまた〝血〟であることをまるで理解していないのです」

彼は唐池にそう言ったのだ。

三輪は佐伯を改めて見つめた。

「EVや自動運転など、新技術の波には敏感なのですが、肝心なのはそれをどうクルマに落とし込むか、というところでしょう。豊臣社長には日本の高齢化や経済の低成長化、コロナ禍による社会の変化は見えていないように思います」

「社長がそうだと、役員や社員もそうなる、ということですね」

佐伯の声に滲んだ自戒の色に気づいたのか、三輪は寂しそうに笑って首を振った。

「豊臣社長の顔色をうかがい、上手に取り入った人間だけが出世する会社ですから、おっしゃるとおりでしょうね。社会が変われば新しい需要が生まれるはずでしょう。佐伯さんが小型のEVトラックを必要としたように。だけど、社長本人も周りの役員もそれを見ようとしていないのです」

三輪はそこで一度、自分を納得させようとするように、小さくうなずいた。

「それがわかった時、私はトヨトミを辞めようと決めました。クルマを利用する人の人生、その人の日常に思いを馳《は》せることをやめた自動車会社なんて、何の魅力もない。同じような思いを抱いていたのは私だけではなかったのかもしれません。今、トヨトミでは管理職クラスの人間が次々に辞めているんです。彼らの頭の中にあるのはトヨトミへの失望と、恐怖です」

「恐怖?」と思わず唐池が口を挟む。

「ええ、社長に目をつけられたらキャリアを潰されるという恐怖です。豊臣社長は気に入らない人間は、すぐに自分の視界に入らない場所に飛ばす。しかし、関連会社への出向や更迭を自分で命じるわけではない。やるのは社長の気持ちを忖度した人事部です。彼らは社長の溜飲を下げるために、ただ閑職に飛ばすのではなく、もっとも絶望的な場所に飛ばす」

　三輪はふっと小さく息をついた。

「トヨトミにはかつてＥＶ開発を取り仕切っていた村本というエースエンジニアがいました。知見もアイデアも、日本のＥＶを引っ張る人材でした。しかし、豊臣社長は彼がメディアで注目されるのが気に食わなかった。トヨトミのＥＶの看板は自分だと思っていたわけです。それを汲《く》んだ人事部は村本を子会社に出向させることにしました。どこだと思いますか？　立川自動車です」

　その場にいた一同は顔を見合わせた。誰もが村本の絶望を手にとるように理解した。ＥＶのスペシャリストを、ＥＶ開発と縁遠いトラックや大型バスの立川自動車に。宝の持ち腐れ。いや、飼い殺しというべきか。

「能力のある人材を能力が必要なポジションに置く。口で言うと簡単そうなのに、組織が大きくなればなるほどさまざまな人の思惑が絡んで難しくなりますね」

　唐池は苦笑混じりに星に言った。その脳裏に三輪から聞いたトヨトミ自動車の内幕だけでなく、古巣のヤマト自動車での二人の共通の経験を浮かべているに違いなかった。

「幸い、人事の風通しはいいよ、ここは」

　実際、織田電子は能力のある人間であれば、年齢やキャリアに関係なく責任と裁量の大きなポストに就くことができる。反対に、成果が出せなければ功ある人材でも降格の憂き目にあう。大きな組織ではあるが、実力主義の徹底を求める織田善吉の意向で、適材適所と信賞必罰の考え方は全社に行き渡っている。

しかし、星は唐池が話す三輪の身の上話を上の空で聞いていた。運輸業界にＥＶの巨大な潜在需要がある。胸の高鳴りを覚え、武者震いした。織田電子のトラクションモーターの需要があるのだ。

トラクションモーターとは、モーターとそれを制御する半導体と減速機が一体となったもので、ＥＶのキモ中のキモである。

ガソリンエンジン車と比べて構造がシンプルで、部品数も少ないということで、ＥＶには自動車メーカーだけでなく、他業種の企業からも参入が相次いでいるが、このトラクションモーターは高度な技術の結晶である。自前で作るのは難しく、少なくとも最初のうちはどこかから買うことになる。

唐池、と星が言った。

「つまり、ＥＶの小型トラックに搭載できるトラクションモーターが必要なわけだな」

ええ、と唐池は短く答えた。

「設計とデザインは私たちにやらせてください。ただ、小型ＥＶとはいえＧＦＬホールディングスが求めているのはトラックですから、パワーが必要です。われわれが開発したモーターではどうしても弱いのです。そこで織田電子のトラクションモーターの力をお借りできないかと考えております」

自分の顔が興奮に火照るのがわかる。

願ってもない話が転がり込んできた。トラクションモーターで世界シェアをとるという織田のビジョンの中には日本市場も当然入っている。唐池の話は、その足がかりになりうるものだ。織田電子には追い風が吹いている、という最近の織田の口癖を思い出した。

わかった、と星は机をぽんと叩いて言った。

「経営会議で話してみるよ。こちらとしても断る理由はないし、俺としてもぜひやってみたいと思っている」

そう言うと唐池は、やはり先輩に相談してよかったです、と目を輝かせた。

「喜ぶのは早いよ。おまえのところ、中国の会社と組んで製造を向こうでやっているんだろ。日本の国交省の認可を取るのは大変だぞ」

日本で新しいクルマを発売する際には国土交通省の審査を経て、正式に認可を受けなければ発売することはできない。

審査自体はどこの国でもあるものの、日本の場合はこの審査の手続きが曲者《くせもの》。とくに唐池のＥフラットのようなベンチャー企業泣かせなのだ。

クルマの性能について満たすべき基準値は明確に示されているのだが、それを実証するためにどのような実験をするか、どのようなデータを提出すればいいのか、ということまでは示されていない。大手自動車メーカーであれば長年のノウハウが蓄積されているが、ベンチャーは別だ。中国の審査には唐池も慣れているのだろうが、日本の審査はもっと厳しく、中国向けに作られたクルマを日本スペックに変えるには細かな設計変更を無数に重ねなければならない。

唐池が審査に挑んではデータの不備ではねられることを何年も繰り返す未来が、星には容易に想像できた。その間、開発費だけがかさみ莫大な金が燃えてなくなるだろう。そして、星自身もヤマト自動車では審査には関わってこなかった。織田電子にもこのノウハウを持つ人間はいない。

星の懸念にもかかわらず、唐池は、僕らだって日本市場を視野に入れてきたんです、と不敵に笑った。

「だから経験のある人間を採用したんです。さっきの話に出てきた三輪はトヨトミの主力エンジニアだった人間です。彼なら審査の裏も表も、審査を通すコツも熟知している」

「コツ、か。そうだな、あれは確かにコツだ」

唐池の言い方に、思わず吹き出してしまう。大企業で共に揉まれた間柄だが、唐池はすっかりベンチャーの人間になっていた。

ドルチェ&ガッバーナ

「遅いなあ」

同じ頃、彦根市にある織田電子本社一階の来客者受付では、日商新聞の高杉文乃が先輩記者の武《む》藤《とう》エリとともに織田の広報担当者を待っていた。エリは文乃より三つ上の三十二歳。昨年十一月、アメリカから帰国して名古屋支社に配属された。

約束の午後一時を十分ほど過ぎていた。エリは趣味のテニスで日焼けした左腕のスマートウォッチにしきりに目をやり、じれったそうにしている。

「仕方ないですよ。あちらは七十歳を過ぎてもあちこちを飛び回る、衰え知らずのカリスマ経営者。お忙しいんでしょう」

文乃はそう言うと、レセプションフロアの一角の展示スペースのほうに足を向けた。ここには織田善吉が近江八幡市にあった実家の納屋を改修して作ったという織田電子の創業当時の〝工場〟がそのまま移設され、中に当時の写真や古い工作機械を展示している、ちょっとした記念館になっている。この小さな納屋で、織田は四人の仲間とともに織田電子を立ち上げた。

織田は当時二十九歳。分厚い眼鏡の下のつぶらな瞳とやや出っ歯な口元は五十年後の今もそのまま だが、写真の中の織田は皺ひとつない若々しい青年だ。一緒に写っている創業メンバーたちもまだ現役で、今はそれぞれ役員を務めている。

はぁ、とエリは小さくため息をついた。

「私、今夜会食なんだよね」

だからなんなの？　文句を言うなら私一人でよかったのに、と文乃は声に出さずつぶやいた。

この取材は文乃が織田電子広報部と先月から折衝を続け、どうにか実現させたもの。本来は文乃が一人で来るはずだった。

しかし、一昨日になってデスクが急に「インタビュアーを武藤に譲ってやってくれないか」と言ってきた。そんなこと普通はありえないでしょ、と文乃がデスクに詰め寄り、理由を聞いてもはぐらかされるばかりだったが、文乃にはすぐにピンときた。

どこの世界にもいるのだろうが、新聞社にも上昇志向が強く、美貌と色気と愛嬌で世渡りする女性社員はいる。いまだにそんな同性がいることに文乃は愕然とするが、政界並みに男性社会が根強く残るメディア界では、セクハラ、パワハラの常習者が多いのも事実。そういうおっさん記者に限って、フェミニズムの逆張りをするエリのような女性に甘い。

日商新聞にもいろいろなタイプの記者がいる。夜討ち朝駆けを地道に繰り返し、靴底をすり減らしてネタを稼ぐ記者もいれば、経済部で社長コースに乗っている記者は、担当する財務省や日銀に大学の同級生がいて、その太い人脈で内部に食い込む。社会部には取材上の重要人物と個人的に親しくなり、食事や酒の席でネタを引っ張るアクの強い記者がいる。もちろん、政治部には政府高官や議員に色目を使う女性記者がいる。

どんなやり方であってもネタを取った人間が偉いのが新聞社というもの。女を武器にしてネタを取ろうと、取材対象と癒着まがいの交際をしようと、それは本人の仕事のやり方なので否定はしない。ただ、女を武器にする記者はたいていの場合、取材対象に都合のいい情報を垂れ流す。文乃はそれが許せない。

今日もエリはドルチェ&ガッバーナのジャケットの下には襟ぐりの深いカットソーにタイトスカートを合わせている。米原《まいばら》で新幹線を降りる直前にさりげなくつけたディオールのプワゾンが香った。およそ新聞記者とは思えない出で立ちだが、本人がそれを武器にしようというなら同僚がとやかく言うことではない。それでネタをくれる「おっさん」はまちがいなく日本にはたくさんいるのだから。

厄介なのは、エリがその方法を取材だけでなく出世のために社内で振りまくことなのだ。

本人のキャリアを見れば一目瞭然だ。入社四年目で日商新聞の〝花形部署〟の経済部から出世コースと言われるワシントン支局へ。当時、バツイチの経済部長を夜な夜な籠絡《ろうらく》した成果だともっぱらの噂だったが、実力が伴わないのだからたぶん本当なのだろう。日本に戻ってくると、社長の肝煎りで作られた新設部署のデジタル特報部に。部の垣根をこえた機動力で独自の調査報道をするという遊軍部隊だが、財務省や日銀の記者クラブ育ちだから、自分で取材先に当たりをつけて人に会いネタをとるのが大の苦手。最初の半年でほとんど成果を出せず、先輩記者が追っているネタの周辺取材ばかりやらされるようになると、今度は編集局長に取り入ってアメリカ西海岸の大学に社費留学した。

「アカデミー賞レッドカーペット突撃レポート」といった、どう見ても遊びに行っているようにしか見えないインスタグラム投稿で同僚の女性記者たちの顰蹙《ひんしゅく》を買っていたのだが、コロナ禍もあって留学課程を途中で切り上げ昨年帰国。雑用に近いような取材仕事に戻るのを嫌がって、懇意になった上司を使って後輩記者が追っているネタに割り込んでくるので文乃は閉口している。

最近は編集局出身の専務に接近していると聞く。今回はそのルートだろう。

こういう女とは絶対友達になれない。

こんな形で同僚に仕事を譲るのは納得いかなかった。エンジン車からＥＶへの移行という大きな波が押し寄せている自動車業界に大きな一石を投じている織田電子の織田はキーマンの中のキーマン。まして、長い交渉の末にようやく実現したインタビューである。デスクに掛け合い、せめて取材に同行することは認めてもらった。

織田電子なんて全然関心がなかったのに、ＥＶ関連で注目を集めるようになった途端に手のひらを返して自分のネタにしようとしているエリが気に食わなかった。文乃は、エリが織田電子を「大根畑に囲まれた田舎企業」と小バカにしていたのを知っている。

「会食があるならどうぞお先に名古屋にお帰りください。どうせあんたはインタビューするだけで、記事にまとめるのは私でしょ？」

こう言ってやれたらどんなにすっきりするだろう、と展示物に見入っているエリの背中を見て、文乃は思った。

「利益倍増の書」

一時半近くになって、ようやく織田電子の広報が小走りでやってきた。生地の薄いスーツに、つま先が擦り切れたビジネスシューズ。高級スーツを隆と着こなすトヨトミの広報マンとは大違い、いかにも製造業の広報らしい武骨ないでたちである。

時間も押しているから、とそそくさと名刺を交換してエレベーターで上層階に向かっているところで、申し訳なさそうに「ご存じかと思いますが、弊社会長は高齢でして」と切り出された。

「会議室はお取りしているのですが、コロナをすごく気にしていまして、今日になって急に取材はリモートでお願いしたいと」

ええっ、対面でというお話だったじゃないですか、と驚いたのはエリである。広報は眉尻を下げて続けた。

「そういった事情で本日は自宅からの参加にさせていただきたいのですが、パソコンのカメラの調子が悪いようで、接続はできるのですが織田のほうの映像がこちらに表示されないようです」

対面で、とお約束していた手前、本当に申し訳ないのですが、と恐縮しきりの広報だったがエリと向き合うと、困りきった顔から放たれた視線は胸元の辺りをさまよった。エレベーターの中とあってほかに目を移す場所がない様子の広報と、あてが外れた顔をしているエリを交互に見比べて、文乃は吹き出しそうになる。織田の反応がこちらから見えないのではせっかくの〝勝負服〟の効果もわからない。インタビュアーを横取りされてくさくさしていた心が少しだけ晴れた。

会議室に入ると、ノートパソコンに接続された大型のスクリーンに織田電子の「Ｏｄｅｌ（オデル）」のロゴが映し出されていた。広報は二人を楕円形のテーブルのスクリーンの正面に通すと、懐から取り出した携帯電話で織田に電話をかけ、スクリーンに向かって頭を下げた。

「それでは会長。日商新聞の記者さんがいらっしゃいましたので、よろしくお願いいたします」

「なんや、今日はお嬢ちゃん二人か。ほな、定刻やしはじめましょか」

ノートパソコンから聞こえる声に、反射的に文乃とエリは頭を下げた。しかし、定刻とは？　織田の言葉に引っかかりを覚えた文乃が、頭を下げながらこっそりと腕時計を見ると、時刻はちょうど一時半。そこでやっと、織田電子の広報が自分たちに本来の開始時間よりも早い時刻を伝えたのだと合点した。遅刻や予定の遅れを極度に嫌うとされる織田への配慮だろう。

「こちらの映像が出なくて申し訳ないけど、音はクリアに聞こえていますか。わしももう八十近いからね。遠隔でお願いします。コロナは年寄りから死んでいく病気やから」

そう言った織田は、でも気持ちはまだ五十代やと思うとります。なんでも聞いてくださいと冗談めかし、甲高い声で笑った。織田電子はパソコンのハードディスク用のモーターでも大きなシェアを握ってきた。きっとこのパソコンにも織田電子のモーターが使われているはずだ。

「今日はお忙しいところお時間をいただいてありがとうございます」と慇懃に頭を下げたエリは、早速ですが先日ＣＥＯに就任した星さんのことからうかがいたいのですが、と切り出した。

文乃も真っ先に聞こうとしていたことだった。これならしばらくはエリに任せておいても良さそうだ。

よくやっていますよ、という織田の声は本心のように聞こえた。

「といってもまだ就任して間もないけどね。星の前に連れてきた村越というＣＥＯがうまく機能しなかったもので、今回の星もうまくいかないとなったら、連れてきたわしかて、どうなっとるんやと言われます。星にはやってもらわないといかん」

織田が後継者候補を社外から引っ張ってくるのは有名な話だ。噂では「頂《いただき》」という大手のエグゼクティブ・サーチの会社に絶大な信頼を置いていて、いつもそこを通じて後継者候補を連れてくると言われている。

「頂」の紹介料は、紹介した人材の年俸の半分。織田電子のＣＥＯクラスであれば、年俸は一億円前後になる。つまり一人紹介すれば「頂」には紹介料として五〇〇〇万円が入る計算である。

「大手銀行から織田電子にやってきた村越一郎さんですね。彼は何がいけなかったのでしょう？」

「何って、そりゃ結果ですよ、ＣＥＯなんやから。村越がうちに来たのは二〇一八年ですが、そこから二年間、うちの業績は停滞してしまいまして、冬眠状態です。これはいかん。このままでは大変なことになる、ということで一度、副ＣＥＯに降格させたんです。これはまだまだ勉強が足りないということで、アメリカで中規模の事業を任せてね」

スクリーンに織田は映っていない。しかし、文乃には後継者について語る厳しく鋭い視線が目に浮かぶようだった。年齢的にもう何年も第一線にはいられないことを自覚したうえで、会社の命運を次の世代に託そうとしている。

ころころと首をすげ替えることを批判されようと、織田はこの人選だけは絶対に妥協できないのだろう。その執念の源泉にあるのは自分が作り上げたものを後の世代の人間に損なわれたくないという執着心だろうか。それとも日本経済における織田電子の役割の大きさを考えてのことなのだろうか。あるいはその両方だろうか。

エリが質問を投げかける。

「二年間の業績停滞から、どのように立ち直っていかれたのでしょうか」

「業績が伸びなくなった時、うちの打開策は一つです。リーマンショックの時の話をしましょうか。多くの会社がそうだったのでしょうが、うちも業績が大きく悪化したんです。売上で言えば半分になってしまった」

文乃は思わず息を呑む。リーマンショックは二〇〇八年。当時まだ高校生だったが、その衝撃と混乱の大きさは今でも鮮明に思い出せた。売上が半分になった織田が感じたであろう恐怖はよくわかる。

文乃は名古屋の出身である。当時耳に入ってきたのは、トヨトミ自動車とその関連会社、サプライヤーにディーラー、そしてトヨトミがあるおかげで商売が成り立っている無数の小規模事業者の悲鳴であった。危機管理に定評のあったトヨトミが翌二〇〇九年三月の決算で創業以来初めて五四〇〇億円もの赤字を計上したインパクトはあまりにも大きかった。繁華街の錦からは人通りが消えた。名古屋市内に勤めていた父に言わせると「錦でゴミを漁《あさ》っていたネズミが痩せ衰えていた」そうだ。

織田の小さな咳払《せきばら》いが聞こえた。

「そこから立ち直れた会社もあれば、そのまま沈んでいった会社もある。要は歴史から学べるか、やね」

エリの沈黙を疑問の表れだと織田は察したようだった。

「学校の歴史の授業で世界恐慌について習ったでしょう。一九三〇年前後の話やけど、あの時は世界中でたくさんの会社が潰れたんや。ただ生き残った会社もあったし、逆に伸びる会社もあった。その会社から何か学べることはないかと思うて、膨大な量の資料を集めましてね。どんなことをやっていたのかを研究したんです」

エリが興味深そうにうなずいた。先を促されるまでもなく、織田は続けた。

「非常に簡単ですよ。コストを切り詰めた。共通しているのはこれです。ただ、徹底的にやれるかどうかという問題がある。わしはどこよりもそれを突き詰めようとして、社内向けのマニュアルを作ったんです。コストカットのね」

するとと紙をぱらぱらとめくる音がした。

「見せていただくことはできますか」とエリが言うと「あかんあかん。こんなケチくさいもんよう見せられません。『利益倍増の書』という名前で、商標登録もしとるんやけど、中身は社外秘ですわ」と織田は笑い、「一つだけ教えましょう。〝一円稟議〟ちゅうてね、どんな小さな出費でも全部わしがチェックしていましたよ。厳しい時は」

これだけの大企業である。日々社内からあがってくる稟議書は膨大な数になる。それを織田がすべてチェックしていたというのだろうか。

正気の沙汰とは思えない、マイクロマネジメントの極みである。ほかの会社の経営者が聞いたらそんなことはせいぜい課長の仕事、と笑うだろう。しかし、現に織田はこの手法で業績を立て直し、織田電子を再び成長軌道に乗せた。織田を笑える経営者など、日本に何人いるだろう。

「それを経営者がやるのは非効率な気がしますが……」という声色から、エリが困惑しているのがわかった。

意識付けや、と織田は短く答えた。

「たしかに手間はかかりますわ。でもトップが全部チェックしていると思えば、会社の金で何かを買うことへの社員の意識は変わり、どれにいくら使っているか考えるようになる。実際、社会保険や厚生年金を会社がどれだけ負担しているか、ほとんどの会社員は知らんでしょう。自分の給与明細もろくに見んのやから。会社が使う金に意識を向ける、それはつまり一人ひとりが経営の意識を持つことや。細かく稟議書をチェックすることにはそういう意味があるんです。得られるものは意外に大きいですよ」

スクリーンの向こうで、話し続けることに疲れた織田が大きく息を吐くのが伝わってきた。それから冗談っぽく「ご大層に〝研究〟なんて言っている割に出した結論がコストカットやなんて、拍子抜けでしょう。でも、ケチとは違うんやで、わしは近江の生まれやけど、京都には〝始末〟ちゅう言葉があるんです。切り詰めるべきところは切り詰めて、使うべきところは迷わず使うということや」と言った。

エリが口ごもる。拍子抜けしたというのは図星だったのだろう。文乃は「いえ、そんなことはありません」と助け舟を出す。

「世界恐慌の当時、ほんの数千ドルが集められずに不渡りを出した会社もあれば、ふだんから倹約しとったおかげで、ぎりぎりのところで従業員のクビを切らずに生き延びた会社もある。あれを見たら余分な金は一円たりとも払いたくないと誰でも考えるはずや。コストカットが大事なんて、経営者なら誰でも頭ではわかっていることですが、それでもできないのは骨身に刻みつけていないからですよ。その点わしは当時の何千社もの実例を一つひとつ調べ上げた。本当に身になる学びとはこういうものちゃいますか」

エリが話を引き取る。

「そういえば、会長は京都の山科《やましな》にある京都新技術大学を買収し、医学部の新設を目指すなど、教育事業にも熱心ですね」

「そうやね。それもこの話の続きや。本当に身になる金の使い途《みち》は何かっちゅう話です。わしはそれなりに財産を作りましたが、もうこの歳やから贅沢は必要ありません。旅行も好きやないし、ええもん食うたら身体を悪くする。もう金を使うとしたら教育と医療だけやね」

十年後のクルマの値段

織田の個人資産は一兆円とも二兆円とも言われている。それは織田電子からの収入というより、株式投資の名人であることによる。実業の世界ではあまり知られていないが、金融や投資の世界では有名な話だ。半ば伝説のように「織田は株で負けたことがない」と囁かれている。織田が伸びると見込んだ会社は必ず伸び、織田が株を手放した会社は必ず業績が停滞したり、不祥事が発覚し、株価が落ちるのである。

大した人物だ、と文乃はエリの質問に答える織田の声を聞きながら、率直にそう思った。物事の本質を理解した、昔ながらの日本の経営者だ。

しかし、文乃は織田が併《あわ》せ持つしたたかさと冷徹さ、そしてさらに、そこはかとない底意地の悪さがあることにも気がついた。それは話がＥＶに向いた時だった。

「こんなことを言うたら怒られてしまうから書かんでおいてほしいけど、トヨトミ自動車は今がピークやと思いますよ」

文乃は思わず誰も映っていないスクリーンを見た。穏やかでないセリフだった。その直前、織田電子のEV戦略では、トヨトミをはじめとする大手自動車メーカーのライバルになる気はない、なぜなら自動車メーカーは織田電子の顧客でもあり、顧客と競合しないのが自分のポリシーであると語っていたばかりだったからだ。

「時価総額では、まだまだうちはトヨトミには敵《かな》いません。ただ、これはわしの見立てやが、二〇三〇年にはどうなっとるかわからんと思いますよ。というのはうちの時価総額が上がっているというのもそうやけど、それ以上にトヨトミの時価総額が下がってくると思うんや」

織田電子の時価総額は約五兆円。織田の言うとおり、四〇兆円のトヨトミには及ばない。しかし、織田の自信はいったいどこから来るのだろう。文乃はエリを見たが、エリは疑問を感じていないようだった。

「トヨトミは今がピークとお考えになるのはなぜですか?」

文乃は割り込むように織田に質問した。視界の端でエリがムッとした表情を作るのがわかったが、そんなことは気にしていられない。

「そんなん、簡単なことや。今あちらさんはEVシフトに出遅れとる。釈迦に説法やと思いますけど、EVは短期的には収益を毀損するんや」

「ええ、現状では製造コストが高いですからね」

「せやろ。けどな、長期的にはクルマは必ずEVにシフトする。日本にいるとわからんかもしれんけど、中国やヨーロッパに出ると、それを肌で実感するんや。トヨトミは収益性の高いハイブリッドをよく売っているが、それは〝次のドル箱商品〟を作れていないということでもあるんやで」

文乃は唸ってしまった。トヨトミの好調な業績こそが弱点を露呈しているという織田の指摘は鋭かった。アメリカのコスモ・モーターズや中国の民亜自動車公司（ＭＹＧ）が次々とＥＶの新モデルを発表しているのと比べると、いかにもトヨトミの動きは鈍い。現在開発中だという「プロメテウス・ネオ」も、市場でどの程度受け入れられるかは未知数だった。

そして、織田からは「ＥＶの覇権戦争でどこが勝利しようとも、その勝者は我々のトラクションモーターを必要とする」という自信も読み取ることができた。だから、織田はＥＶ戦争の行方には、本質的に関心を持っていないのだ。

その織田は悠然と問うた。

「十年後にクルマの値段はいくらになると思いますか？」

世に高級車はいくらでもある。それらの値段は今後も変わらないだろう。織田が言っているのは、「ごくふつうの人」が買うクルマの価格である。

「今の半分くらい、でしょうか」

そう答えてみたが、あまり自信はなかった。下がっていくのは確かだと思うが……。

「五分の一」

「えっ、ご、五分の一？」

思わず素っ頓狂な声が出てしまった。

「そうや、そのくらいになる。その時にＥＶは爆発的に普及する。今ＥＶが六〇〇万円だとしたら、一二〇万円や。軽自動車なら五〇万円を切ると思いますよ。そうなったら、まず地方の人がガソリンエンジンの車からＥＶに買い替えて、生活の足として使うやろね」

織田の言葉が熱を帯びる。

「まだあんたたちは生まれていなかったと思うけど、テレビも洗濯機もまずは一握りの金持ちが高いお金を出して買《こ》うたんや。その時、わしのような貧乏人はまだ洗濯板やし、金持ちの家にテレビを見せてもらいに行くわけ。ところが、ある時から一気に普及するんや」

「価格、ですか？」

不思議なことに、織田電子のロゴが映し出されたスクリーンの向こうで、織田が深々とうなずくのがわかった。もう長いこと、ＥＶの課題は航続距離や充電施設の少なさ、充電時間の長さにあると言われてきた。だから自動車メーカーは航続距離を伸ばそうとして強力なバッテリーの開発を急ぎ、行政は充電施設の拡充に努めてきた。しかし、織田はまったく別の視点からＥＶを見ていた。

「クルマはね、本当は今よりずっとずっと安く作れるんですよ」

自信に満ちた声が返ってくる。

「ただ、ガソリンエンジンのクルマを作っていた連中がＥＶを作ってもあかん。ガソリン車の考え方でＥＶを作るから安くならんのです。中国を見ると、既存のメーカーではない会社が作った安いＥＶがよう売れていますよ。インドはさらに安いクルマを出しとる。インドも中国も国民の大半は何百万円もするクルマは買えません。新興国はどこも一握りの金持ちと大勢の貧乏人や。だから目端のきく会社は小さいけど安いピザを売ったり、見られるチャンネルは少ないがその分月額料金の低い衛星放送を提供して、大勢の貧乏人を囲い込むわけや。〈サシェ（小袋）・マーケティング〉というんやけどね。クルマも似たようなところがあるんやないですか」

「しかし、安全性は……」と思わず口をついた。安かろう、悪かろうの車では結局あまり普及しない気がしたのだ。

今度は織田が首を横に振ったのがわかった。

「わしに言わせれば、今のクルマがオーバースペックなんですよ。日本はええで。でも世界には、日本車ほどの水準はいらんから安いクルマが欲しいという需要はなんぼでもある。わしらは仕事で世界中を回っていますから、よくわかっています」

思わずつばをごくりと飲み込んだ。織田は、織田電子は何かとんでもないことを仕掛けようとしているのではないか。

トヨトミにしてもほかの自動車メーカーにしても、自動車販売の主戦場は日本ではなく海外だ。織田の言うとおり格安のEVが当たり前になれば、彼らの作る性能は高いが価格も高い車はやがて淘汰《とうた》されていくのではないか。売上でいえば、トヨトミ自動車の三〇兆円近くの売上は、織田の言うように「五分の一」とまではいかないだろうが、三分の一くらいにはなってしまうのではないだろうか。その時、日本経済へのインパクトは、と考えてゾッとした。

そして、半ば妄想めいた、もっと恐ろしいシナリオも想像できた。いずれ衰退した日本では、日本人は織田の言う「格安の車」しか買えなくなるのではないだろうか。

そんな未来は見たくなかった。

画面の向こうの織田はどんな顔をしているのだろう。創造者の顔だろうか、それとも破壊者の顔だろうか。いや、創造者と破壊者は、もしかしたら同じ顔をしているのかもしれなかった。

第六章　狂気の経営　二〇二一年　八月

内部告発

「なにこれ……」

スマートフォンに送られてきた動画を見て、高杉文乃は思わず目を見張った。

名古屋市郊外。目の前に男が座っている。一ヵ月前に匿名でメールが送られてきてからやりとりを重ね、どうにか面会にこぎつけた男。午後三時に指定されたのは、小牧市内のうらぶれた喫茶店だった。人目につきたくなかったのだろう。文乃は、向かいの席で弱々しく笑っている男を見た。

初対面のとき、内部告発をする人間は、同じ表情、同じ笑いを浮かべるのはなぜなのだろう。

男はスーツ姿だったが、肩幅が合っていないのかどこかおさまりが悪く、そのせいで所作までぎこちなく見えた。背中は曲がり、顔色も優れない。ひどく疲れた印象の男だった。

「あの、横井さん……。これって」と、先ほどもらったばかりの名刺に書かれている名前を確認してから呼びかける。

「トヨネット長久手店　営業部　横井一則」

東海地方全域でトヨトミ自動車のディーラー（販売店）を展開する「尾張モータース」傘下の店舗だ。頭の中で場所と外観を思い浮かべる。尾張モータースはトヨトミディーラーの最大手。トヨトミ本体と資本関係のない地場ディーラーだが、名証二部上場の大企業である。

「トヨトミ自動車を担当されている記者さんなら、この動画、わかっていただけますよね」

おそらく「トヨネット長久手店」の中の整備工場なのだろう、フリーローラーの上でタイヤを空転させているもの、サイドスリップテスターで車体の横滑り量を測っているものなど、動画は複数あった。

「車検、ですよね？」

そのとき、入り口のドアについているカウベルがカランと鳴り、新しく客が入ってきた。横井一則《よこいかずのり》は表情をこわばらせてそちらをうかがったが、こちらに向き直ると黙ってうなずいた。

不正車検だ。

文乃は自動車業界を取材するようになって五年目。メーカー各社の人事事情から部品サプライヤー、ディーラーのことまでひととおりわかるようにはなったが、車検となるとあまり自信がない。それでも横井が送ってきた動画を見れば、車検で本来行うべき工程をいたるところで飛ばしているのが一目瞭然だ。横井は周囲を気にしてか、声をひそめた。

「車検とセットで義務になっている法定点検は、二十四ヵ月点検で五六項目あります。でも、実際にやっているのは、いいところ四〇項目です」

「会社の上層部には伝えましたか？」

「彼らに言ったところで無駄ですよ」

横井の目が暗く陰った。

「私は先月まで車両整備部にいました。会社から車検一台にかける時間制限を設けられて、この不正に手を染めていた一人です。もちろん、好きでやっている整備士など一人もいない。でも、声をあげたら会社から目をつけられます。閑職に追いやられた人間、嫌がらせを受けて退職していった人間、これまで何人も見てきました」

悪質だ。明らかに組織ぐるみの不正である。

私もそうです、と横井が続けた。

「整備から外されて、やったことがない営業部にまわされました。古いスーツを引っ張り出して出勤したら、トヨトミ本体から出向してきた上司にそんな薄汚いスーツで顧客対応をする気かと言って帰らされた。営業部の面々はその上司が飼いならしていますから、誰も私に営業のいろはを教えてくれません。成績が伸びるはずもなく、若手の前で面罵される毎日です」

横井の服装がさまになっていないのはこのせいか。一年中作業着姿だった人間が、着慣れないスーツを着させられているのだ。

「それだけではありません。尾張モータース本社にも私は〝危険分子〟として報告され、いじめにあいました。社長がお気に入りのホステスを口説くための贈り物を休日返上で買いに行かされましたし、それをそのホステスのいる高級クラブで社長が飲んでいるところに届けさせられたこともありました。挙げ句の果てに『これじゃない』と大勢の前で投げつけられ……」

ひどい話だが、このままだと横井の愚痴を延々と聞くことになりそうだ。話を不正車検に戻す。

「会社ぐるみでやっているとなると、かなりの台数になるのでは……」

横井は自分が責められているかのような辛い表情になり、少しの間押し黙ったが、やがて覚悟を決めたように言った。

「正確な数などとても把握できません。この数年間、まともに車検をしたクルマはほとんどないのです。それに、これはトヨトミの車検システムの問題です。やっているのはうちの店だけではないでしょう。尾張モーターズ傘下のほかの店もやっている可能性が高いと思いますし、もしかしたらほかのトヨトミディーラーもやっているかもしれません」

横井の言葉に思い当たるものがある。動画再生を止め、複数ある動画ファイルの合計時間を計算してみた。見覚えのある数字がはじき出された。

五十五分。

「五十五分車検（GOGO車検）」は、トヨトミ自動車社長・豊臣統一がディーラーの業務改善をサポートする部署にいた頃に導入したものだ。「製造業の神髄」とも呼ばれる「トヨトミ・システム」を車検にも採り入れて、入庫から車検までの流れを徹底的に効率化し、待ち時間を劇的に減らした。

一時間以内に車検が終わるのであれば、ユーザーにとって大きなメリットである。多くはクルマを預かり中一日おいて翌日返しの三日を要し、その間に代車を貸し出す他社の車検との利便性の違いは明らかだ。

しかし、その結果がこれか、と文乃は暗澹たる思いに駆られた。「五十五分で終わる」と掲げている以上、現場はそれに応えなければならない。そのプレッシャーが不正を生んだと横井は言いたいのだろう。

「豊臣社長、外向けには『ユーザーのみなさまの笑顔を大切に』とことあるごとに繰り返して発言してたのに……」

コロナ禍を理由に廃止されてしまったが、まだ日商新聞がトヨトミに〝出禁〟になる前、文乃は豊臣統一の自宅で行われる「朝回り」という一種の囲み取材に、「キレイどころがいると統一さんの機嫌がいいから」という上司のパワハラでセクハラなご下命を受けて何度か顔を出したことがある。出勤前の統一を囲むため朝は早いしきちんと化粧はしないといけないしで面倒なことこの上なかったのだが、その場で統一が繰り返していたのが「ユーザーのみなさまの笑顔が大切」というセリフだった。

（あるべき手順を飛ばし、正規の料金を取る。安全性はそっちのけ。なんのことはない、大切なのはユーザーの笑顔ではなくトヨトミの笑顔と自分の笑顔じゃない……）

おそらくこれは車検だけで収まる問題ではない。次の取材先としてひらめくものがある。

文乃には、この件と今自分が追いかけているネタが、深々と根っこのところで結びついているのが見えた。

ディーラー再編

支社に戻った文乃は、産業情報部のある八階の喫煙所から出てきた多野木聡《たのきさとし》と鉢合わせた。強烈な西陽が射し込む喫煙所から出てきた多野木の丸っこい鼻頭は赤く灼《や》け、禿《は》げ上がった頭皮には脂が浮いていた。半袖のワイシャツの首元の黒ずみを見ると、昨日は会社に泊まったのだろう。

いいところで会った、と文乃はさっそく多野木に聞いたばかりの告発について話した。

「でかい山を掘り当てたじゃないか。やっぱり師匠がいいと、弟子も伸びるねぇ」

多野木は文乃と同じく産業情報部でトヨトミ自動車を担当している。今年三月に定年を迎えたが、嘱託記者として会社に残り、今でもトヨトミのお膝元である愛知県を根城に全国各地を飛び回っている。あだ名は「古ダヌキ」。老獪《ろうかい》な取材術でこれまでに何本もスクープをモノにしてきた辣腕記者である。

弟子じゃありません、とヤニ臭い目の前の空気を手で払う。ウザいおっさんだが、文乃はそれでも心の底では尊敬していた。多野木は記者というより、ブン屋と呼ぶにふさわしい一匹狼を気取る古風な記者だ。ネタを社内で共有せずに抱え込む仕事のやり方には社内でやっかみ混じりに批判の声もあがっていたのだが、嘱託に移ってからは少しばかりやり方を変えたようである。

「さて、高杉記者はこれをどう料理する?」と多野木がニヤニヤしながら尋ねてきた。

「告発者の横井一則は、不正車検の証拠となる動画を国交省に持ち込むと言っていました。抜き打ち検査が入ればおそらくほかにも不正に手を染めているディーラーが発覚するはずです。それはもちろん報じますが、この問題はもっと根が深い」

「その横井という男が言っていたように、トヨトミの車検システムの問題、ってことか？」

いいえ、と文乃は首を振る。

「もっと深いです。これはトヨトミが、いえ社長の統一さんが去年下した経営判断が引き起こした問題ですよ」

そう言うと、多野木は少しの間考えを巡らせていたが、やがてピンときたのか「なるほど」と口角を引き上げた。

「ええ、『全車種併売』です」

二〇二〇年三月、トヨトミは全国のディーラーで「全車種併売」をスタートさせた。この決定によって、トヨトミディーラーを取り巻く環境は一変したのである。

それまでトヨトミは、高級車を扱う「トヨトミ」、中級車の「トヨネット」、量販車の「フローラ」、コンパクトカー中心の「レッツトヨトミ」と四つある販売チャンネルごとに、販売していい車種を振り分けていた。全車種併売はこの割り振りが無効になることを意味する。

トヨトミ系のディーラーは全国に約三〇〇社、店舗数でいえば約五五〇〇店舗ある。統一によるこの決定によって、これらのすべての店舗が高級車から量販車まで全車種を扱えるようになった。つまり、ディーラー各社は一様に同じ商材で勝負することを余儀なくされたのである。

ユーザーは便利になるが、ディーラーにとっては生死に関わる問題だ。これまでは店舗が近接して〝縄張り〟が重なっていても、商材、つまり取り扱うクルマが違えば共存共栄できていた。全車種併売はその棲《す》み分けを破壊してしまうのである。

必然的にディーラーは、互いに差別化が不可能な、勝ち筋の存在しない戦いに投げ込まれる。苦しい競争だが、戦わないわけにはいかない。商材が同じ似通った店舗ばかりになった先に待っているのは業績の悪い店舗の取り潰し。つまり「ディーラー再編」である。どうにか生き残ろうとあえぐ彼らはそんな中で一筋の光明を見出《みいだ》した。それが「車検」だったのではないか、と文乃は考えていた。

車検は新車販売と比べて単価こそ安いが収益性が高く、数をこなせばそれだけディーラーは儲かる。かつて豊臣統一が旗振り役となって導入した五十五分で終わるクイック車検「ＧＯＧＯ車検」に、ディーラー各社が飛びつくのはうなずける。

ただし、五十五分という短時間、そしてトヨトミ自動車の生産方式であるトヨトミ・システムを応用し、極限まで効率化し作業台数を増やしたクイック車検も、価値があるのは質と安全性が伴ってこそ。車種やクルマの消耗度によって車検にかかる時間は異なるのに、何が何でも五十五分で終わらせることを追い求めた結果、安全性への配慮がおざなりになり、「トヨネット長久手」は必要な工程を省略するようになった。横井の告発を聞いた文乃には、「ＧＯＧＯ車検」はできるだけ多くの車検を手掛けて収益を確保すること、そして五十五分で終わらせることが目的化しているように思えた。

「全車種併売」と、その先にある「ディーラー再編」。全国のトヨトミディーラーが存亡の危機に晒されていることを考えると、横井の言うとおり、どのディーラーも不正をはたらく土壌が培われていることになる。

「とくにトヨトミ本体と関係が深いディーラーは慌てているだろうねぇ」と多野木がニヤつくと、ヤニで黄ばんだ犬歯がぎらりと光った。他人の不幸はネタになる。新聞記者であれば誰でもこうした気質を少なからず持っている。

「全車種併売で割を食うのは彼らですからね」

トヨトミのディーラーは東京を除いてすべて独立資本だが、トヨトミ本体との付き合いの長さや関係の深さには濃淡がある。今回不正車検が発覚した「トヨネット長久手」の親会社である「尾張モーターズ」はトヨトミと一世紀近く盟友関係にある、いわば〝親藩大名〟である。彼らは、トヨトミとの関係の近さを武器に、利益を大きくとれる「ゼウス」や「キング」などの高級モデルを愛知県内で独占的に販売してきたが、全車種併売によってその強みは失われることになる。当然、売上へのダメージもあるはずなのだ。

一方で、もっと関係の薄い〝外様大名〟、吹けば飛ぶような零細ディーラーもある。これまで大衆モデルしか売らせてもらえなかった彼らにとっては、全車種併売は短期的には業績が上がるため、ありがたいはずだ。

「両者の違いを明らかにできれば、全車種併売をきっかけに業績が低迷しはじめたディーラーが不正車検に走った構造を伝えられると思うんです。でも、私ディーラーにはあんまり取材のツテがないんですよね」

そうこぼして渋い顔を作った文乃に「じゃあ、ここをあたってみろよ」と、多野木はヨレヨレの上着の内ポケットから出した名刺入れから一枚の名刺を文乃に手渡した。

レッツトヨトミ名古屋　代表取締役社長　保科道康

名刺にはそうあった。レッツトヨトミ名古屋は当然文乃も知っている。トヨトミと関係が深いディーラー運営会社の筆頭格だ。思わず名刺から多野木に視線を移した。

「取材できるんですか?」

「レッツトヨトミ名古屋の役員に保科道康《ほしなみちやす》の弟がいてな。圭吾《けいご》というんだが、その圭吾が一昨年に本を出したいと言ってきて、出版社を紹介してやったんだ。その縁で社長の道康と知り合って、何度か取材したことがあるから、連絡しておいてやるよ」

取材力と執筆力は長く経験を積んだ人間が勝るとは限らない。文乃よりもずっとキャリアが長いのに取材ができない先輩記者は社内にたくさんいるし、文乃よりも後に入社したのに、独自の視点を持って、奥行きのある記事を書く記者もいる。

ただ、人脈の広さだけは長く現場で汗をかいてきた人間に軍配が上がる。多野木のキャリアに敬意を示しつつ、ありがたく申し出に甘えようとした文乃だったが、多野木が何の気なく発した言葉に、思わず固まってしまった。

「道康のカミさんは統一さんのカミさんと姉妹かもしれない」

「えっ？」

「弟の圭吾は社交家でな。出版社を紹介したお礼にってことでメシをご馳走《ちそう》になったんだが、その帰りに酔った弟が兄の家に寄ろうと言うもんだから、俺も一緒に行ったんだ。兄の道康も快く招き入れてくれたんだが、酒やつまみを出しにきたカミさんを見てびっくりしたよ。統一さんの奥さんの清美さんと瓜二つなんだ」

「他人のそら似じゃないんですか？」

「俺もそう思ったんだけど、あまりにも似てるものだから圭吾に聞いてみたんだよ。そうしたらイエスともノーとも言わないんだ。ただ、ニヤニヤ笑って『憶測で記事を書かないでくださいね』だって」

「それだけじゃわからないじゃないですか」

多野木はうーん、と唸った後に、でもそう考えるとなんとなく辻褄《つじつま》が合うんだよな、と思案深げな顔をする。

「辻褄？」

「ああ、自信満々なんだよ。何が起きても会社の未来は安泰だと思っているような……」

「それが何かおかしいんですか？」

そう問うと、多野木はおまえもまだまだだなと鼻で笑う。

「トヨトミが目論むディーラー再編は、経営判断としては正解さ。車を所有したいと考える人間なんて、今後減りこそすれ、増えることなんて考えられないんだから、ディーラーは今のうちに統合するなりして整理したほうがいい。だけど、統合されるほうはたまったもんじゃない。客観的に見て、保科の会社はトヨトミとの付き合いは長いけど、そんなに安心できる立場じゃないよ。だけど、〝血縁〟っていう担保があるとしたらどうだ?」

えぇ〜? と文乃は多野木に疑わしげな視線を投げかける。

「レッツトヨトミは絶好調だから経営者が強気なだけなんじゃないですか?」

「そうかもしれないけどな」と言ったきり、多野木は押し黙った。そしてタバコが入っているシャツの胸ポケットに手をやり、喫煙所に戻るそぶりを見せつつ言った。

「事前に先入観を持たせるのもよくないか。……まあ、道康に会ってみろ。豪快でおもしろい人物だよ」

電話をかけてきた女

愛知県豊臣市——。

トヨトミ自動車本社敷地内の技術棟を視察していた林公平のスマートフォンが震えた。

トヨトミ役員の中で最年長。グループの実務面を切り盛りする「司令塔」である林が関わっているプロジェクトは、ディーラー再編、トヨトミ車のコスト削減、コロナ対応、そして人事からグループ企業の元締めまでと多岐にわたる。とめどなく舞い込んでくる報告や相談事は秘書を通すようになっているが、中には直接スマホに入る連絡もある。

大量に流れ込んでくる情報を短時間で検討し、的確な指示を飛ばす。七十代も半ばにさしかかる林の頭の切れ味は未だ衰えていない。自分でも、この調子なら九十歳まで第一線でやれるのではないかと、密かに自信を持っている。

それにしてもよくスマホが鳴る日だった。朝から社長の豊臣統一からの電話が二件、トヨトミのグループ企業であり、林の古巣でもある尾張電子の調達担当役員からは、世界的に品薄になっている半導体の確保についての報告があった。今度は誰だ？　林は眼鏡の鶯色《うぐいすいろ》のフレームを摘《つ》まみ、額に引き上げた。

電話の主は、トヨトミ車のギアを製造する東海精機と尾張電子の合弁会社「トヨトミ・トラクション」社長・花本誠志郎《はなもとせいしろう》。この会社はEV向けのトラクションモーターを開発・製造している。今年の五月からは林も取締役としてボードメンバーに名を連ねている。

「お忙しいところ、すみません」と切り出した花本の口調は陰っていた。元来陽気な男である。その消沈した声色からして、いい知らせではなかった。

窓から入道雲を朱に染める夕焼けに目をやって「どうした」と短く返した。林はトヨトミ・グループのトップである豊臣統一から直々に依頼されてこの会社の取締役に就いた、いわば本社から差し向けられた目付け役である。花本が歳下だということもあるが、ポストとは別に暗黙の上下関係があった。

「上海自動車公司のモーターのコンペの件です。うちのモーターは受注を逃しました」

自分の顔が険しく尖《とが》るのがわかった。トヨトミ・トラクションにはトヨトミ本体からも技術者が出向している。

トヨトミ・トラクションはトヨトミが開発中のEV「プロメテウス・ネオ」のモーターも手がけているが、主戦場は目下世界最大のEV市場となっている中国である。中国国内にはEVを製造する企業が乱立し、外国企業の参入も目立つ。この過熱する市場にモーターを売り込み、シェアを握るというのがトヨトミ・トラクションの目論みであり、それは技術的に見ても実現可能だと思われた。

中国では町乗り用の小型EVがよく売れる。その小型EVに強い上海自動車公司の新車種向けのモーターで受注を逃したのは、単なる「コンペの一敗」以上の意味がある。トヨトミ・トラクションの敗北ではなくトヨトミの敗北だった。

「受注したのは？」

雨後の筍《たけのこ》のように次々と生まれた中国のEV企業は玉石混交である。安かろう悪かろうの粗悪品を作るメーカーもあれば、高い技術力と設計力を持ち、日本のメーカーと変わらない水準の、いや、いまや日本を凌《しの》ぐモノづくりができる会社もある。三〇〇社以上はあるとされる雑多なメーカーの中でも有望な企業はひととおり頭に入っていた。おそらくそのうちのどこかが受注したのだろう。

花本は言いにくそうに声を落として言った。

「織田電子です」

「バカな！」と気色ばんだ声が漏れた。

「織田はまだ車載用モーター事業を始めて間もないだろ」

林が発した怒号に、花本は気圧《けお》されたように、しかし、と言ったきり口ごもった。

「あ、侮れません。少なくとも上海自動車公司は織田電子のモーターを選んだ。中国の連中も驚いています」

侮っていたのはおまえだろう、と怒鳴りたいのを必死に堪《こら》えた。織田電子が車載用モーター事業に参入した時、トヨトミの反応は冷ややかだった。長年パソコンや家電のモーターを作ってきたとはいえ、自動車のモーターは勝手が違う。まともなものを作れるまでに十年はかかると言う人間もいた。

すでにEVを発売しているヤマト自動車をはじめ、クルマに載せるモーターならば自動車メーカーに一日の長があるのは目に見えている。新たな事業を立ち上げるとき自前でゼロから開発に着手するのではなく、M&Aで専門技術をもつ会社を買い漁《あさ》るのが織田のやり方だった。身体を鍛えて筋肉をつけるより、強い鎧《よろい》を手に入れて武装するような、成長スピード重視のやり方だ。

しかし、必要な技術を取り揃えれば作れるほど自動車のモーターは簡単ではない。だから、織田電子への当時のトヨトミの評価は、あながちまちがっているとはいえない。

そんな中、林だけは織田を侮るなと言い続けてきた。あの織田という男には、理屈を超えた何かがある。かつてトヨトミ自動車の創業者・豊臣勝一郎がまとっていた「何か」だ。

織田電子は創業社長の織田善吉の下に、彼に心酔したグループ総勢一一万人の社員が集う、良くも悪くもワンマン企業だと聞いていた。良く言えば「カリスマ経営」、悪く言えば「一人の独裁者による王国」である。

国家に君臨しようがワンマン経営者であろうが、独裁者はナンバー2以下の者たちに権限を与えるのを極度に恐れる。それゆえに織田電子は中間管理職のマネジメント力に慢性的な弱さを抱えている。

個々の人材の能力でもトヨトミに軍配が上がる。近年は帝都大学をはじめ国内最高水準の大学卒の人材に逃げられるケースが増えているとはいえ、腐っても「世界のトヨトミ」だ。旧帝大や私大のトップから優秀な学生が集まってくる。

織田電子のほうは人材の確保がおぼつかない。かつては織田が独自に考案した「早食い試験」「大声試験」など奇妙な入社試験で知られていたが、それは〝Fランク大学〟の学生しか応募してこないなかで、少しでも見込みのある学生を見出すための苦肉の策である。織田電子はそうして集めた学歴で劣る新卒を、時には手を上げることも辞さないスパルタ式で鍛え上げ、長時間働かせて、どうにか一人前に育てながら事業を拡大し成長を維持してきた。

必然的に「織田電子はブラック企業」との風評がつきまとう。給料もさしていいわけではない。だから、今でもトップクラスの学生は、ほかに選択肢があるなら、わざわざ織田電子を選ばないのである。

織田電子は一種の宗教なのだ、と林は考えている。早朝から深夜まで働くため外部の世界との接触が少ない社員たちは、織田という絶対的な創業者の理念を絶対的な価値観だと考えるようになる。ほかの価値観は知らないため、織田と会社を客観的に評価することはできない。事業の成長のために強いられる理不尽なまでの自己犠牲が正当なものかを判断することはできない。

織田という狂気の経営者を乗せた神輿《みこし》を、織田の考え方、やり方しか知らない数万の社員が担ぐ。これが織田電子の強さと成長スピードの源泉なのだ。

しかし、織田の本質と強み・弱みを見抜いている林をしても、織田電子の台頭の速さには驚かざるをえなかった。

わずか三年だ。わずか三年でここまでくるか。

不気味な男だった。その得体の知れない男が、M&Aでかき集めた、フランケンシュタインのようなつぎはぎだらけの技術でトヨトミに打ち勝った。

今、手を打たないと五年後、十年後はどうなっていることか。そう考えると背筋に冷たいものが走った。

「織田電子のモーターを丸裸にしろ。電器屋だとバカにしていたら食われるぞ！」

一喝するように告げて電話を切ると、廊下の窓辺に立った。遠景を占める木々のほうへ、黒い鳥が数羽飛んでいった。どことなく不気味で、不吉な光景に思えた。

いや、気弱になるべきではない。たかがコンペの一敗だ。

EVは昨日今日生まれたばかりのベンチャー企業が一攫千金を狙って参入してくる分野。右も左もわからない連中にはモーターだけ仕入れて自分たちで駆動部全体を設計する能力はない。一式揃ったトラクションモーターを買うなら、家電のモーターを作っていた連中のモーターよりもトヨトミのモーターのほうを信頼するはずなのだ。負けるわけがない。

林は戸外に出て人目を避けると、スマートフォンで電話をかける。すぐに相手が出た。

「ああ、八尾さんですか。トヨトミの林です」

そう名乗ると、相手は快活というよりは媚を売っているかのような陽気さで「ああ、林さん。ご無沙汰してます」と挨拶を返した。

「林さんから連絡が来るとは珍しい。何かありましたか」

お忙しいところすみません、と慇懃な調子を装うと、相手は「いえいえ、林さんからの電話なら大事な会議中でも出ますよ」と調子を合わせた。

「織田電子のモーターのことで少しうかがいたいことが」

そう告げると、電話口の向こうで、かすかな吐息とともに居住まいを正す気配があった。電話の相手は経済産業省製造産業局の審議官・八尾《やお》博《ひろし》だった。この局の下に、自動車産業を担当する自動車課や、工作機械を担当する産業機械課が連なっている。

「もちろん、車載用モーターですね」

八尾は当たり障りのない返事をした。

「ええ、聞くところによると、経産省の製造産業局では自動車課とは別に、車載モーター課を設置しようという話が出ているとか」

こちらの意図を勘案するような沈黙のあと、ええ確かに、と短く返答があった。自動車の電動化は不可逆的な流れである。となると、EVの基幹技術であるモーター分野の開発力強化は国としても優先順位が高い。経産省はそれを見越して、モーターを専門に扱う課を新設して、国際競争力の強化と国内企業のバックアップをしようと考えているのだ。

そして、経産省はこの分野でのリーディング・カンパニーを織田電子だと考えている。自動車の王者・トヨトミではなく、モーターの王者・織田電子を選んだのだ。

その証拠に会長の織田善吉は今年の春以降、頻繁に経産省を訪れ、省の高官とたびたび会合を持っているし、織田電子の本社を事務次官が訪問したこともあった。

本来、車載モーターであれば自動車課の中に担当部署を作ればいいはずだ。モーターだけの部署を作ろうとしているのが気になった。まるでトヨトミを避けるような動きだった。トヨトミ社長の豊臣統一も、霞が関から漏れ聞こえてくるこの噂には不快感を隠そうとしない。

「織田電子のモーターが中国車に採用されるようになってきました。彼らの強みは価格しかないと思っていたのですが、どうもそれだけではなさそうです。どんなモーターを作っているのか、是非とも知りたいところなのですがね」

ご冗談を、と八尾は低い笑い声とともに言った。

「天下のトヨトミ自動車がずいぶん気弱じゃありませんか。経産省としても、トヨトミには今後も日本のエース企業として、経済を引っ張っていただきたいと考えています」

食えない男だった。役人らしくもない軽口は叩くが、けっして本心は明かさない。しかし、経産官僚との付き合いならば、トヨトミも長い。林は統一の右腕として働く年月を通して、この手の役人の気質と欲望をよく理解していた。

こちらも必死にやっているのですが、と林は苦笑して言った。カア、と一声、からすの鳴き声が聞こえた。

「われわれが思っている以上に、ＥＶ分野での各社の動きが速いのです。人材はいくらいても多すぎるということはありません。とくにモーター分野に詳しい人材……」

八尾のキャリアは知っていた。帝都大学法学部を卒業後、経産省に入省。国のＥＶ政策の策定に深く関わってきた。林はこの人物が「モーター課」新設のキーマンだと睨んでいた。そして今年で五十五歳という年齢……。

「フェローの長塚が来年度いっぱいで退職するのです。後任を探しているのですがなかなか適任者が見つからず困っていまして」

電話の向こうの空気が張り詰める感覚があった。おそらく、八尾は乗ってくる。

「トヨトミさんの要職は並大抵の人間では務まらないでしょう」

八尾の声からかすかに弾んだ調子を聞き取った。

「おっしゃるとおり、並大抵では務まりません。ただ、八尾さんであれば……」

まさかまさか、と言った後、ひっひっという引き笑いが続いた。

「私などがお役に立てるとは思えません」

今度ははっきりと喜色を帯びた声だった。

「来週、東京に行く用事があります。麹町《こうじまち》のトヨトミ倶楽部にいらっしゃいませんか。食事でもしましょう」

そう誘うと、八尾は快諾した。もう頼み事を口にする必要はなかった。その日に八尾は〝土産話〟を持って、贅《ぜい》を尽くした接待施設、「トヨトミ麴町倶楽部」にやってくるだろう。

電話を切ると、少しずつ夜が近づいてくる気配があった。本社周辺の山林が、黒々と陰り始めていた。

織田と林は同世代。織田電子には負けたくなかったが、高度成長期の日本人の働き方を今でも実践するかのような織田電子には、懐かしさも禁じ得なかった。

「今の日本人は働かなすぎる」

ことあるごとに林はこう口にしてきた。厳しい指導とハードワーク。織田電子は、昔のトヨトミ自動車そのものだった。

だからこそ、織田電子には脅威を感じていた。社員がハードワークを厭わない会社が伸びないわけがない。それが織田という狂気の司祭による宗教じみたワンマン企業であっても。

そして、「宗教」という言葉に思わず苦笑が漏れた。

宗教というなら、トヨトミも同じだ。コーポレートガバナンスを創業一族の威光に頼っているのだから。昔はトヨトミのこの体質に疑問を持ったこともあったが、林はいつからか、この体質を利用することを覚えた。

創業家が統治するのなら、創業家の信頼を得ればいいだけだ。そこに楯突《たてつ》いても、いいことは何もない。少なくともトヨトミはそうだし、おそらく織田電子も同じだろう。

織田こそがルールなのだ。それに挑戦する人間はことごとく粛清される。それが林には手に取るようにわかった。

独裁体制は強い。君臨する独裁者の威光が続く限りは。

午後六時。トヨトミ本社のほうに視線を向けると、櫛の歯が抜けるようにところどころ明かりが消え始めていた。林はふと、トヨトミは織田電子に負けるのではないかと思った。

そのとき、またスマートフォンが震え、林は苦笑した。しかし、画面に表示された名前を見るとさっと顔色が変わった。

もしもし、と緊張した声色で電話に出る。

「私です。ディーラーの件、大騒ぎになるわよ」

二十数年ぶりに聞く声だった。トヨトミとは切っても切り離せない声。その女から林に電話をかけてきたのは初めてのことだった。

どう返事をしたものか逡巡した。相手は林の反応を待たずに言った。

「不正車検はお粗末でしたけど、尾張モーターズにはもっと大きな問題がある。あなたもわかっているでしょう」

「と、言いますと?」

狸《たぬき》っぷりはあいかわらずね、とピシャリとした声が返ってくる。

「不正車検事件が霞《かす》むようなことをやっているわよ、あそこは」

お言葉ですが、と林は話を遮った。

「私には何のことだかわかりません。それに尾張モーターズもほかのディーラーも、みなよその会社です。トヨトミもおいそれとは口出しできないのです」

今にも消え入りそうな細い笑い声が聞こえた。林は、自分の欺瞞《ぎまん》が見抜かれていることを瞬時に悟る。

「その〝よそさまの会社〟のディーラーを再編で減らそうとしているのはどこのどなた？　愛知県内では、整理と称して有力な直営ディーラーをあなたの友達が経営する地場ディーラーに買収させたわね。福岡でも直営ディーラーを統一さんと親しい人間がやっている『平成グループ』に買収させて、県内のトヨトミ車販売をほぼ独占できる状態にした。残りのディーラーは売上が細り、いずれは平成グループに吸収されていく。これがあなたがたのディーラー再編のやり方ね。そのうちほかの県でも同じことをやるんでしょう？」

林は思わず苦笑したが、次の言葉にギョッとした。

「そういえば、統一さんとソリの合わないディーラー経営者を排除するために裏工作をしているようね。監査と称して相手方に送り込む特殊部隊がいるらしいじゃない。友達はとことんかわいがり、敵とみなしたらとことんいじめる。昔からそうね、あなたたちは」

どこでそんなことを、と口から出たが、すぐに打ち消した。

「と、聞くのは野暮ですな」

不気味な電話だった。役員でも限られた人間しか知らない情報を、この女は昔から知っていた。

女は皮肉っぽく言った。

「レッツトヨトミ名古屋も、これでは危ういわね。尾張モーターズに吸収されてしまうのかしら？」

「あなたはあそこに〝思い入れ〟があるようですな」

くすり、と電話口に声が笑う。

「ないわよ、そんなもの。それにあの子は私に義理立てなんてしない」

「あなたはお立場がお立場ですから、それはそうかもしれませんな」

「あそこに監査を入れるなら尾張モーターズに入れるべきだったわね。でもあなたたちはそれをしなかった。そのおかげでトヨトミは大きな爆弾を抱えることになった」

林の沈黙で、一往復分の会話が省略された。尾張モーターズに監査を入れなかった理由の問いかけと、その回答である。電話を介して対峙《たいじ》する二人にとって、それはわかりきっていた。

女のふっという吐息で沈黙が破れた。

「気をつけなさい。これが明るみに出たら、不正車検どころの騒ぎでは済まないかもしれない」

そう言い残して電話は切れた。女が何を言っているのか、林はよくわかっていた。

尾張モーターズ、不正車検、ディーラー再編、そして明るみに出たらただではすまない爆弾——電話の向こうの女はすべてを知っているようだった。

絵の中の鳥

彦根市。織田電子本社の明かりは、薄暗いものの、消えている執務室はひとつもない。

星渉のCEO就任に伴い会長職に就いた織田の執務室も同様だった。トップが率先して倹約しなければ社員はついてこないとの信念から、社員の執務室より一層照明の光は弱く、便所間の電球のような明かりの下で、織田の顔はまるでレンブラントの絵のような陰影に縁どられていた。

照明だけではない。織田の執務室は机も椅子も、何から何まで質素倹約が行き渡っている。織田の背後には日本画の掛け軸がかかっていたが、これも名のある画家の作品というわけではなさそうだった。

織田のデスクを挟んだ向かいには星が立っていた。視力の悪い星だが、薄暗い室内でぼやけて見える織田の顔に浮かんだ怒りの色ははっきりと感じとることができた。

「車載モーター事業が予定より伸びてへんな」

自衛隊出身の星は、上官からのパワハラには慣れっこだったし、外部からの重圧にも強い。織田の言葉に臆する様子もなく答えた。誰に何を言われようと、事業計画に従って、やるべきことをやるだけだった。

「当初の収益目標よりは確かに遅れています。ただ、これは想定の範囲内でしょう」

「どないするんや。案はあるんか」

創業時はともかく、今の織田は社員に対しては温厚だった。怒るのは、オフィスや工場の清掃が行き届いていなかったり、整理整頓ができていなかったり、礼節に欠く行動をとった時だ。

ミスを犯しても、不可抗力で会社に損失を出しても、織田は改善案と挽回策を示せば社員に対して怒ることはない。そんな織田の社員への向き合い方は、結果そのものよりも生活態度と礼儀に厳しい高校野球の監督を思わせた。

しかし、それはあくまで対社員でのこと。役員は結果そのものについて責任を徹底的に追及される。

織田が車載用モーター事業を「伸びていない」と評することには、いくつかの背景がある。主戦場の中国でコロナウイルスの感染拡大が収まらず、当局の強硬な抑え込み対策によって経済が打撃を受けていること。資源高で材料コストが上がっていること。世界的に見ると本格的なEV化の波はまだ訪れていないため、量産効果が望めないこと。そして、車載モーターを開発・製造するために多くの企業を買収するなど、初期投資で一時的に大量のキャッシュが出てしまっていることなどである。

想定の範囲内というのは強がりではなかった。織田自身も織り込み済みのことで、ただ思わしくない結果に痺《しび》れを切らしているだけだと星には思われた。

中国での営業力強化のためのいくつかの腹案を提示すると、織田は一応納得した様子を見せた。ただ、次の言葉に星は耳を疑った。

「役員報酬はカットしたほうがええやろね、今年は」

役員報酬カット？　この段階で？

「それと、部品サプライヤーに値下げの交渉もすることや。原価を下げなあかん。まだまだ絞れるはずや」

「それはあまりにも早すぎる判断だと思います。そもそも車載事業はまだ種まきの段階でしょう」

織田の細い目が少しだけ大きくなり、星をねめつけた。

「それはヤマト自動車の時間軸やろ。ここでは時間の流れは速いんや。種まきの時期なのは承知しとるが、それでも結果は出さなあかんで。成長ダメ・収益ダメ・株価ダメの３Ｄ企業と同じようにやってもらったら困る」

古巣を腐されて内心穏やかではなかったが、そんなつもりはありません、と星は平静を装って言った。

「売上一〇兆円を目指すには、役員にはこれからもっと苦労をかける時が来るはずです。サプライヤーも同様でしょう。今彼らのモチベーションを下げるのは得策だとは思えません」

星、と厳しい顔で織田が言う。

「優しくするだけが愛やないで。うちの役員連中は甘ったれとるんや。高い金もらって結果を出せないのは最低。役員報酬カットはわしからの叱咤激励や。言うなれば愛のムチなんや」

わけがわからない。報酬カットはそれこそこちら側の甘えではないか。役員らはみな、歯を食いしばって働いていた。彼らの報酬をカットすることを、織田は本当に愛だと思っているのだろうか。

「しかし、まだこの段階で報酬カットまで踏み込むのは賛成できません。伸びていないといっても、赤字になったわけではない。これではいざという時にアクセルを踏めなくなります」

わかっとらんな、と織田は飄々と言い、東側の窓の外に視線を向けた。母親を尊崇する織田が、本社を建てる際にその墓の方角に作らせた窓だと聞いていた。

「織田電子は成長よし・収益よし・株価よしの３Ｙ企業やで。ましてＥＶ化でこれだけモーターにチャンスがきとるこの機会を逃したら、いったいいつ成長するんや」

「待ってください。車載モーターの需要はこの数年で終わるものではありません。伸びる時期は必ずきます。それは会長もおわかりでしょう」

「織田のモーター事業は世界中から注目されとる。この停滞で何も手を打たないでいたら、株主はどう思う？」

「株主は大事です。しかし……」

「あのなぁ、会社ちゅうもんの通知表は株価や。わしがCEOだった頃の織田電子の株価は一万五〇〇〇円ほどだったが、今は一万円を切っとる。それが我慢ならないんや」

たしかに物言う株主が多い外資は黙っていないかもしれないが、車載モーター事業は織田電子の事業の一つにすぎない。それがごく初期段階で伸びていないからといって株を手放すほど投資家たちの気が短いとは思えなかった。新事業が軌道に乗るのには何年もかかる。投資家であればそんなことはわかっているはずだ。

「サプライヤーも同様です。本当に助けが必要な時にそっぽを向かれますよ」

「サプライヤーに甘い顔見せたらあかん。そんな八方美人で商売ができると思うか」

「八方美人ではありません。今このタイミングにこちらの都合で甘えるのはまずいと申し上げているんです」

星、と織田が強い口調で呼びかけた。

「もうええ、少し頭を冷やせ」

自分は冷静だ。頭を冷やすのは少しの停滞にすぐ焦れる織田のほうではないか。そう口から出かけた。たしかに車載用モーター事業部の今期の売上は計画値をわずかながら下回っている。それは織田自身も合意済みのことではないか。なぜこんなことで今さら口論をしているんだ。徒労感とともに苦い思いが込み上げる。

しかし、同時にまちがっているのは自分ではないかという疑念が頭をもたげてきた。なんといっても相手はゼロから織田電子を立ち上げ、育て上げてきたカリスマ経営者だ。理屈では自分に分があると考えていたが、理屈では計り知れない勘のようなものが織田を突き動かしているのかもしれなかった。

にわかに自信が揺らぐのを感じた。それを見透かしたように、織田の表情は穏やかなものに変わり、余裕たっぷりにこちらを見据えていた。

織田の執務室を出た星は、額にじっとりと滲んだ汗を手のひらで拭った。その汗は、真夏にもかかわらず、エアコンの温度が三〇度に設定されていたからというだけではなかった。言いようのない織田からの圧によるものだった。

「織田も車載モーター事業には期待しているんですよ」

振り向くと、織田電子専務の小梶隆英《こかじたかひで》が人の良い笑みを浮かべて立っていた。

小梶は織田とともにこの会社を立ち上げた創業メンバーの一人である。織田の定時制高校時代からの親友ということもあり、織田からの信頼は篤く、番頭として社員と織田をつなぐ潤滑油の役割を果たしている。

「彼の目論む売上高一〇兆円は、この事業がないと実現できないわけですから」

「参りました。まだそこまで売上にこだわる段階ではないと思うのですが」

率直に思いを吐露すると、小梶は深くうなずき、まるで先ほどのやりとりの一部始終を見ていたかのように言った。

「私も星さんと同じ考えです。ただ、織田は昔からせっかちですし、役員には完璧を求めるのです。私も何年か前に大目玉を食らいましたよ」

織田と半世紀以上付き合ってきた小梶にも、先ほどの星のようにきつい言葉を投げかけられ、プレッシャーをかけられた経験は数えきれないほどある。しかし、小梶は織田に対して言い返したり、反抗したりしたことが一度もないという。だからこそ、織田は小梶を自分に牙を剝くことのない、野心を持たない忠臣として信頼していた。

創業期に取得した織田電子の株は今では大変な額になっているが、織田への忠義から小梶がそれを売ることはけっしてない。孫娘が結婚するにあたって新築の家をプレゼントしようとした時はさすがに考えたようだが、結局は思いとどまったようである。

どんな失敗があったのですか、と尋ねると、小梶は笑いながら顔を少し歪《ゆが》めた。

「株主総会の資料にミスがあったのです。ごくわずかなミスなのですが、織田の怒りは大変なものでした。君は創業メンバーという立場にあぐらをかいていないか。大番頭として信頼していた私がバカだった。烏合《うごう》の衆になるようならば、今の地位から退きたまえ、と大変なものでした。メールで送られてきたのですがね」

「どう返したのです？」

「謝罪したうえで、気合いと根性で死ぬ気で乗り切ります、と平身低頭ですよ」

「気合いと、根性？　死ぬ気？　改善策などは提示しないのですか？」

「もちろん、後日改善策を伝えましたが、織田が本当に求めているのは自分への忠誠と、織田に劣らぬ情熱で仕事をしている姿勢なのです。気合いでやりぬけば最後は道が拓《ひら》けるというのが口癖ですからね。死ぬ気でやるという言葉も大好きです」

気合いと根性だと？　そんなバカな。昭和の高校野球じゃあるまいし。星は信じられない思いで小梶を見た。戦略と戦術、そして大局観。星が自衛隊で、そして経営の現場で身につけた言葉が、小梶からひとつとして出てこなかったことに驚いた。

七十を超えた高齢者同士が気合いと根性で結ばれているって。だが、小梶は自分の発言に違和感を抱いていないようだった。

「じきに織田の頭も冷えるでしょう。織田に従うだけでは、星さんに入っていただいた意味がありません。大いに織田とぶつかっていただきたい。織田電子をかき回して、新しい風を吹き込んでいただきたいのです。ただ、気合いと根性を見せることだけは怠らないほうがいいですよ」

ヤマト自動車からやってきて、いきなり上層部のポストに就いた星と、織田電子プロパーの役員や社員たちの間には、見えない壁がある。

プロパー組にとって織田電子とは織田善吉のことであり、彼らからすれば、星は「客人」でしかない。これまでに織田に三顧の礼で迎えられた「後継者候補」たちは例外なく去っていった。星が織田の後継者になるとは思っていないに違いないし、いまこの会社を率いているのがＣＥＯである星だとも思っていないはずだ。

織田の取材には広報部の部長が同行し、記事の公開スケジュールの管理や記事内容のチェックを行うが、星の取材には誰も同行しない。また、社内には織田だけがアクセスできる情報があるようだった。役員たちに回されてくる資料とは別の、織田だけのためのものらしい資料が会議の場で手渡されているのを見たことがあった。

星と生え抜きの役員・社員との間の壁を取り払い、星が織田電子に早く馴染《なじ》めるよう尽力してくれている人物が小梶だった。

その小梶が「ところで」と言って、織田の執務室の扉のほうに目をやった。

「織田の部屋の掛け軸には何が描かれていましたか？」

奇妙な質問だった。小梶であれば、織田の執務室には何度も入っている。掛け軸の絵などとうに覚えているはずだろう。

「掛け軸、ですか？」

「そうです。織田の後ろにかかっていたでしょう？」

「よく見ていなかったのですが、梅の木が描かれていたと思います」

「そう、その掛け軸です。梅の木に止まっていたのはウグイスでしたか、それとも別の鳥でしたか？」

なぜそんなことを聞くのだろうか。しかし、小梶の表情はあくまでも真剣で、差し迫っていた。

「すみません。そこまでは……」

そう言うと、小梶は苛立ったように眉の薄くなった眉間に皺を寄せ、唇を噛んだ。

「羽が緑がかっているのがウグイスですよ。掛け軸の鳥はそうではなかったですか？」

「そう言われると、緑がかっていた気がします」

星が少し考えた後で答えると、ふむ、と小梶は考え込んだ。

「あの、それがいったい何なのですか？」

小梶はこちらの質問には答えなかった。表情を隠すように俯き「いえ、忘れてください。深い意味はないのです」と言うと、足早に立ち去った。

第七章　仮面舞踏会　二〇二一年　九月

監査チーム

トヨトミ自動車のディーラー大手「レッツトヨトミ名古屋」の社長・保科道康が取材の場所として指定してきたのは、名古屋市内のトヨトミ車の販売店ではなく、ドイツの高級車「ヴォルフ」の販売店だった。大きな窓から差し込む淡い自然光と高い天井から降り注ぐＬＥＤの光に照らされて宝石のように輝くヴォルフの各車種が並ぶショールームに設えられた商談スペースに、高杉文乃は案内された。

トヨトミのディーラーである以上、全車種併売によって他社との差別化ができなくなったとしても、ヤマト自動車やサワダ自動車のクルマを扱うわけにはいかない。しかし、外車なら扱うことができる。

レッツトヨトミ名古屋がヴォルフの販売店を立ち上げたのは、激戦区の名古屋市内で縄張りを守り、他社ディーラーに打ち勝って生き残るための戦略。そしてトヨトミも、経営基盤を安定させるためのディーラーのこうした取り組みを奨励してきた。

カイジェン、バハマ、３１１カミノ。ヴォルフの最新モデルが並ぶ展示スペースは壮観だったが、店の奥は整備工場と直結しており、そちらからは金属音と機械音があいまって漏れ聞こえてくる。

午後七時のアポイントだった。もう約束の時間から十分ほど過ぎていたが、社長の保科道康はなかなか現れなかった。外が暗くなるにしたがって、ショールームの窓に映る自分の顔は鮮明になっていった。

文乃の予想どおり、トヨトミディーラーによる不正車検問題は、燎原《りょうげん》の火のごとく日本全国に燃え広がっていた。告発者の横井一則は、文乃に見せた動画を本当に国交省に持ち込んだのだろう。尾張モーターズには抜き打ち検査が入り、傘下のディーラー店舗で合計五〇〇〇台以上のクルマで不正車検が行われていたことが発覚した。

その内容は悪質そのものだった。常習的に、排ガスに含まれる一酸化炭素濃度の計測やサイドブレーキの制動力チェックなど、必要な項目を検査することなく車検を通していた。それだけではない。抜き打ち検査では、異常値が出た項目の書き換えまで行っていたことが明らかになり、不正を行っていた複数の店舗には、国から指定自動車整備事業者の認定取り消し処分が下された。

それればかりではない。トヨトミ本体の全額出資子会社の「トヨトミムーブ東京」の六本木店でも指定整備の一部の未実施と数値の改竄《かいざん》が、その直後には山梨県の「レッツトヨトミ甲府」でも不正車検の事実が暴かれていた。

この件があったからだろうか、文乃の横を行き交う社員らは明らかに警戒していた。ここはヴォルフの販売店ではあるが、働いているのはレッツトヨトミのスタッフである。彼らの怯えたような視線、敵意を感じる視線、無関心を装う冷ややかな視線からは、各地での不正車検の発覚以降、この店もメディアの取材に晒されてきたことがうかがえた。

テーブルの上に置かれたコーヒーがすっかり冷めた頃になって、ようやく保科が現れた。

「遅くなって申し訳ございません」

手にしていたスマートフォンをテーブルにおくと、保科は椅子に腰掛けた。恰幅のいい男だった。突き出た腹が苦しいのか、やや背中を反るように座るために顎が上がり、そのぶん視線はこちらを見下ろした。

しかし、多野木が言っていたような「豪快さ」は感じられない。それどころか、声は小さく、張りがなかった。

挨拶に続いて保科を紹介してくれた先輩記者・多野木の話を枕に振って、文乃は不正車検について切り出した。

「尾張モーターズの件は、全国のトヨトミディーラーのどこであっても起こりうることだと感じました。保科社長はこの件を自社の問題としてどう捉えたのでしょうか」

「もちろん、弊社の車検体制は一度徹底的に洗い直しました。予約済みの車検をすべて延期させていただいてね」

「GOGO車検の五十五分、という制限時間は、やはり現場としては厳しいのですか？」

そう尋ねると、保科は口ごもった。意地悪な質問だと自覚していた。大きさも構造も持ち込まれた時のコンディションや消耗度も違うさまざまなクルマの車検を一律で五十五分以内に済ませるなんて、現場は苦しいに決まっている。しかし、保科がそれを認めたらトヨトミの、いや豊臣統一の意向に異を唱えることになってしまう。

保科は慎重に言葉を選んで言った。

「トヨトミがそれを掲げている以上、私どもは時間内に終わらせる努力をする必要があります。言うまでもなく国が定めている車検の基準をクリアしたうえで、ですよ。しかし、現在の車検システム自体に言いたいことがあるのもたしかです」

「言いたいこととは？」

「車検の制度がいつ定められたものかご存じですか？」

「正確にはわかりませんが、かなり昔の古い制度だということですよね」

「車検、つまり法定点検が義務化されたのは、もう七十年も前のことです。当時のクルマの品質はいまと比べものにならないくらい悪かった……」

「いまのクルマは格段によくなっているので、もっと簡素化できるはずだと？」

「時代によって基準は変わってもいいはずでしょう」

明言こそ避けたが、保科は現在の車検制度はもっと検査項目が少なくていいと考えているのは明らかだった。

保科の考えに、文乃は聞き覚えがあった。トヨトミ自動車社長・豊臣統一の発言である。トヨトミ関連の会見から締め出されている日商新聞の記者たちだったが、唯一の例外がいる。文乃の先輩記者・武藤エリである。

持ち前の美貌が統一のメガネにかなったのか、エリは、統一を囲む番記者たちの中でも覚えがめでたい。そのおかげで、彼女だけは出入り禁止を免れているのだった。

そのエリが、不正車検発覚の直後に開かれたオフレコの記者懇談会のメモを上げてきた。そのメモには、統一のこんな発言があった。

「そもそも、車検制度のレギュレーションにはカビの生えたような点検項目がたくさんある。これは旧・運輸省の怠慢だし、国交大臣や運輸族の族議員によって利権化されている。そのおかげでユーザーは高い整備費用を払わされている」

オフレコということで記事になることはなかったが、不正車検についての責任を回避するような響きがあり、文乃の印象に残っていた。

保科は城南義塾大学出身で、統一の後輩にあたるが、妻同士が姉妹というのは本当なのだろうか。文乃は半信半疑だった。多野木が「自信満々」と評していた保科の態度を確かめるために、「ディーラー再編」の話を振ってみることにする。

「埼玉のトヨトミディーラーの話をご存じですか?」

そう問いかけると、保科は怪訝な顔をした。

「どのディーラーでしょう?」

「深谷トヨネットです。菅谷さんという方が社長をされていたのですが、先日辞任されました」

「それが何か？」

「深谷トヨネットは親子二代で埼玉県内にトヨトミ車の販売網を築き、成功を収めてきました。トヨトミにとっては重要なディーラーだったはずで、菅谷一族の貢献度は高い。しかし、突然、菅谷さんは辞めた」

トヨトミの会見からは閉め出されているが、独立資本のトヨトミディーラーには取材ができる。不正車検発覚以降、文乃は彼らの取材に駆け回ってきた。

「何かあったのでしょうか？」

保科の声色がわずかに不安の色を帯びた。どうやら、話が見えてきたらしかった。文乃は保科の問いかけを無視して続けた。

「後任の社長には、トヨトミ本体から来た人間が就きました」

菅谷の辞任の裏には、統一と菅谷の確執があると噂されていた。統一のモータースポーツ好きは広く知られているが、菅谷も負けず劣らずのラリー愛好家である。

半年ほど前、その二人がラリーレースで顔を合わせた。

「レースでは遠慮はいりません。正々堂々と勝負しましょう」

菅谷に取材をしたところ、当日統一からこんな言葉をかけられたという。

ラリーレースは決められたコースを出場者が一台ずつ走り、タイムを計測する。多忙な統一への配慮から、統一の出走順は全出場者の中で三番目と早めだった。菅谷はそのタイムを確認し、「忖度」したほうがよかったのかもしれない。だが、腕前に自信がある菅谷は、〝正々堂々と勝負〟して、大差のタイムで統一に勝った。

さらに悪いことが重なった。ラリー会場からの帰り、菅谷の運転手が、駐車場からクルマを出そうとして、統一の愛車であるトヨトミのスポーツカー「シラヌイ」を擦ってしまったのである。

翌週の週明け、深谷トヨネットの本社にトヨトミ自動車本体から「監査チーム」なる一団が突然やってきた。菅谷に不正な資金流用の疑いがあるとして、国税さながらの高圧的態度で、有無を言わさず深谷トヨネット本社の〝家宅捜索〟を始めたのである。その監査は、決算書や稟議書を精査するだけでなく、役員会議の録音データの提出まで求める徹底的なものだったという。

果たして、彼らに経費の不正な使用を指摘された菅谷は、その責任を取る形で辞任したのだった。

「菅谷さんは、トヨトミからの販売奨励金目当てに、一部のクルマを実際には値引きしたわけではないのに値引きして販売したことにしていたようです。不正はいけませんが、辞任するほどのものだとは思えません。これは統一さんの私怨ですよ。退任の際、菅谷さんは〈深谷トヨネットの現在の繁栄はトヨトミ自動車あってのものであることを忘れていました。自らの力を過信していたことを恥じて反省いたします〉という旨の反省文を書かされたそうです」

そういった文乃に、保科は口を尖らせてまくしたてた。

「不正の疑いがあったから監査チームを派遣させられたわけでしょう？　それをラリーに負けた腹いせだなんてばかばかしい」

ご存じですよね、と文乃は言った。

「トヨトミは今年からディーラー各社との契約書の内容を変えています。新しい契約書では、トヨトミの一存でディーラーに監査を入れることができるという旨の条文が加えられているんです」

とたんに保科の目は泳ぎ、何かにせき立てられるように統一との思い出話を始めた。秘書を通さず直接に連絡ができる関係であること、豊橋にあるヨットハーバーで一緒にヨット遊びに興じたこと、ディーラー再編は進めるがレッツトヨトミ名古屋は残す方針だと直接本人から聞いたこと。その姿はもはや「自信満々」には見えなかった。

「実際にトヨトミはこの新契約書をタテに、各地のディーラーに監査チームを入れているんです。目的はソリの合わない経営者を排除することと、トヨトミから後任を派遣してディーラーへの支配を強めること」

「ふざけるな！」

保科は突如激昂し、テーブルをばちん、と叩いた。コーヒーカップが揺れ、飛び出したコーヒーがソーサーを汚した。

「なぜ真面目に商売をしているディーラーがこんな目にあわなければならないんだ！」

そう叫んだ保科だったが、商談中の客らが驚いてこちらに視線を向けるのを見ると、スーツの襟を正し、気持ちを鎮めるようにコーヒーを一口飲んだ。

「あの、何かあったのでしょうか？」

保科の取り乱し方は明らかにおかしい。文乃が尋ねると、保科は顔を歪めて「うちにも来ましたよ、彼らが」とうめくように言った。

えっ、と文乃は聞き返す。

「彼らって、監査チームですか？」

「ええ、私が損保会社から過剰接待を受けている疑いがある、と。しかしね、私は誓ってそんなことはしていない。そもそもどこからが過剰で、どこまでが過剰ではないというんです？　トヨトミのやることは恣意的すぎる！」

「恣意的に監査を入れるために新しい契約書を作ったのでしょうね」

自分と会社の命運が、統一との親しさで決まってしまう。その理不尽さは文乃にもよく理解できた。しかし、保科の妻と統一の妻が姉妹だという説はどうなる？　妻の肉親の夫を監査で放り出すのは、あまりにも非道ではないだろうか。

「契約書だけではありません」と保科は言った。

「先月からトヨトミは〈クレド〉と称する指針をディーラーに周知しました。言うなれば、トヨトミからディーラーに課す〝憲法〟です」

保科はそこで立ち上がり、少し待っていてくださいと言って席を外したが、やがて小さな冊子を持って戻ってくると、文乃に手渡した。

「これです」

〈トヨトミとディーラーの未来への約束〉と題されたその冊子を開くと、「経営の約束」「ブランドの約束」「変化の約束」と、テーマごとにトヨトミがディーラーに望むことが綴《つづ》られていた。

「挙げ句、この監査だ。うちがヴォルフで稼ぐのが気に食わないんでしょう。ご想像のとおりですよ。トヨトミは気に食わないディーラー経営者を排除しています。外車を売っているトヨトミディーラーはほかにもありますが、軒並み監査ですよ。そうかと思うと、不正車検というディーラーとして絶対に許されないことをした尾張モーターズはお咎めなし。そこにきてこの〈クレド〉だ、バカにするな！」

保科は文乃から冊子を奪い取るとぐしゃぐしゃに丸めた。しかし、それでは気持ちが収まらなかったのか、今度は冊子を引き裂き、床に叩きつけると、肩で息をしながら言った。

「私はおそらく、クビになるでしょう。一度機嫌を損ねたら、誰であろうとけっして許さないあの男に放り出されるんだ。適当な理由をでっちあげられてね」

警告

先ほどから保科がかたわらに置いた携帯電話に着信が入っている。気がついていない様子なのでそれを教えようと保科のスマートフォンを見た文乃だったが、表示された名前に目が釘付けになる。日々の取材でさまざまな人と知り合う文乃である。その名前をどこで目にしたのかを思い出すのに数秒の時を要した。そして混乱した。なぜこの名前がここに出てくる？

文乃に指摘されて着信にようやく気づいた保科は、失礼、と断って席を立つと、文乃から離れた場所で電話に出た。

何を話しているかは聞き取れないが、文乃への慇懃でどこか横柄な態度とはうってかわって、保科が丁寧な口調で話していることはわかった。

五分ほどのち、保科が戻ってきた。どのように切り出したものかと少し考えた文乃は、「すみません、先ほどスマートフォンの着信画面が見えてしまったのですが、住谷佳代さんをご存じなのですか？」と尋ねた。

住谷佳代。錦のクラブ「雫」のマスターの母親と同姓同名だった。偶然だろうか。同一人物なのであれば、保科とどういう関係なのだろうか。

保科の上気した顔から血の気が引いたように見えた。警戒感を露わにし、ジャケットの懐に手を入れた。そこには通話を切ったばかりのスマートフォンが入っている。

「……住谷佳代は私の遠い親戚ですが」

嘘だ、と思った。遠い親戚にさっきの電話での態度はおかしい。明らかに保科と「住谷佳代」はごく近しい関係で、しかも明らかな上下関係が感じられた。保科が「雫」の客だったという可能性はないと考えていいだろう。

「名古屋財界の戦後七十年史」はもうとっくに紙面になり、文乃が住谷に話を聞くことはもうない。しかし、このままにしておかないほうがいい、と新聞記者の本能が告げていた。

「保科社長は錦に行くことはありますか？」

「昔はよくあの界隈で遊んでいたものですが、五年前に糖尿病を患ってからはすっかりご無沙汰ですね。今はそういうのはもっぱら弟のほうですよ」

レッツトヨトミ名古屋は同族企業である。役員に名を連ねる保科道康の弟・圭吾は社業のほかに経営論についての著作があり、料理研究家としての顔を持ち、さらにはバリトン歌手としてウィーンのオペラ座にも立った趣味人である。

「錦に古くから名古屋界隈の財界人がよく通っていた高級クラブがあります。そこのママだった女性と同姓同名だったもので」

「さあ、私にはわかりません。私の知る住谷はそんな仕事はしていなかったと思いますが」

保科は言い、残りのコーヒーを飲み干した。それ以上、文乃には佳代について言葉を継ぐネタがなかった。

ヴォルフの販売店を辞去する時、見送ってくれたのは弟の圭吾だった。ダークカラーのスーツに無地のネクタイ、短く刈り込んだごま塩頭と地味な印象だった道康とは対照的に、派手なストライプのスーツに身を包み、長い髪を栗色に染め、日焼けした肌に髭を短く刈り揃えた圭吾は、その若作りがかえって年齢を感じさせた。

文乃の取材が終わると二階へと立ち去った道康と入れ替わるようにショールームに降りてきた圭吾は広々としたエントランスで「今日は兄が取り乱してしまい、失礼しました。次はぜひお食事もご一緒しましょう」と歌うような調子で言うと、両手を広げ、くるりと一回転、軽快に身を翻して見せた。

「ここでいつも来客を見送るので、声がよく響くように作ってあるのです。ちょっとした劇場よりも音響はいいはずですよ」

文乃はその意味がよくわからなかったが、すぐに納得した。ツヤのある太い声で、圭吾がジュゼッペ・ヴェルディの「仮面舞踏会」を歌い始めたのである。あとで聞くと、来客が帰る際に出てきては、自慢の歌を聴かせるのが圭吾の趣味らしい。

オペラ好きの父親の影響で文乃はそれが「永遠に君を失えば」の一節だということがすぐにわかった。フルコーラスを歌い切った圭吾に拍手を送ると、圭吾はにっこりと満足そうにうなずいた。あまりの陽気さに、文乃が「お兄様とともに経営から外される不安はないんですか？」と尋ねると、圭吾は「仕事など人生のごく一部。私は兄とは考えが違います。でも私の身の振り方よりも大事なことがある」と言って真顔になり、一瞬考え込んだ。その様子に「何か？」と問いかけると、意を決したように文乃に歩み寄った。ジャケットの襟元からは派手な香水の匂いがした。

「あなたは優秀なジャーナリストだとお見受けします。それに素敵な女性だ。だからこそ申し上げておきたいことがあるのです」

文乃が怪訝な顔をすると、彼は耳打ちした。

「住谷佳代のことを嗅ぎ回るのはやめたほうがいい。きっと良くないことが起こる」

飛び退《と の》くように圭吾から身を離し、彼の顔を見つめようとしたが、圭吾は素早く踵を返し、足早に販売店に戻ると、二階へと階段を昇って姿を消した。

名古屋支社に帰る地下鉄に乗っても、圭吾の声が頭から離れなかった。道康に電話をかけてきた住谷佳代は、「雫」の元ママ、住谷昭一の母親である住谷佳代にまちがいない。しかし、その周辺を探ることがなぜいけないのだろうか。保科圭吾、あるいは保科兄弟にとってどのような不都合があるのだろうか。

圭吾による不可解な警告。しかしそれ以上に、圭吾が歌った「仮面舞踏会」の一節が強く印象に残っていた。

あなたにふたたび逢うと
宿命的な欲望に燃えるような
不吉な予感が、今
私の心に襲いかかる……
あたかもわれわれの愛の
最後の時であるかのように。

スウェーデンの名君・グスタフ三世が仮面舞踏会で暗殺された事件をもとにつくられたジュゼッペ・ヴェルディの傑作。学生時代にイタリアのミラノに観劇旅行に行った文乃には、舞台の名場面が次々と浮かぶ。魔女の不気味な予言、恋に狂い側近に殺される主君、息子に一目会いたいと命乞いする人妻……。

住谷佳代という女に近づくとなにが起きるのだろうか。

サバの味噌煮

ビュッフェには世界各国の料理が並んでいた。チリコンカルネ、ビーフストロガノフ、ジョージアの郷土料理であるシュクメルリやハラール食材で作られたアラビア料理のカブサやフムスまである。トヨトミの子会社であるＴＲＩＮＩＴＹ（トヨトミ・リサーチ・インタラクティビティ）の東京オフィスのカフェテリアでは、社員も来訪者もこれらが無料で食べ放題である。このカフェテリアや、社内移動用のセグウェイ、休憩用のボードゲームルーム、仮眠のための暗室などは、まるでアメリカ西海岸のＩＴ企業のオフィスのような設えだ。

ランチどき、ビュッフェは混み合っていたが、角の四人がけのテーブルが一つだけ空いていた。社員の間では、豊臣翔太がやってくる時間に合わせてそこを空けておく暗黙の了解ができているようだった。

取り巻きの数人とともに列に並び、サバの味噌煮と冷奴をトレーに載せると、食堂のどこからかひそひそ笑いが起こるのを、翔太は背中越しに感じた。

なぜ笑いが起こるのかはわかっていた。これだけ各国の料理が揃っているのに、毎回サバの味噌煮を選ぶからである。変化を好まない性格は誰に似たのだろうか。

「自動車業界の王者」から「移動そのものの支配者」へ。翔太の父親である豊臣統一はトヨトミ自動車の「変革」を訴えていた。自分はその意志を継ぐことができるのだろうか。背後から聞こえてくる声をひそめた笑いからは「おまえにトヨトミの変革などとうてい無理だ。現に昼メシはいつも同じ。それすら変えることができないじゃないか」と言われているような気がした。

振り返ると、笑い声は止《や》んだ。声のほうを睨んだが、誰も自分と目を合わせようとはせず、テーブルの会話の輪の中で視線を交わしていた。苛立った。だが、苛立ちの元凶はほかにある。統一から一任されている「フューチャーシティ」のコンセプトは、どんなに頭を捻っても浮かんでこなかった。

このプロジェクトの成功が、いずれトヨトミの社長となる自分のキャリアの看板になることはわかっていた。しかし、思いつくのは凡庸なアイデアばかりだった。

コンセプトについては、ＣＥＯのジム・ハイフナーとも何度も話し合っていた。彼はそのたびに翔太では思いつきそうにない斬新な構想を提示してきた。中にはコンセプトそのものが理解できず、いったいどんなものができあがるのか見当もつかないものもあり、結局どの案も却下してしまった。

肩に力が入っているな、と自分でもわかっている。しかし、周囲の人間に担がれた神輿に乗って、上がってきた意見を承認するだけの「お飾り」にはなりたくなかった。フューチャーシティは何がなんでも自分の力で成功させたかった。しかし、大金が投入されたプロジェクトは一向に進展していなかった。

隣では取り巻きの一人である沼平健一が、翔太の妻となった元「雲雀ヶ丘歌劇団」の女優・凜子のことを話題にしていた。沼平は翔太と凜子の結婚式にも出席し、先週末は横浜駅からほど近いタワーマンション最上階に構えた新居に遊びにきた。

「いや〜、凜子さん、〝清く、凜々《りり》しく、美しく〟の歌劇団出身だけあって綺麗だし、気配りも料理の腕前も素晴らしい。マジ羨ましいわ〜」

沼平はおどけながらタメロを叩いて気さくな空気をつくる。帝都大法学部から国家公務員のキャリア試験を成績上位でパス、経産省からの誘いを断ってトヨトミに入社してきただけに気働きができ如才ない。学生時代は体育会系の自動車部に属していたため、同じく運転が好きな翔太とはウマが合い、ラリー仲間となっている。

しかし、妻を褒められても翔太の心は晴れない。それどころか、さっきから社内の女の噂話ばかりする取り巻きたちが鬱陶しかった。いや、女遊びなら翔太自身も彼らと一緒にずいぶんとやってきた。しかし、今そんな話をする気にはならなかったのである。

「フューチャーシティ」のコンセプトが決まらないことへの苛立ち。それは父・統一への苛立ちと重なっていた。プロジェクトの要件定義も示さずに「自由に考えろ」と丸投げ同然に仕事を任されたことを、翔太はいまだに根に持っていた。

こんなに雑な仕事の任され方があるだろうか。これでやる気を出せというのがおかしい。いい加減な人間がいい加減に任せてきた仕事ほどやる気が出ないものはない。

父親が豊橋の役員専用の研修施設に女を囲っているという噂は、翔太の耳にも入っていた。名古屋の自宅にはほとんど帰っていないばかりか、豊臣市のトヨトミ本社にも滅多に顔を出さず、豊橋に入り浸り。事実上、今のトヨトミの社長室は豊橋にあると言っていい。

女の名前は飯山夏帆。トヨトミのイベントでコンパニオンとして統一についたのがきっかけで親しくなったのだそうだ。前の愛人・内海加奈子《うつみかなこ》は元レースクイーンだった。今度はコンパニオンだ。若くて派手な女が好きなのはあいかわらずである。

それだけならまだよかった。父親が愛人を何人囲おうと自分の知ったことではない。

許せないのは、統一が夏帆を自分の結婚式に出席させたことだ。昨年秋にフューチャーシティを統一と視察した際にも、降りては来なかったが夏帆はヘリの中にいた。

夏帆が統一の愛人であることはトヨトミ内部では〝公然の秘密〟である。式にやってきたトヨトミ役員たちの視線は披露宴の間じゅう新郎新婦である自分と凜子ではなく夏帆に注がれていた。そしてその夏帆が〝正妻〟の椅子をうかがうように、翔太の母である豊臣清美のほうをチラチラとのぞく優越感に満ちた顔が、高砂《たかさご》に座る翔太からは見てとれた。

息子の結婚式に愛人を連れてくる父親がいったいどこにいるというのか。まるっきり崩壊家庭じゃないか。

トヨトミ役員らが夏帆に向けた「好奇の目」のなかに、自分と同様に不快感のこもった視線が混じっているのを翔太は感じていた。

悪い噂は、聞きたくない人間のところほどより早く、より細やかに届く。統一は夏帆を嘱託社員として採用し、「社長室秘書」の肩書きを与えた。年収は二五〇〇万円。海外出張のプライベートジェットにも、国内移動のヘリにも同乗させ、異常なほどの信頼を寄せている。四六時中一緒にいるからだろう、二人は先月、同時にコロナに感染した。

統一の信任を得た夏帆は増長し、彼女の目が届くトヨトミの営業や広報、宣伝に口を出すようになっていった。ＣＭ撮影の現場にやってきては、自分が責任者であるかのようにあれこれと指示を出し、気に食わないスタッフはクビにしてしまうため、現場は混乱を極める。できあがったものが気に入らないとその宣伝の責任者を叱責し、統一にあいつは無能だから異動させろと迫る。あろうことか、その社員は統一の意向を汲んだ人事部によって、本当に異動になった。

それを見た役員たちは、統一を諫めるどころか夏帆の顔色をうかがい、なかには夏帆におうかがいを立ててから判断を下す者も出てきたから始末に負えない。広報担当役員の永山俊はＣＭのキャスティングについて夏帆におうかがいを立てたものの、その内容が気に入らなかった夏帆は永山に反省文を書かせ、それを広告代理店に配布した。もちろん、代理店に自分がトヨトミのキーマンだと印象づけるためである。

クソだ。あの女も、あんな女に骨抜きにされ、言いなりになっている父親も。

そんな親父が丸投げしてきた仕事に嫌悪感が募った。そしてそれ以上に、そんな要求に応えられない自分がもどかしかった。

食事を終えると、取り巻きたちはカフェテリアにいる女性社員の品定めを始めた。

あの子はスタイルはいいが、服がダサい。あいつは化粧が濃すぎる、きっとスッピンはブサイクだ。彼女は取引先の担当者と不倫しているせいか色っぽくなった。あの娘は彼氏と別れて、最近雰囲気が変わった。アタックするなら今がチャンスだ。

「やめよう、そんな話」

うんざりした翔太がそう言うと、一同は顔を見合わせた。

「会社の中でする話じゃないよ」

「どうしたんですか？　翔太さんの大好物じゃないですか」

取り巻きの一人が不思議そうに言った。

「そんな気分じゃないんだよ。それにそんなに大きな声で話したら、聞こえるよ。セクハラって言われたらどうするの」

翔太の返事は尖った声になった。困惑する周囲を後に残して、席を立った。

沼平らがひそひそと話すのを背後に感じた。いつもは一緒になって女の話ばかりしているのに今日は何かあったのか、これだから御曹司は気まぐれで困る、こっちは学生気分の抜けない翔太に合わせて話題《ネタ》を提供しているのに。おおかたそんなことを話しているのだろう。

女の話に嫌気がさしたのは、あの女への嫌悪感によるものだろうか、とカフェテリアの出口に歩きながら翔太は考えた。いや、そうではなかった。それは女に狂う父への嫌悪感だった。こんな話に喜んで興じているようでは、自分も父親と変わりはしないのである。

父と同じ大学、父と同じアメリカの経営大学院、そして証券会社への就職と、何も考えないまま流されるように父と同じキャリアを歩んできたことが、今たまらなく恥ずかしかった。あの父にしてこの子ありと思われるのは、鳥肌が立つほど嫌だった。

天才が生まれる街

カフェテリアを出たところで、こんにちは、と元気のいい声が耳に飛び込んできた。振り向くと、くたびれたスーツ姿の男が来館証を首から下げて、こちらに笑みを浮かべて立っている。

このオフィスでは、そもそもスーツ姿の人間自体が珍しい。ジャケットを羽織っていればいいほうで、Tシャツにワークパンツの者もいれば、部屋着のような上下スウェット姿もいる。みな、身だしなみより快適さを優先していた。

それだけに、目の前の男は翔太の目に異様に映った。年齢は翔太よりもいくつか上だろうか。濃い眉と、そこから間をおかずして見開かれている二重瞼の瞳が精悍だった。ネクタイもスーツも靴も一見してわかる安物だ。しかし、その男はくたびれた安物のスーツが妙に身体に馴染み、小粋に見えた。

男は何年も前からの知り合いのように翔太に近づき、ブリーフケースからパワーポイントの資料を取り出して手渡した。

「フューチャーシティのご参考になれば」

突然目の前に現れて、名前も名乗らずに偉そうな態度で資料を差し出してくる。こいつはいったい誰なんだ。追い払いたかったが、翔太は人に直接きつくあたったことがない。いつも翔太の周りにはそれをやってくれる人がいた。しかし、取り巻きを残して席を立った翔太の周りには誰もいなかった。

「スマートシティはただ作ってもダメです。際立ったコンセプトと……」

男は涼しげな表情で翔太に微笑みかける。反対に翔太は相手を睨みつけた。また、コンセプトだ。大事なのはわかっている。だからこんなに思い悩んでいるんだ！

翔太は怒りに顔を赤らめていたが、男は意に介す様子もなかった。

「それと強い意志です。コンセプチュアルな実験の場合、旗振り役の強烈な意志がなければ、社内外の政治の力によって泡のように消えてしまう。コロナで資金繰りが厳しくなり、プライバシーの確保への懸念が拭えずに断念したグーゴルのスマートシティの二の舞です。こんなことは釈迦に説法でしょうが、なにせスマートシティの開発にはまだノウハウの蓄積もなく、決まった道筋がないのです。まだ誰も踏破していない原野を歩くようなものでしょう」

偶然ではあったが、翔太は父・統一と同じ道を歩き続けることへの反発心を見抜かれた気がしてきまりが悪かった。それを紛らわすように、父がかけているのと同じような黒縁眼鏡を外し、シャツの袖でレンズを拭きながら、それで君はいったい何者なんだ、と尋ねた。

「天才を作る天才です」

おどけたように片目を閉じた男だったが、翔太の苦々しい思いは増すばかりだった。何が天才だ。酔っ払っているのだろうか。

子どもの頃から、周囲に持ち上げられてきた翔太にとって「天才」とは過敏にならずにはいられない言葉である。学業に習い事、スポーツ。翔太が何をやっても周囲は天才と褒め称《たた》えた。小学生の頃までは、無邪気にその言葉を喜び、自分にはあらゆる才能があるのだと考えていた。しかし、中学に上がると、どう見ても遊んでいるようにしか見えない同級生が自分よりもはるかに優秀な成績をとったり、部活動ではろくに練習もせずさぼってばかりいた選手が試合になるとホームランを連発するのを目にするようになった。

中学生の一時期、翔太はたしかに周囲からのおべっかに疑問を持っていた。豊臣一族の歴史と系譜について初めて調べたのはその頃のことだ。

尾張の鍛冶屋から身を起こし、『豊臣製鋼所』を創立した豊臣太助が、現在のトヨトミ・グループの始祖である。昭和初期にはアメリカのモータリゼーションに触発されて「自動車の時代」の到来を確信し、国産自動車の量産を目論んだ彼こそが豊臣一族の中で唯一「天才」と呼べる人間だと思えた。

太助の息子でトヨトミ自動車の初代社長である豊臣勝一郎も、その息子で翔太の祖父にあたる豊臣新太郎も、優秀な経営者ではあった。しかし、天才ではなかった。

太助が持っていた天才性は、新太郎から父・統一、そして自分へと系譜が下っていくにつれて、どんどん薄まっているように思われた。それどころか、ひとたび周りに群がる太鼓持ちの言葉に耳を塞いでみると、自分はトヨトミ自動車の創業一族の御曹司であるという以外、何ひとつ取り柄のない凡庸な人間だった。

それに気づいたとき、翔太は恐怖に駆られた。努力しなければ、と強く思ったが、翔太にはその決意を貫く意志の固さもなかった。高校、大学と、その後も押し寄せる周囲からのおべっかの波に飲み込まれ、いつしか己の凡庸さを省みることも忘れた。そして、翔太の裡には天才という言葉への拒絶感だけが残った。

男は黙って睨みつけている翔太を愉快そうに眺め、「フューチャーシティには実に大きな可能性があります。それをお伝えしにやってきたのですが、担当の方は僕の話を理解できなかったようです」と言った。残念がるというより、下っ端では話の価値がわからなかったんだよ、と小馬鹿にするような言い方だった。

翔太は男から手渡された資料に目をやった。

表紙には「天才が生まれる街」と太字のゴチック体で記されていた。

「天才が生まれる？」

「文字どおり、フューチャーシティはこれまで日本が生み出せなかったような天才を続々と生み出せる街になりうるのです」

何を言っているかわからなかったし、目の前の男の言うことはいかにもいかがわしかった。しかし、ただの営業マンにしてはほら話が壮大だった。

男は、少しの間翔太を見つめていたが、やがて付け足した。

「戦後の日本は均質なものの大量生産で栄えてきました。そういう社会には突き抜けた天才は不要、それどころか邪魔にすらなる。だから、日本の教育は平均的な知性を持ち、真面目で余計なことをしない。そんな人間を大量生産してきたわけです。天才がいない代わりに、ものすごいバカもいない。これはこれで素晴らしい。この均質性が日本の高度成長を支えた、というのはあなたも聞いたことがある意見でしょう？」

「学校でも作るつもりですか？　あいにく、トヨトミには学校もありますよ」

男を茶化すつもりでそう言ってみたが、男は気にする様子もなく大袈裟《おおげさ》に顔の前で手を振った。

「トヨトミ工業学校ですか？　あれこそ日本教育の価値観を煮詰めたような学校だ。現場工員を育成する必要性は理解しますが、勤勉な工場労働者は作れても、未来のビジョンを語り、人を束ねて団結させ、その未来を実現させるような人間は一人も生まれないでしょうね。トヨトミの役員にはあそこの出身者がいますが、話に聞く限り大局観も長期的な想像力も皆無。上からの指示に従うしか能がない人間です」

トヨトミの子会社に乗り込んで、親会社の役員にケチをつける。とんでもない人間だと思ったが、不思議なことに少しだけ胸がスカッとした。それは男の物言いの小気味よさによるものだけではなかった。父・統一への反発心、その父が現実逃避でもするかのように繰り返す放蕩《ほうとう》三昧にもかかわらず、どっしりと日本のトップ企業に君臨するトヨトミへの複雑な感情を、男の言葉が刺激したのだった。

男はあくまでも〝毒舌〟だった。

「長年染みついた製造業的な思考から抜け出せないという意味では、ほかの役員も、あるいは失礼ながら、あなたのお父上も大差はありません。クルマがソフトウェアで一括制御される時代になりつつあることに、まだ頭がついてきていない」

「〝機電一体〟は自動車業界で飛び交っている言葉です。おっしゃることは父も重々わかっていると思いますよ」

そう言うと、男はどうでしょうね、と視線を天井の方に投げた。

「トヨトミのクルマはいい心臓を持っています。今開発しているＥＶの『プロメテウス・ネオ』もバッテリーとモーターにかなり力を入れていると聞きますが、ＥＶは心臓よりも〝脳〟が大事なのです。トヨトミのＥＶにはまだ脳がない」

翔太は内心ぎくりとした。図星だった。心臓とはエンジンやモーターのことで、〝脳〟とはつまり自動車を制御するソフトウェアだろう。

これまでのクルマはエンジンやモーター、パワーステアリングなど、各機能をＥＣＵ（電子制御ユニット）に組み込んだソフトウェアで制御してきた。一台のクルマに搭載されるＥＣＵは高級車だと五〇基以上とも言われる。

しかし、ＥＶではスマートフォンのように各種のＥＣＵを統合した、一つの〝脳〟がクルマのすべてを制御するのが主流となっている。この車載ＯＳがクルマの動きの制御だけでなく、乗り心地や快適さまで決定づけるのである。そしてＯＳはスマホのようにオンラインでアップデートされてゆく。その意味では、ＥＶはこれまでのクルマのような機械屋の仕事よりもソフトフェア開発が重要になってくる。

男の言うことは正しかったが、肝心なことを見落としている。翔太はそれを指摘した。

「おっしゃることはわかりますが、トヨトミの車載ＯＳを作っているのは、トヨトミ自動車本体ではなく、うちの会社です。あなたの言う〝頭の古いトヨトミ上層部〟には指揮できない領域ですから、うちの精鋭部隊が目下最高のものを開発しています」

「しかし、今のところ成果を出せていませんね。そうでしょう？」

言葉に詰まってしまう。車載ＯＳでトップを走るのはＥＶのパイオニアであるアメリカのコスモ・モーターズ。トヨトミも内製を目指してはいるが、開発を任されたＴＲＩＮＩＴＹはまだそれを世に出せていなかった。フューチャーシティを任されている翔太だったが、ＴＲＩＮＩＴＹの使命はむしろこちらなのだ。

「トヨトミのＥＶの基盤となり、いずれ世界のＥＶの基盤となる〝脳〟です。開発にはそれなりに時間がかかります」

「それは頼もしい」

男は懐からタバコを取り出したが、おっと、ここは禁煙ですか、と言ってそれを懐に戻した。

「しかし、コスモ・モーターズも中国のＭＹＧも車載ＯＳの開発ではずっと先に行っていますよ。それにクルマ自体もいい。はっきり言って、車載ＯＳもＥＶも、トヨトミはもう国際競争力のあるものは作れないと思います。残るは国内市場だが、それも海外勢に食い荒らされる。そのうちに国交省や経産省に泣きついて、海外メーカーのＥＶに輸入制限をかける、とはいってもＷＴＯの目があって露骨なことはできないから、輸入審査を厳しくするとか、欠陥とも言えないような欠陥を見つけたら即座に輸入停止にできるよう法整備をさせるなんてことをやりかねない。この国は役人も国民も〝鎖国〟が好きですからね」

「そ、そんなのやってみなきゃわからないじゃないですか」

するとと、男は翔太から視線を逸らし、一瞬遠い目をしたが、すぐに言った。

「いつの時代も〝親〟はあまり辛抱強くありません。与えたおもちゃを平気で取り上げる」

おもちゃという言葉がカンに障った翔太は語気を強めて言い返す。

「お話からして教育に携わっておられる方かとお見受けしますが、なかなか説得力がありますね。痺れを切らして介入してくるとでも？」

「まあ、念のためお気をつけください。先ほども申し上げましたが、彼らは頭がついてきていないんですよ」

「どういうことです？」

「どこかでまだ製造業的な思考をしている以上、ソフトウェアごときでクルマの開発が遅れることにストレスを感じているはずです。もう任せておけない、と思っている人間はいるでしょうね」

放り投げるようにフューチャーシティを任された時のことがフラッシュバックした。あんな任せ方をして、今度は取り上げにきたら絶対に許せないと思った。

「親会社がそんなことでは、きっとフューチャーシティもろくなものにならないな」

自分の口からうっかり漏れてしまった自嘲的な言葉にハッとして、翔太は思わず口に手をやった。コンセプトの決まらないフューチャーシティ、父の放埒《ほうらつ》、トヨトミ一族の御曹司としての自分の不甲斐なさ。投げやりになっていた。その言葉は、うまくいかなかった時の言い訳のようだった。

いいえ、と男は言った。

「フューチャーシティこそが未来のトヨトミの象徴になりうるのです。先ほどの話に戻りますが、もう日本はモノの大量生産によって発展する国ではない。ならば必要な人材の質も変わりますから、教育も変わってしかるべきでしょう」

「また天才の話ですか」

うんざりして翔太は言った。話を切り上げるきっかけをうかがっていた。

「この国はもう新しい産業そのものを生み出さないと沈没してしまう。それができる人材を育てるのが急務なのです」

「あなたには、その人材を作れるというのですか？」

ええ、と男は澄ました顔で言う。

「僕と組めば、フューチャーシティは日本を再建する才能と志を持った人材が泉のように湧き出てくる街になるのです」

もっとも愚かな事業承継

翔太は男を睨みつける。大した弁舌だが、腕のほどはどうだろう。とてもではないが信用していい人間には見えなかった。

「バカバカしい。夢物語じゃないか！」

「日本は刷新されないといけないのです。高品質なものを大量生産する国から、真の意味で創造性のある国へとね。その人材を育てるのにフューチャーシティを活用しない手はありません」

この男はただ妄想を話しているに過ぎないと思った。何が実現できて、何ができないかを何も考えていない。父の期待やトヨトミの将来の社長としての重責を背負いながら七転八倒して考えている自分がバカにされているように感じて、腹が立った。これ以上話しているのは時間の無駄だ。

その場を立ち去ろうとする翔太の前に、男が立ちはだかった。

「これもご縁です。名刺をお渡ししておきましょう。またどこかでお会いすることがあるかもしれない」

そんな機会があるとは思わなかったが、話を切り上げたい一心で、翔太は名刺を受け取った。名前を確認することもなくジャケットのポケットに入れて、その場を立ち去ろうとしたところに背後から男の声が響いた。

「あなたはトヨトミの御曹司だ。いずれトヨトミ・グループの頂点に立つのでしょう。世襲はもっとも愚かな事業承継のあり方だと私は考えていますが、全否定はしません。というのも、世襲によって企業が飛躍するケースが一つだけある」

振り返ると、男はスラックスのポケットに両手を突っ込み、ニヤニヤと笑っている。聞きたくもなかったが、男は翔太の沈黙を、先を促されていると受け取ったようだった。

「子が親を殺した時です」

翔太の心臓がドクンと大きく脈打った。男はそれだけ言うと、ゆっくりとエントランスのほうに歩き去った。

エレベーターに乗り込んでから、自分の名刺を渡していないことに気づいたが、すぐにそれも忘れてしまった。誰とアポがあってやってきたのか知らないが、いきなり話しかけてきて愚にもつかない与太話を聞かせるとは失礼千万。名刺など渡す必要はない。どう考えても、もう二度と会うことはないと思った。

第八章　訴訟　二〇二一年　十月

暴排条例

「先輩、もうやめておいたほうが……」

名古屋市営地下鉄伏見駅からほど近い、クラブやバーが軒を連ねる繁華街の一角に心細げな声が響いた。

「いいから黙ってついてきて。今日だけだから」

高杉文乃は、今年四月に社会部から異動してきた近藤晴彦《こんどうはるひこ》のほうを振り返って、口の前に人さし指を立てた。近藤は入社五年目の二十七歳。社会部時代は、本人いわく「とことん足でネタを稼ぐ」を売りに事件取材に飛び回っていた、とのことだったが、社から地下鉄で数駅のこの場所にやってくる道中ですら、駅のたかだか数十段の階段で息を切らし、地上に出れば夏でもないのに太った身体を汗まみれにして文乃の後についてくるのがやっと、というところを見ると、その仕事ぶりも怪しいものだ。

その近藤は怯えた声で言った。

「今朝キャップからも注意されていたじゃないですか」

高杉は近藤を睨みつけた。カマキリみたいなデスクの顔を真似ながら、「俺だってこんなことは言いたくない。おまえが入れ込んでいるネタだってのもわかってる。だけど、今はもっとほかにやるべき取材がある、でしょ。そんなのわかってるよ」と吐き捨てる。

「じゃあ、もう帰りましょうよ」

「そういうわけにもいかないの。終わったらウナギをおごるから、お願い」

不正車検の発覚以降、日商新聞には日本各地のトヨトミディーラーが行っている不正の内部告発が次々に寄せられるようになっていた。ほとんどは車検についてのものだったが、その中にひときわ目を引くものが紛れ込んでいることもある。

その一つが、不正車検発覚の契機となったのと同じ尾張モーターズが、暴力団相手にクルマを売っているという匿名のメールによる告発である。文乃の社用メールアカウントに届いたそのメールには「尾張モーターズの営業部副部長の畑中恭平《はたなかきょうへい》が月に一度、第二火曜日の夜に暴力団のフロント企業と会合を持ち、販売する車種と仕様、価格について打ち合わせをしている」とあった。メールには畑中とみられる男の顔写真が添付されていた。取引が本当なら明らかな暴力団排除条例違反である。

新聞社には日々さまざまな種類の告発が寄せられる。すべてを調べるわけにはいかない。文乃が真偽不明のこの告発を調べてみる気になったのは、二つの偶然が重なったからだった。

一つは文乃の親族に起きたことである。

文乃の姉の夫、つまり義兄にあたる塚原保《つかはらたもつ》は、名古屋市内でクルマの整備や修理、および軽自動車・中古車の販売を行う「塚原カーサービス」を営んでいる。

ある日、その塚原の元に愛知県警の刑事がやってきて、塚原に任意同行を求めた。愛知県警本部で事情聴取を受けた彼にかけられた嫌疑は「暴排条例」違反。トヨトミの高級モデルである「キング」や「クイーン」、「ゼウス」や、ミニバンの「デルタード」などを地元の暴力団である春日組《かすがぐみ》に販売していると疑われていたのである。

寝耳に水。驚いたのは塚原である。彼の店では新車の販売も行っていたが、基本的にはすべて軽自動車である。トヨトミの高級モデルを売ったことなどなかった。

しかし、一方で彼には思い当たるフシがあった。数ヵ月前に店にやってきた尾張モーターズの人間から持ちかけられた「名義貸し」である。

名義貸しとはつまり、「塚原カーサービス」の名前だけ借りて、尾張モーターズがクルマを売るということ。「一台売れるごとに三万円払う」という条件に惹かれた塚原は、深く考えることなく名義貸しに同意してしまっていたのである。刑事たちに問い詰められ名義貸しについて打ち明けた塚原は、お叱りを受けたものの放免された、という顚末である。

しかし、そうなると困るのが尾張モーターズである。〝汚い仕事〟がバレてしまった彼らは塚原の元にやってきて、もう二度と一緒に仕事はしないと吐き捨てた。暴力団にクルマを売っていたのは自分たちなのに、悪いのは警察沙汰になったおまえのほうだと言わんばかりの彼らに憤った塚原は、この話を文乃に打ち明けた。

義兄の証言によって、匿名の告発の信憑性《しんぴょうせい》は担保されたことになる。フェイスブックで畑中の名前を調べると、添付されていた写真の男と同一人物だと思われる画像が出てきた。

そしてもう一つの偶然は、告発メールに記されていた暴力団と尾張モータースの会合場所である。メールの文面を見たとき、文乃は身体に電気が走るような衝撃を受けた。会合場所として名前が挙げられていたのは名古屋・錦の「雫」。かつて「夜の商工会議所」として財界人で賑わったあの高級クラブだったのである。

第二火曜日である今日、文乃と近藤は「雫」の入るビルがよく見える喫茶店に陣取り、畑中が来るのを待つ腹づもりだった。目的は、春日組のフロント企業の人間と畑中が接触する現場を押さえることだ。

喫茶店は「雫」のビルから道路を挟んだ向かいの建物の二階にあり、ビルの入り口周辺が一望できる窓側の席がちょうど空いていた。

午後六時を少し回ったところ。会合にはまだ早いかもしれない。

「トヨトミ本体と関係の深いディーラーが町のカーサービス店を隠れ蓑《みの》に暴力団にクルマを売っているのは大問題だと思いますけど、もう警察がシロクロつけてくれたじゃないですか」

近藤はまだぶつくさ言っていた。

「何言ってんの。明らかに〈反社〉と取引をしているのに、どこも報道していないんだよ？　これを書かないなんてありえない。それに警察も尾張モータースを不問に付してんじゃん」

文乃が言うと近藤は諦めたように、わかりましたよ、と額に浮いた汗をシャツのポケットから出したハンカチで拭くと、グラスに注がれた水をひと息に飲み干した。

文乃はこの件を徹底的に調べるつもりだった。というのも、これは尾張モータースが町の修理屋の名前で暴力団にクルマを売っていたというだけではなく、もっと広がりのある話だからだ。

塚原によると、彼には尾張モータースから多い月で約三〇万円もの金が渡っていた。「一台売れるごとに三万円」という条件だから、春日組は尾張モータースから一ヵ月に一〇台ほどクルマを買っていたことになる。

ただ、春日組は広域暴力団ではなく、愛知県内で活動する一本独鈷《いっぽんどっこ》の小さな組である。とてもじゃないが、自分たちが乗るために月に一〇台もの新車を買うとは思えない。

おそらく、春日組は買ったクルマを海外かほかの反社（反社会的勢力）か、不良外国人グループあたりに売りさばいている。となると、尾張モータースは間接的に密売に加担しているわけで、明らかに犯罪を犯していることになる。しかし、尾張モータースに警察の捜査の手が伸びているという話は聞かず、彼らは名古屋市内の別の業販店から名義を借りて、春日組へのクルマの販売を続けている可能性があった。

文乃には、不正車検と同じくこの件の根っこにもトヨトミが進めている「全車種併売」があるように思えてならなかった。どの店舗もトヨトミの全車種を販売できるようになったことで、差別化ができなくなった店舗は売上に苦しむことになる。尾張モータースもその一つで、売上確保のために〝売ってはいけない相手〟にクルマを売るにいたったのではないだろうか。

コロナ禍でクルマの製造に必要な半導体の調達が困難になり、車種によっては買ってから納車まで数年待ちの状態となっているが、トヨトミと付き合いの長い尾張モータースなら優先的に完成車を回してもらえるはずだ。トヨトミからの優遇を武器に、彼らは後ろ暗い仕事に手を染めるようになった。まだ想像の域を出ないが、トヨトミとディーラーの関係を取材する文乃には、そんな絵が見えた。

空を見上げると、月がうす曇りの空に上りかけていた。夜の帳《とばり》の中でだんだんとネオンが際立ち、人の流れも増えてきたが、畑中はまだやってこない。

「でも、僕じゃボディガードにはなりませんよ。もう帰っていいですか？　キャップの言うとおり、あちらの取材を優先したほうがいいと思うんです」

文乃は、近藤を誘ったことを後悔しはじめた。万が一春日組の組員と揉めた時のための男手《おとこで》として近藤を連れてきたのだ。大学時代はアメフトのディフェンスバックで日本一になったのを自慢していたくせに、地下鉄に乗っている時から暴力団に腰が引けっぱなし。最近腰痛が悪化して激しい運動はダメなんです、秋になると毎年偏頭痛がひどいなどと泣き言を言い出す始末だった。

ただ、「今はこの件よりももっとほかにやるべき取材がある」という忠告は、あながち言い訳ともいえない。ほかにやるべき取材は、確かにあった。

鉄鋼最大手の大日本製鉄（大日鉄）が、トヨトミ自動車と中国の鉄鋼メーカー、上海鋼鉄集団公司を特許侵害で東京地裁に訴えたのである。

トヨトミは上海鋼鉄が作った電磁鋼板をハイブリッド車のモーターに使用していた。ところがこの電磁鋼板が大日鉄の特許を侵害しているというのだ。

「でも、今回はちょっとトヨトミはかわいそうですよね」

クリームソーダのアイスクリームをパフェスプーンですくって食べていた近藤がポツリと言った。

「なんでよ？」

「だって、上海鋼鉄の特許侵害の被害者じゃないですか、言ってみれば」

「そんなことないよ。トヨトミも同罪。っていうか、大日鉄は、明らかに主犯はトヨトミだと睨んでる。安く電磁鋼板を納品するのを条件に、トヨトミが上海鋼鉄に情報を流した、ってね。トヨトミはここ何年かハイブリッド車のプロメテウスの原価低減に力を入れていたから、状況的にもピッタリくるんだよ」

「トヨトミが上海鋼鉄に特許侵害をするように唆《そそのか》していたってことですか？」

「どんなかたちで情報を流していたかはわからないけどね。ただ、特許の世界では大日鉄の特許技術を勝手に使って電磁鋼板を作った上海鋼鉄だけじゃなく、それを買ってクルマに組み込んだトヨトミも過失責任を追及される。いろんな意味で、トヨトミは被害者とは言えないよ」

大日鉄は今回の訴訟でトヨトミと上海鋼鉄それぞれに三〇〇億円の損害賠償を求めると同時に、トヨトミに対してこの電磁鋼板が使われているクルマの製造と販売の差し止めを求めていた。損害賠償はともかく、製造と販売の差し止めは痛い。

「これからどうなるんですか？」

「トヨトミ側は無実だ、上海鋼鉄が特許侵害をしていたなんて知らなかったって言っているけど、大日鉄の社長は『知らなかったじゃ済まない』とおかんむりだよ。しばらくはメディアを巻き込んで、双方が自分たちの正当性を拡散する情報戦が続くんじゃない？」

文乃は無邪気に質問をぶつけてくる後輩に呆れていた。社会部育ちはこれだから……経済に関わることはもちろん、まして企業同士の訴訟についてはほとんど知識がないのである。

そもそも「知らなかったから無実だ」という主張自体に無理がある。こんなところで訴訟のディフェンスラインを引くトヨトミの法務、広報セクションの作戦の甘さが露呈している、と文乃は考えていた。明らかにトヨトミは分が悪い。しかも、「特許侵害は事実無根」と繰り返すだけで、身の潔白を証明する証拠を出すわけでもなかった。

これでは、トヨトミ側が「こんなに重要な問題を、事前の話し合いも通知もなくいきなり訴えてこられたことに驚きを禁じ得ない」などと、大日鉄から事前に連絡がなかったことを非難しても、泣き言を言っているようにしか聞こえない。その後の報道で大日鉄からトヨトミに事前通告があったことが明らかになり、「世界的自動車メーカー」の社内コミュニケーションはどうなっているのかと失笑を買っている。

「ぶっちゃけトヨトミはクロなんですか？」

まっくろでしょ、と文乃は少し意地悪な口調で言った。

「シロなら証明は簡単じゃん。クルマを解体するなりして特許侵害で作られた電磁鋼板が使われていないことを見せればいいだけなんだから」

「裁判まで起こされてもそれをやらないのは変ですね」

「うん、争っても勝てないことがわかっているんだと思う。おそらく、大日鉄側はもうトヨトミの車を解体して、不正な電磁鋼板が使われている証拠を押さえているんだよ。もうトヨトミはどこかで落とし所を見つけて和解するしかない。大日鉄側から厳しい条件をつきつけられるだろうけど」

「条件？」

「大日鉄はトヨトミに長年フラストレーションを溜めているからね。この訴訟をテコにしない手はないでしょ」

そこまで言って初めて、近藤はピンときたようだった。

「鋼材の価格ですか」

コロナ禍による原材料のインフレは産業界を揺るがせている。サプライチェーンは分断され、「世界経済は一つ」という平和な時代はもう過去のもの。グローバル化は猛烈な勢いでローカル化へと巻き戻されている。これからは地域の中で供給網を完結しなければならなくなっていくのかもしれない。

文乃はニヤリと笑う。

「ご名答。気づくのが遅いけどね」

これまで、下請け企業が使う鋼鈑までまとめて購入するトヨトミに、量を武器に安値を呑まされてきた大日鉄。しかし原料価格が高騰し、おまけに炭素を燃やす製鉄方式からコストのかかる「水素還元方式」への転換が迫られている鉄鋼業界の〝代表〟としても、これ以上トヨトミに屈するわけにはいかない。この訴訟を容赦なく値上げの材料に使うだろう。とくに大日鉄の社長・野口幸成は鋼材価格の安さをかねてから幾度となく指摘してきた人物。今年の八月にはトヨトミとの交渉で鋼材一トンあたり三万円の大幅な値上げを呑ませたタフ・ネゴシエーターである。

大日鉄とすれば鋼材価格はもっと上げたいと考えているはずだ。となると、この訴訟の和解条件にも鋼材価格の値上げが含まれている可能性は高いと文乃は考えていた。

その時、白川公園の方面から歩いてきた一人の男に目が止まった。特徴的なわし鼻と一重瞼の眠たげな目、そして白髪まじりの癖っ毛。写真で繰り返し見た畑中恭平だ。

「本当にきた……」と近藤が言い、武者震いなのか怯えているだけなのか、ぶるぶるっと身体を震わせた。

畑中は、高級感のある白亜の外壁が目を引く商業ビルの前で立ち止まると、一度あたりをうかがってからエレベーターの中に消えた。

そこにいて、と声をかけて文乃は喫茶店を飛び出す。階段を駆け降り道路を渡って畑中が乗り込んだエレベーターの前にやってきた。ランプが上層階のほうに移動し、止まった。

「やっぱり七階だ」と文乃はつぶやく。

「雫」はこのフロアだった。名古屋界隈の財界人がかつて足繁く通ったという、夜の商工会議所のような高級クラブ。

畑中を追うべきか考えたが、フロント企業の人間がまだ来ていなくて空振りしても仕方がない。ひとまず戻って様子を見よう。

喫茶店の方に目をやると、近藤が窓からこちらを見ながら自分を指さし、それからビルを指さした。自分もそちらに行ったほうがいいか、という意味だろう。文乃は両手でバツを作った。

その時、「レッツトヨトミ名古屋」の保科圭吾のツヤのある低い声が頭の中で再生された。

「住谷佳代を嗅ぎ回るのはやめたほうがいい」――いったい、どういう意味だったのだろう？

喫茶店に戻って十分ほどすると、白亜のビルの前に黒塗りのトヨトミ車「デルタード」が止まり、中から太いストライプの入ったスーツ姿の背の高い男と、開襟シャツの首元から金のネックレスをのぞかせた太った男が降りてきた。周りにそれとなく睨みをきかす若い衆を残して中に入っていく。

暴力団へのクルマの闇販売、レッツトヨトミ名古屋の保科道康にかかってきた「住谷佳代」からの電話、保科の弟、圭吾からの警告……佳代を中心に据えて考えると、すぐにある仮説が浮かんだ。

畑中が入っていった店が告発メールにあったとおり「雫」なのであれば、謎はすべて解ける。

小一時間ほどして、畑中はエレベーターから出てきた。すでに喫茶店を出て、ビルの前で待ち構えていた文乃と近藤は間髪入れずに駆け寄る。

「尾張モーターズの畑中さんですよね。日商新聞の高杉です。少しお話をうかがえませんか？」

畑中は警戒心も露わに、手に持ったブリーフケースで顔を隠した。

「なんなんですか急に。私は取材を受けるような人間ではありませんよ」

「今まで正田興産の人間と会っていましたよね？　春日組のフロント企業の」

顔は見えなかったが、ブリーフケースの後ろに動揺した表情が浮かぶのがわかる。この感覚を持っているのは夜討ち朝駆けで直撃取材を繰り返してきた新聞記者と刑事くらいだろう。

いったい何のことだか私にはさっぱりわかりません、としらを切る畑中に追い討ちをかける。

「まだ正田興産の人は出てきていませんよね。私たちが中に入って調べればすぐにわかります」

そう言うと、かたわらの近藤が嫌そうな顔をするのがわかった。

「調べてみればいいじゃないですか、私は本当に知りません」

あくまで畑中は否定した。中に踏み込んだところで、マル暴の刑事ならヤクザを誰何《すいか》することができるが、新聞記者にはできない。あるいは、暴力団に怖気《おじけ》づいて中にまでは踏み込まないだろうという計算がはたらいたか。

「そうさせてもらいます。お店の名前くらいは教えてもらえますよね？」

畑中は一瞬口ごもったが、「『雫』という店です。言っておきますけど、私は仕事帰りに立ち寄っただけですよ」

そう言い残して畑中はそそくさと立ち去った。

文乃は直感した。尾張モーターズだけではなく、レッツトヨトミ名古屋も暴力団へのクルマの販売を行っているのではないか、という仮説は正しいのだ。そして、彼らと春日組の接触場所として「雫」が使われているのである。文乃が店のオーナーである住谷佳代を嗅ぎ回れば、自分たちの取引に行き着くかもしれない。だからこそ保科圭吾は警戒し、阻止しようとした。すべての辻褄は合う。

あとはそれを確かめるだけだった。尾張モータースと暴力団との関わりを調べるのは後回しでいい。「雫」を調べればこの店の客筋がわかる。おそらく春日組と取引があるのは尾張モータースとレッツトヨトミ名古屋だけではないはずだ。

しかし、と文乃はかすかな引っ掛かりを覚えた。何かがおかしかった。その違和感の正体を突き止めようと考えを巡らせたが、結局わからずじまいだった。

「近藤くん、今日はもう帰ろう。明日店が開く前に私が店の人に取材するから」

佳代の息子・昭一に会ったことがあるとは言わなかった。近藤はほっとした顔をして、わかりました、と伏見駅の方に足を向けた。よほど早く立ち去りたかったらしい。

帰路、いかに昭一を取材するかに頭を巡らせた。以前、佳代を取材させてほしいと申し出た時の対応から察するに、一筋縄では行きそうになかった。

しかし、翌朝メールをチェックした文乃の目に飛び込んできたのは、その昭一からのメールだった。送信時間は昨夜の十一時過ぎ。前夜の営業終了直後だろう。

開封すると、「母が取材をお受けすると言っています」という文面とともに、佳代が住む和歌山市内の住所だけが記されていた。

逃げ回ると思っていた相手からの思わぬ招待状だった。

神隠し

正午のベルが鳴ると同時に、織田電子本社の照明が一斉に消える。システム開発部のものと各部署でデータのダウンロード・アップロードをしているものを除いて、パソコンはシャットダウンされる。

社員たちは三々五々、社員食堂へぞろぞろと移動する。本社周辺には飲食店もコンビニもなく、昼食は社員食堂でとるか弁当を持参するしかない。社員寮に住む独身組の中には、一日三食を社員食堂で済ます者もいるのだが、織田電子の社員食堂のメニューは品数が少ない。食材の仕入れのコストカットのためで、肝心の味のほうもさんざんである。そんな社員食堂を朝昼晩と利用する社員のために、マヨネーズ、ペッパーミルに入れた黒胡椒《こしょう》、ぽん酢醤油《じょうゆ》など、味に変化をつけ誤魔化すための調味料だけは豊富に揃っている。会長の織田善吉は社員食堂では食べず、わざわざ遠方のコンビニまで秘書にサンドイッチを買いに行かせている。

ところが、今日は弁当を持ってくるでもなく、社員食堂で食べるわけでもない社員が各部署に一人、二人いた。彼らはほかの社員が出払うと、エレベーターに乗って上層階を目指す。向かう先は最上階にある役員専用の会議室である。

四半期に一度、各部署の幹部候補生と業務で優秀な実績を残した社員が、織田をはじめとする役員らと昼食をともにするのが、この織田電子の慣例である。会議室の中では、すでに織田やＣＥＯ

の星渉が、彼らがやってくるのを待っていた。

会議室には、さながら国連安保理の会合で使われるような、「C」の字型の巨大なテーブルが据えつけられ、各人の席の前には京都・高台寺近くの料亭から取り寄せた仕出し弁当が用意してあった。そして、弧の真ん中には織田の質素な机が置かれている。

「みんな、よう来てくれたな。ええ機会や。今日は経営陣に何でも聞いてくれ。それに現場の課題も何でも話してくれ。さ、食べよ、食べよ」

織田はそう挨拶すると、上機嫌な様子で弁当のふたを開け、箸をつけた。織田の弁当だけはごくふつうのシャケ弁である。シャケは織田の大好物なのだ。中国の織田電子の工場の工員たちは、毎朝食堂の入り口に貼り出されるその日のランチメニューにシャケ定食があるかどうかを確認する。あるならそれは織田が来訪する兆し。その日はいつにもまして熱心に仕事に励むのである。

食事に招かれた社員たちは明らかに緊張していた。しばらく無言の時間が過ぎ、「なんや、誰もわしらに聞きたいことがある人間はおらんのか」と促されて、ようやく一人が、生産調査部部長の杉本です、と名乗り、食事の手を止めて立ち上がった。杉本は高卒からの叩き上げ。朝七時から夜の十時まで働き続けるタフさが評価されて今年から部長に昇進した。

「会長の本は、すべて読んでいます。先日刊行されました『やり抜く魂』には感銘を受けました。その本の中からお聞きしたいことがあるのですが」

「ええよ。何でも聞いてくれ」

織田電子には朝の始業前に読書の時間があり、織田の著書を読むことが課されているため、織田の本は社員全員がもれなく読んでいる。各部署の社員の購入比率は数値化されて貼り出される。だから、上司は部下に織田の本を買わせ、時には自腹を切って全員分買い与えるのである。

「部下に対してつい叱り過ぎてしまいます。会長は最近の若者は叱られ慣れていないから、まず褒めてから叱るべきだと書かれていましたが、塩梅《あんばい》が難しいのです」

杉本の悩みをうなずきながら聞いていた織田は、「部下に厳しく接するのはまちがいやないで」と言った。

「わしも昔はずいぶん厳しく指導したもんや。今はこんなことはやってはいけないが、ずいぶん手も上げた。でもな、人を導く立場である以上、指導法はよくよく考えて、その時代の人間に合わせたものにすべきや。今なら褒めすぎなくらい褒めるのがちょうどええ。こんなに甘くして大丈夫かと心配になるくらいでちょうどええ。そうやって部下にやる気を出させてから、少しずつ厳しさを混ぜていくんや」

杉本は感服した様子で、ありがとうございます、勉強させていただきました、と頭を下げた。

万事こんな調子だった。質問は織田に集中し、どれも織田の経営論とマネジメント論に追従するようなものばかりだった。役員たちはその様子を満足そうに見つめながら、弁当をつついていた。

ただ一人、心にモヤモヤしたものを抱えていた役員がCEOの星渉である。最高経営責任者のポストについてから半年、わかったことがある。この会社には冷酷な資本主義と〝織田教〟ともいうべき前近代的な宗教性が奇妙な形で混交している。それはまるで欧米の資本主義を取り入れ、国家神道で国をまとめ富国強兵に邁進《まいしん》した明治時代の日本のようだ。

能力が高い社員、実績を残した社員をこの会社は正当に評価し、能力に見合ったポストを与える。この会社には高い能力を持つ人間を遊ばせている余裕はない。人材の登用という意味では理想的な会社と言えた。

しかし、一方で織田への忠誠心を示していれば、どうにか冷遇されずに生きていけるというのも織田電子の企業文化だった。成長を続ける織田電子は、もうかつてのように能力の低い学生を鍛え上げて一人前にする会社ではなくなりかけていた。東京の帝都大学はじめ旧帝大から多くの人材が入ってきて、それぞれに活躍していた。

その中で、かつての叩き上げ組はどうしても能力的に劣ってしまう。彼らは会社の中で脱落しないように、長時間労働によって、あるいは織田の本を熱心に読み込み、織田の哲学を身体に染み込ませ部下の指導にあたることによって織田への忠誠心を示しているのである。織田に質問した杉本は、まさにそうした昔ながらの織田電子社員だった。

そうした風潮に、星はかすかに違和感と居心地の悪さを覚えた。こんなことでいいのだろうか。この会社の喫緊の課題は「織田が去った後」も成長していける組織をいかに作るかなのではないのか。そのためにこそ自分はここにいるのではなかったか。自分が織田電子にいる意味に直結することのモヤモヤとした感情は、日に日に大きくなっていた。

「織田を信じる者は救われる」という宗教性が、たとえカリスマ経営者であっても老い衰える一人の人間であるということを古参社員に忘れさせているように星には見えた。あるいは彼らはその事実から意識的に目を背け、考えないようにしているようでもあった。これまで貢献してきた社員に敬意を示すのは大切なことだが、彼らは織田なき後の織田電子の足枷《あしかせ》になるような気がした。

その時、もう一人立ち上がった社員がいた。星と同じ車載用モーター事業部の土屋という若手社員だ。京都の国立大学である洛北大学の工学部を卒業して入社した、まさに「新世代」の織田電子社員である。

「織田電子はモーター分野では世界のリーディング・カンパニーです。しかし、モーターはあくまで部品であり、それを主力にする以上、織田電子はどこまでも下請けということになります。つまり、製品の値引きを求められたり、部品価格の上昇が利益を圧迫するリスクが常にあるということです。だからこそ、業績好調な今のうちに利益率をできる限り伸ばしたいところですが、率直に言って社内経費の節約以外の取り組みが見えません。この取り組みの効果も原材料の高騰が続けば相殺されてしまうでしょう。この点について会長のお考えをお聞きしたいです」

かすかに会議室の空気が波立った。土屋の発言は織田電子のもっともデリケートな急所を突いたのだった。織田電子の利益率は製造業にしては高かったが、それは商品力というよりもふだんからの倹約によるものであり、どこにも真似のできない技術があるわけでも、卓越した商品力があるわけでもなかった。品質よりも量で稼ぐ会社なのだ。土屋の言うとおり、織田電子の利益率はグループ全体に徹底されている倹約によるところが大きかった。

役員や社員はお互いに顔を見合わせ、なかには土屋を睨みつける者もいた。彼らは例外なく織田電子のプロパーで、能力の低さを織田への忠誠心と長時間労働でカバーすることで織田に引き立てられてきた。織田電子の社風と価値観しか知らない彼らにとって、織田の経営方針に疑義を挟む土屋の発言は許しがたいものであるはずだった。

「時代や社会情勢が変わっても、商売の鉄則は一つや」

織田は会議室の張り詰めた空気を意に介す様子もなく言った。

「機先を制すること。数で圧倒してよそが入ってこれないほどのシェアを取れば圧倒的に有利になる。車載用モーターの事業はまだ始まったばかりやけど、これから中国やアジアで必ずＥＶは普及する。そこでトラクションモーターのシェアを握るのが君ら車載事業部の使命やで。それに、家庭用ゲームやパソコンのハードディスク向けのモーターもコロナが長引いて好調や。なんでもそうやけど、数を作れば作るほど原価は下がる。うちは世界中に工場があるから輸送費も安く済む」

織田はそう言うと、シャケを一口かじった。

「奇をてらったことをする必要はない。今の世界情勢はモーターに追い風や。そういう時こそ基本に立ち返ることやな」

箸を置き、懐から取り出したメモ帳にペンを走らせる音が響いた。土屋はなおも何かを言いたげだった。彼の疑問に織田が正面から答えていないのは明らかだった。しかし、さらに質問を重ねようと前屈《まえかが》みになったところで、隣にいた社員に肘で小突かれ、口をつぐんだ。

その後は、織田電子の車載用モーター事業の展望についての質問が相次ぎ、それは織田ではなく事業責任者の星が答えた。この事業の成功なくして織田の目指す売上一〇兆円は達成できない。社内の注目は高かったし、星自身もまた社内で注目を集めつつあった。

移籍当初こそ、「三年で辞める」と見られ、長時間労働をきわめる社員たちの中にはCEOが織田から星に変わったことを知らない人間もいたほどだったが、長期的な戦略に基づいた星の経営方針は、一部の社員から共感を集めていた。社員たちにアクセルを床まで踏み抜き続けることを求める織田の方針に嫌気がさしている転職組と、高学歴組である。

織田電子のほかの企業文化を知る者にとって、この会社は異常そのものだった。管理職は土日も出勤することが事実上義務づけられ、十時から十五時は「コアタイム」として会社にいることが求められた。

人事評価も苛烈そのものである。5段階評価の「1」が二回続くと仕事の難易度の低い部署に異動させられ「再教育プログラム」と称した能力開発研修を受けることになる。それでも再び「1」が二回続いた場合は退職を推奨される。織田本人は「社員のクビを切ったことがない」と言うが、社内には仕事のできない人間を排除する確固としたシステムがあった。

問題は、このやり方が管理職にも適用されることである。管理職は自分の率いる部署の業績責任を問われるため、業績の悪い部署のトップに就任すると、どうしても「再教育プログラム」行きになる管理職が出てくる。織田電子の人事評価は半年ごと。つまり最短で着任から二年で会社から追われることになる。

通称、「神隠し」。そのまま退職する人間も多いし、「こんな働き方をしていたら家庭がめちゃくちゃになる」と言って入社早々に去る者もいる。

そして、こうした企業文化に異を唱え、変えていこうとする人々も一部にいた。そうした社員からは、星は会社を変えてくれる「期待の〝星〟」と見られていたのである。

ただ、ここ数日星は社内の人間の自分への態度に違和感を持っていた。プロパー社員はもともと織田しか見ていない。星のことは透明人間のように扱うか、客人のような丁寧さで扱うかだったが、ここ数日彼らの視線から敵意にも似た鋭さを感じていた。そして星に共鳴していた転職組と高学歴組の態度も変だった。妙によそよそしくなった者もいれば、露骨に星を避けるようになった者もいる。問題はその理由がわからないことだった。星には心当たりがなかった。

社内メール

その星は、ランチの後で織田に会長室に呼ばれた。

「あんたも小狡《こずる》いことをするもんやな」

織田は空色のハンカチで眼鏡を拭きながら言った。

「と言いますと？」

「あの土屋っちゅう社員のことや。あれ、あんたが仕向けて質問させたんやろ」

たしかに土屋は星の直属の部下だったが、星が質問させたわけではなかった。土屋は織田との昼食会を楽しみにしていた。貴重な機会に率直な質問をぶつけただけだろう。

「車載事業の計画遅れを正当化しつつ、わしの経営方針に茶々を入れる巧妙なやり口やな。恐れ入ったわ」

会長、と呼びかける声は意図していたよりも強いものになった。

「それはまったくの誤解です。私は土屋にいかなる指示もしておりません」

織田が両目を糸のように細くしてじっと星を睨《ね》めつける。

怒っているようにも、笑っているようにも、悲しんでいるようにも見える不思議な表情だった。

星は目を逸らさずに織田を睨み返した。実際にはほんの数秒だったはずだ。しかし、それは星には何十分にも感じられるほど長い沈黙だった。

先に口を開いたのは織田だった。

「まあええわ」と眼鏡を再びかけると、織田は手を顎の下で組み、声を落として言った。

「中国の話や。ここのところ向こうのEVメーカーへの売り込みがうまくいってへんやろ」

「ええ、それは……」

「コンペでも勝てなくなってきたな。性能の問題か？」

「価格の低さを考えればうちのトラクションモーターの性能はいいはずです。そして低価格モーターは中国で旺盛な需要があります。ただ、価格・性能の両面でうちのモーターと同等といえるモーターは増えてきました。ここでどう差別化を図るかが勝負でしょう」

すると、織田はあのな、と言ってもう一度星を見据えた。

「うちの情報が漏れとるんやないか？」

まさか、と声が漏れた。車載用モーターの情報の扱いには細心の注意を払っている。外部に漏れるとは思えない。

「先月、成都汽車のコンペでトヨトミ・トラクションが受注したやろ。トラクションモーターのスペックがうちのとそっくりなんや」

「は？」

「うちのモーターの情報が漏れとるとしか考えられん」

被害妄想だ、と星は思った。

これには伏線がある。二〇一六年、織田電子と半導体大手の「シリウス・エレクトロニクス」との間で買収交渉がまとまりかけた。当時、織田電子は車載用モーター事業への参入を宣言したばかり。EVのトラクションモーターに不可欠な半導体を確保するために、この買収は織田電子にとって最重要なものだった。

シリウスを傘下に収めていた産業改革機構がシリウス株の売却先を探していたこともあり、交渉はとんとん拍子に運んだ。しかし、合意間近というタイミングで思わぬ横槍が入った。トヨトミ自動車である。

実はシリウスはトヨトミに車載用半導体を供給していた。現代の自動車製造で半導体は欠かすことができない。これをいかに確保するかで、各企業はせめぎ合っている。トヨトミはシリウスを失うわけにはいかなかった。

トヨトミは産業改革機構に圧力をかけ、織田電子によるシリウス買収を思いとどまらせるべく説得した。産業改革機構はそれに折れ、織田電子との交渉は打ち切りとなったのである。

しかし、当時のトヨトミは、関連企業の尾張電子と合わせてもシリウスの株を三パーセントほどしか所有していなかった。ふつうに考えれば買収を阻止できるほどの力は持ちえない。

それにもかかわらず、織田電子を介さない「密談」で合意直前だった買収が頓挫させられたことは、織田にはさながら「神の手」がはたらいたように思えたに違いない。納得できるはずもない織田が、今でもトヨトミに浅からぬ恨みを抱いていることを、星は知っている。

その織田が、「裏で手を回して何をやってくるかわからない企業」としてトヨトミに警戒感を抱くのは、ある意味当然だった。

「何かトヨトミがうちのトラクションモーターを真似ている証拠があるのですか?」

星がそう問うと、織田はデスクの引き出しから大判の巻き紙を出して広げた。どこから入手したのかわからなかったが、トヨトミ・トラクションのEV向けトラクションモーターの設計図らしかった。星は技術屋である。ただ、設計図を見る限り、織田電子のトラクションモーターとの類似性は認められなかった。

「漏れとるよ、わしにはわかる」

会長、と星は織田を制した。

「どこが似ているのでしょうか。私にはわかりかねます」

「よく見てみい、似てるやろうが」

織田は表情の抜け落ちた陶器のように白い顔で、設計図を指差した。何度見ても、星にはどこが似ているのかわからず、沈黙するしかなかった。

しらばっくれても無駄や、というピシャリとした声にハッとして設計図に落としていた視線を上げる。

「Eフラットの社員にトヨトミOBがいるそうやな」

「会長！　Eフラットからトヨトミに情報が漏れているとおっしゃるんですか？」

「トヨトミほどの会社であれば、スパイを使って競合しうる企業の内部を探ることなど朝飯前やろ。逆にEフラットを信用する理由はなんや。昔の部下がやっとるからか？　人を信じていたら経営者は務まらんぞ」

　たしかに織田電子は星のヤマト自動車時代の後輩、唐池真一郎の経営するEフラットと組んで、配送用電動トラックを開発していた。そしてEフラットにはトヨトミから移籍してきた三輪明良という技術者がいる。しかし、それだけのことでEフラットからトヨトミに情報が漏れていると判断するのは早計というものだろう。ましてや織田が出してきた設計図のトラクションモーターは、織田電子のものとは似ても似つかない。それは、織田電子のモーターよりも技術的に数段上だった。

　織田は本当にEフラットを疑っているのだろうか。そこで星はハッとした。織田には何か別の「言いたいこと」があるのだ。そして、そのターゲットはおそらく自分だ。

「会長、私に不満があるのでしたら、どうか率直におっしゃってください」

　星、と織田は静かな声で言った。

「あんたに頼んだのは、わしの後継として織田電子を成長させ続ける力量を見せることだけや。会社の社風を変えろなどとは頼んでおらん」

「社風を変える？　めっそうもない。そんなこと考えたこともありません」

嘘だった。織田電子は「織田の個人商店」から脱皮しなければならない。そのためには、織田一人が強大な影響力を持ったままではダメなのだ。ゆるやかに織田の発言力を弱め、織田電子を創業者なしでも成長を続ける自律的な組織に変えていくこと。それが織田の後継者としての自分の最大のミッションだと考えていた。

「それしか考えられへんやろが。黙って見ていればわしの方針に納得がいかない連中を束ねよって。何をする気や。クーデターでも起こす気か」

織田は口角泡を飛ばしてまくしたてた。いつのまにかその声色はそこ暗い怒気をはらんでいた。

「何をおっしゃるんです！　クーデターなど……！」

心外だった。織田に頼りきりでは織田電子の今後の成長は見込めないと考えているのは事実だが、創業者である織田への尊敬の念は強く持っていた。ましてクーデターなど起こす気などない。

そして、「クーデター」というワードは別の意味で星にとって衝撃的だった。

そもそも俺がクーデターで誰を倒すというのか？　今の織田電子のトップは俺じゃないか。織田自身が俺をＣＥＯに据えて、自ら会長職に退いたんじゃないか。

そもそも、織田は自分なしで会社が回り成長していくことなど望んではいない。星は暗澹たる気持ちでそう考えた。それどころか、そもそも会社のトップを明け渡したとも思っていないのではないか。

口では自分なき後の織田電子を率いる後継者の必要性を織田はメディアを通じてしきりに訴えている。しかし、自分が産み育てた会社が自分の手を離れることに、織田電子が自分以外の人間によって経営されることに、内心では拒否反応を示している。「クーデター」という言葉はそんな織田の無意識を不意に浮かび上がらせたのだった。

「だいたいな、あんたがヤマトから連れてきた連中も気に入らないんや。あんた、会社の中にヤマト自動車出身者の派閥を作る気やろう。３Ｄ企業でそこそこできた人間程度ではうちの会社では使い物にならんと何度言ったらわかるんや」

織田は嫌悪感も露わに言った。

星は自分とともに車載事業部を切り盛りする人材を求めてヤマト自動車時代の部下や同僚に声をかけ、何人かを織田電子に引き抜いていた。しかし、それは織田電子に自動車業界での経験を持つ人材が圧倒的に少なかったからである。

「心外です。ＥＶ向けモーターを今後の成長戦略の軸に据える以上、自動車業界での経験を持つ人材の少なさは弱みになるのは明白ではないですか」

古巣をバカにされたようで腹が立ち、星は思わず声を荒らげた。織田はそんな星に冷たい視線を投げかけた。

「車載事業部を任せてきたが、そろそろ潮時やないか？　成長が遅すぎて投資家が痺れを切らしとるよ。株価は下がりっぱなしや。Ｅフラットとの共同事業も正直うまくいくとは思えん」

「そんなバカな！　もうモーターの開発は始まっているんですよ」

「せやから、早いうちに止めろと言うとるんや。もう遊びはやめや」

そして、ボソボソとした口調で言った。

「来月から二週間ヨーロッパ出張に行ってこい。帰ってきたら次はアメリカやな。現地工場で陣頭指揮をとるんや」

星はその時に織田の気性をはっきりと理解した。織田が会社の未来を憂えているのはまちがいない。しかし、未来を作るために足元の業績が停滞することに耐えられないのだ。

そして、これは織田の株価への異様な執着からくるもののように星には思えた。常日頃から、織田は会社の株価について口にした。その神経質さは、まるで数時間、あるいは数分おきに売買を繰り返すデイトレーダーのようだった。少しでも下がれば経営陣にハッパをかけ、上がると満足そうに自分の経営哲学を語った。

織田電子の株価が一万円を割り込んでから久しい。それを織田は星率いる車載向けモーター事業の停滞が原因だと考えているようだった。

Eフラットとの共同プロジェクトの中止を唐池に伝えなければいけないと思うと、心が痛んだ。織田電子の会議室を訪ね、CEO就任を祝福してくれた彼に、「自分はただの雇われCEOだ」と謙遜したことを思い出した。やるせない思いが込み上げる。

こうして上司と部下のように命令される。これが織田電子CEOの本質なのだ。まさに「雇われCEO」そのものだ。

もはや星にではなくぶつぶつと独り言のように何かをつぶやいている織田の口から信じがたい言葉を聞いたのはその時だった。

「まったく……どいつもこいつも口ばかり。わしなら伸ばせた事業なんやから、伸ばせんかった分を弁償してもらいたいくらいや……」

「弁償」という言葉に、常に冷静な星が突発的に怒りに駆られた。もう辞めてやろうと思った。そもそも自分をヤマト自動車から引き抜こうとした時の話とまったく違うじゃないか。

しかし、任された仕事への責任感が、かろうじて星を押し留《とど》めていた。自分がここで辞めたら車載事業部はどうなる？　それは織田への忠誠心でも、会社への義理でもなく、自分の下で働いてくれている、事業部の部下たちへの仁義だった。

「私が日本を離れたら車載事業部はどうなるのです？」

せめてもの抵抗として星は織田に言った。しかし、織田は拍子抜けした顔で言った。

「そんなん、わしが見るしかないやろ」

使えない部品を取り替えるような一言だった。織田にとって自分はいつでも交換できる程度の人材だったのだ。というよりも、織田の中では「かけがえのない存在」など自分だけなのだろう。身体から力が抜けた。表情を変えまいと取り繕うのがやっとだった。

会長室を辞去しようとした時、不意に織田の背後の掛け軸が目に入った。

「掛け軸には何が描かれていましたか？」

あの時、専務の小梶隆英は星にそう尋ねた。改めて織田のほうを振り向いて、掛け軸に目をやった。梅の木で鳥がさえずっている日本画だった。しかし、それは先日ここで見た絵とは別のものに替わっていた。紙の種類も色彩も筆使いも違う。そして何より、描かれている鳥が違った。

会長室を出たその足で、小梶の執務室を訪ねた。

会長にヨーロッパ出張を命じられました、と告げると小梶の顔がこわばった。ＣＥＯである星が会長に退いた織田の命を受けて出張に行く。小梶は、その異様さと意味をすぐに理解したようだった。

「どうやら私は車載事業部の責任者を解任されたようです」

「それで、掛け軸を見ましたか？」

小梶はまた星に尋ねた。

「梅の木の枝でホトトギスがさえずっていました」

すると、小梶は大きく息を吐き、片手を額にやって視線を落とした。

「ホトトギスですか……。まちがいありませんか？」

「ええ、今日ははっきり見ましたから」

「それは、織田電子を去れ、というシグナルなのです」

「なぜホトトギスが去れのシグナルになるのです？」

小梶は、再び目を上げた。

「通常、梅の木にはウグイスでしょう。ホトトギスと梅の木の組み合わせはミスマッチです。〝場違いだ〟ということですよ。だから先日ウグイスが描かれていたと聞いて、私は安心したのです」

眩暈《めまい》がした。あまりに底意地が悪い。大企業のトップがやることではなかった。まるでいじめじゃないか。星は声を荒らげた。

「去って欲しいならそう言えばいいでしょう」

「自分で連れてきた人間だからですよ」

小梶は冷たい口調で言った。

「絵の意図を察して、自ら去ってほしいのです。織田自身が引導を渡したら、連れてきた自分の任命責任があからさまになってしまう」

言葉を失った。星は今、織田電子の、いや織田善吉という人間の核心に触れていた。それはどこまでも冷たく、とっかかりがなく、よそよそしかった。

「これは、お見せすべきものかはわからないのですが」

そう言って、小梶はスマートフォンを取り出し、社内メールのフォルダを開いてみせた。その瞬間、強烈なタイトルが目に飛び込んでくる。


無能な指導者の下では、優秀な社員も烏合の衆となる！


「これは？」

「先週の日曜遅くに織田から課長以上の管理職に一斉送信で送られてきたメールです」

そう言って小梶はスマートフォンを星に手渡した。恐る恐る本文に目をやった。

先日、車載用モーター事業部に行ってみたら、誰も彼もが弛緩《しかん》していて、これが私が創業した織田電子の事業部なのかと怒りを覚えた。無念だった。いくら優秀な社員がいてもそれを率いるリーダーが無能だと、かくもひどい有様になるのかと愕然とし、一人涙を流した。

結果を見ればこの事業部が「茹でガエル集団」になっているのは一目瞭然である。業績はグループ内で最低クラス。織田電子のポリシーも私のイズムも感じられない。リーダーが無能なのが悪いのだが「どうせできない」という諦めの空気が漂っている。

本来「やれる」と考えればなんでもできるものだ。そもそも不可能を可能にしてきたのが織田電子である。それを信じさせるのがリーダーの役割だとしたら、車載用モーター事業部のリーダーは無能そのものである。所詮は３Ｄ（成長ダメ・収益ダメ・株価ダメ）企業のぬるま湯でそこそこに成果を出してきたにすぎない、そんな人物にこの事業部どころかグループ全体の舵取りを任せてしまった自分に、忸怩《じくじ》たる思いを禁じ得ない。

結局３Ｄ企業でそこそこやれた程度の人材では、織田電子のような３Ｙ（成長よし・収益よし・株価よし）企業では通用しないことを、今回も思い知ることとなった。もしかしたら、日本にはもう織田電子を率いることができる人材は存在しないのかもしれない。私はそう感じ始めている。

何度も外部から人材を連れてきては、私の後に恥じない後継者に育て上げる試みは、一旦やめようと考えている。無能なリーダーが荒廃させた組織の立て直しと引き締めが急務だからである。

そして、私自身にもこの連中への任命責任がある。その責任をどう取るべきかとここのところ考えてきた結果、一つの結論に行き着いた。

自分の人選ミス（適任者などもう日本には存在しなかったのかもしれないが）の責任は自分で取る。創業者である私が織田電子のCEOに戻るのが、現時点での最適の人選なのだ、と。

読み終えた星の手は震えていた。怒りと悲しみがないまぜになった感情を自分の裡で処理できそうになかった。社内の人間の態度が変わった理由がわかった。こんなメールが回ってくれば、それまでと同じように星と接することなどできはしない。

「このメールはあんまりだと、私は思います。あなたはよくやっていた。私にも非があります」

小梶はスマートフォンを懐にしまいながら言った。

「いえ、小梶さんにはよくしていただきました」

すると小梶は首を小さく振った。

「気合いと根性を見せることが大切だと前に申し上げましたが、もう少し具体的に言うべきでした。たとえば〝弁償〟のように」

言葉の真意が読み取れず沈黙する星に、小梶は言った。

「会社に損害を与えたら、そのことを織田に懺悔《ざんげ》し、弁償を申し出るのです。私も昔、会社の社員食堂で使う米を貯蔵する倉庫の扉を閉め忘れたところに台風が直撃して、米をすべてダメにしてしまったことがあります。被害額は二〇〇〇万円ほどでしたか。織田に自腹で償えと言われて弁償しました」

「もうこの会社にいることはできません」

声が震えた。会社人生のすべてを織田に捧げてきたこの男は、織田とこの会社、そして自分の言っていることの異様さをまるでわかっていないのだ。弁償だと？　なぜ俺がそんな仕打ちを受けなければならないのか。

「いけません！」と、鋭い声が耳を刺した。

小梶が立ち上がり、こちらに寄ってくる。両手が星の肩に置かれた。

「あなたは絶対に必要な人材です。私が織田を必ず説得しますから、どうか短気を起こさないでください」

その手を振り払った。何も言いたくなかったし、これ以上何も聞きたくなかった。

第九章　闇販売　二〇二二年　五月

伝説のマダム

　和歌山城から西に歩いて五分ほど。紀ノ川のほとりにその家はあった。河口が近いとあって、文乃はかすかに潮の香りを嗅いだ。住谷昭一に教えられた住所には、矢来垣に囲まれた敷地に石州《せきしゅう》瓦《がわら》葺きの瀟洒《しょうしゃ》な平家が建ち、庭にはまるでその家の主のような大きな枝垂桜が濃い緑の新芽を育んでいた。

　門をくぐり、玄関のベルを鳴らすと、ほどなく中から人が近づいてくる気配があった。かちゃりという軽い音とともに引き戸が開き、和装の老女が現れた。

　もう隠居して久しいはずだ。とくに若作りしているというわけではないが、住谷佳代の顔には薄い化粧の下に確かな活力がうかがえた。息子の昭一から聞いた八十三歳という年齢が信じられないほどだった。すっと伸びた背筋と長い首、扉に添えた細い指には凛とした気品が感じられる。

切れ長の目はやや吊り目気味だったが、大きな瞳はこちらの内心を見透かすように静かに澄んでいた。高い額から窪むことなく、いつでも笑っているように口角の上がった口元までまっすぐに通っている細い鼻梁は、ヨーロッパ系の血を思わせた。

若い頃は雲雀ヶ丘歌劇団のトップ女優だったというのも納得の美貌だった。突然の引退とその後の進路で世間を騒がせた佳代が始めたクラブ「雫」に名古屋財界の重鎮たちが集い、こぞって口説きにかかったという「伝説」も、文乃にはもっともなものに思えた。

家の中に隠居生活の澱《おり》はなかった。玄関はちり一つなく掃き清められ、その奥の磨き上げられた廊下に、玄関から入る緑光が照り映えている。

「ようこそおいでくださいました」

佳代は無表情に言いおいて、文乃が挨拶を返すと奥のほうに引っ込んでしまった。

靴を脱ぎ、彼女を追って廊下の奥の部屋に入ると、そこは茶室だった。佳代は正座をして、風炉にかけた釜から湯を汲む。縁側に面した部屋からは楓《かえで》や牡丹《ぼたん》といった庭の木々が見える。ふだん植物などを見る余裕もなく取材に駆け回っている文乃にとっては、どこかほっとする光景だった。

「今日はありがとうございます」

文乃が改めてお辞儀をするのと、佳代が茶を差し出したのが重なる。佳代の息子である住谷昭一からのメールには〈母が取材をお受けすると言っています〉とあったが、ここの住所が送られてきたタイミングから言って、「取材」とは以前に依頼した「名古屋財界」についての取材ではないのは明らかだった。文乃はすぐに本題を切り出した。

「トヨトミディーラー大手の尾張モータースによる暴力団へのクルマの販売についてです。住谷さんが所有している名古屋のクラブが、尾張モータースと春日組の接触場所になっていることはご存じですか？」

「はい」

平然と微笑みを浮かべ、たおやかな声で答えた佳代に文乃は面食らい、「ええと、ご存じということでいいですか？」と聞き返したが、佳代はなぜそんなことを聞くのかとでも言いたげな表情で、はい、と繰り返した。

いつも相手にしているのは、こういう時に取り繕ったり、視線を泳がせて嘘をついて誤魔化そうとする人間ばかりだった。「知らぬ存ぜぬ」で押し通そうとしてくると想定していた文乃は、あっさりと肯定した佳代の真意を図りかねた。

「ただ、会合の目的まではご存じありませんでしたよね？　つまり一部のトヨトミディーラーが暴力団である春日組にクルマを売っていて、その台数や仕様などの打ち合わせで定期的に住谷さんのお店で会っていたという」

「いいえ、存じ上げておりました。ただ、最初からお客様のお相手の素性がわかったうえで店を使っていただいていたわけではありませんが」という佳代の言葉に、思わず姿勢が前屈みになる。

「それはいつ頃からですか？」

「私はこのとおり、もうこちらに引っ込んで店には出ておりませんが、息子からは二〇二〇年の夏頃だったと聞いています」

文乃は心の中でにんまりする。二〇二〇年夏。トヨトミディーラーの全車種併売がスタートし、ディーラーの再編が現実味を持って語られ始めた頃。それは同じ商材での競争を余儀なくされたディーラーが恐怖と焦りを感じはじめた時期とぴったりと重なっていた。

しかし、どうしてこうもペラペラと自分の店に不都合なことを話すのだろう。佳代からは罪悪感もうしろめたさも恥の意識も感じられず、つかみどころがなかった。

法律や条例に無知で、やっていいことと悪いことがわからないのだろうか、と考えたが、それは違うと思った。そんな人間の店に財界の大物が集うはずがない。たとえそこのママが絶世の美女だったとしても。

「店としてはそれを放置していたということですか？」

「放置？」

佳代はそこで初めて怪訝な顔をしたが、優美な口調は崩れなかった。

「こちらが十分に身元や人となりを確認させていただいて、この人はぜひという方に会員になっていただいております。そのようにさせていただいております以上、会員様が連れて来られる方についてはひとまずは黙ってお迎えするというのがこちらの誠意だと存じております」

「しかし、その相手が反社会的勢力の人間だったとしたら、暴排条例に抵触する恐れがあります。暴力団の商取引の場になることを黙認した、というお店としての回答と受け取っていいですか？」

文乃は佳代を追及しているつもりだったが、問題の核心に近づいている手応えがなかった。押したら押しただけ相手が引いていく。目の前の人間は底が知れず、不気味だった。

「こういう言い方はいかがでしょう」

　佳代がこちらを見て微笑んだ。

「うちの店を使わせないだけでは意味がないと思いません？　うちから追い出したとしても、あの方々は別の店で会合を持つだけなのですから」

「それはそうですが、黙認していていい理由にはならないでしょう」

「お客様を失うのが惜しくてこんなことを言っていると思っていらっしゃるのでしょうね」

　ふと、佳代の顔がこちらを値踏みするような色を帯びた。

「昔は新聞記者の方々にもずいぶんとご贔屓にしていただきました。私など水商売しか知らない無学な女ですが、無知なりに記者のみなさまとお話しさせていただいて思いましたのが、上澄みのきれいなところを見て知った気になられる方もいれば、その下に溜まっている泥の中に顔を突っ込める方もいらっしゃるということでございます」

「どういう意味ですか？」

　思わず気色ばんだ。トヨトミディーラーと暴力団に商取引があることなど、どのメディアも誰も報じていない。そこに自分は危険を冒して飛び込んでいるのだ。自分は上澄みだけしか見ていない記者などではない。

「言葉どおりの意味でございます」と佳代は微笑みを絶やすことなく言った。

「もし、上澄みだけの記者だったらどうしますか？」

文乃の口調は挑戦的な色を帯びた。佳代は三つ指をついて頭を下げてみせた。

「お引き取りくださいませ」

「私は少なくとも泥の中に手を突っ込んで、隠されている真実をつかみ取ろうとしています」

「真実とは何でしょう？」

「それをあなたから聞くためにここに来ました」

文乃がそう言うと、佳代はふっとはかなげなため息をついた。重苦しい沈黙が澱となって二人を隔てた。破ったのは佳代のほうだった。

「真実？……真実なんて、人の数だけあるものですわ。同じこと、同じものを見ても。事実はひとつなのに」

口調が不意に皮肉の色を帯び、文乃はどきりとした。先ほどまでと変わらない微笑をたたえながら、声色だけをガラリと変える。年老いた佳代からは歌劇団のトップ女優だった頃の面影がたしかに感じられた。

しかし、言葉遊びで煙《けむ》に巻かれるわけにはいかなかった。文乃は話の矛先を変え、別の方向から攻めることにした。

「なぜ私が尾張モータースと春日組の関係を追っていることを知っていたのですか？　私が雫に行った日の夜、昭一さんを通してあなたのほうからここの住所が送られてきました。私が接触した尾張モータースの畑中さんが昭一さんに連絡をして、昭一さんからあなたに話が伝わった、と考えていいのでしょうか」

ふっと小さく息を吐いて佳代が言った。

「そう考えるのが自然でしょうね」

「となると、昭一さんは意図的に彼らの会合に店を使わせていたことになりませんか」

「雫」は、クラブとしてホステスが酒の接待をしただけでなく、官憲に隠れて安全に不法な取引をする〝隠れ家〟を提供する対価として飲食代以外の報酬を得ていることだってありうる。

佳代の口元におどけたような笑みがうかぶ。

「ご贔屓にしていただいていた社長様方は、うちの店をこんなふうに呼んでいらっしゃいました。〝名古屋の夜の商工会議所〟ですって」

反社会的活動に関わっていることを追及されて開き直っているかのように思えて、文乃の声音がとげとげしくなる。

「あなたが現役の頃の伝説はいろんな方から聞きました。でも、今は政治家から暴力団まで包み込む〝懐の深さ〟は求められていないのではないですか」

あら、と佳代はおかしそうに袖で口元を押さえた。

「高杉さんが取材したがっていたのは、その懐の深さなのだと思っておりました」

そう言われて、文乃はハッと佳代を見た。

何のことを言われているのかは明らかだった。「名古屋財界の戦後七十年史」である。

彼女の見立てどおりだった。地方版の特集記事はネットで配信されると、名古屋のみならず東京でも大反響を呼んだ。

文乃がその記事の狂言回しに据えたのが、伝説のマダム、住谷佳代だった。雲雀ヶ丘歌劇団のトップ女優から転身、名古屋の錦に高級クラブ「雫」を開くと、トヨトミを世界企業に押し上げた豊臣史郎《しろう》を筆頭に、中日本電力など名古屋の五摂家といわれる名門企業の社長たちが足繁く通いはじめる。

客種《きゃくだね》の良さが新たな客を呼び、常連客は中京地区のみならず産団連の重鎮や現役総理など一流の政財界人から、歌舞伎役者や映画スター、スポーツ選手、小説家など時代の寵児《ちょうじ》たちへと広がった。名古屋という保守的な風土に咲いた夜の花の魅力は、美貌だけでなく、聡明な知性だった。政治家に失政を痛烈に批判したり、文壇の大御所相手に文学論を戦わす。かといって圭角張ることなく、たおやかな笑みを絶やすことがない。そんな人柄が男たちを惹きつけた。

もちろん夜の盛り場を縄張りとする親分衆も放っておくことはなかった。オモテの経済人とウラ社会の住人たちが交錯した狂乱のバブル時代にはヤクザと警察幹部が同じテーブルを囲みホステスを交えて酒を酌み交わしたような店もあったようだが、佳代は財界人とヤクザ《かたぎ》をお互いに顔がささないように差配した。満席のときは親分衆に遠慮させる。そんな男勝りの女丈夫《じょじょうふ》に春日組の先代組長が惚れこんでしまう。一方で、佳代のきれいな客捌《きゃくさば》きが評判になり、名古屋財界のトップたちの客足が途絶えることはなかった。いや、男たちだけでなく、佳代に憧れる若く美しい女たちが店に蝟集《いしゅう》し、そこはまさに、さまざまな色彩の光を放つ男と女たちが集う日本一華やかな社交場だった。その中心にいたのが佳代だった。

佳代にはミステリアスな伝説がいくつもある。出生にまつわる噂や歌劇団退団の真相と称して口さがなくしゃべる他店の女たちがいたのはもちろんだが、尾張大学の工学部教授と道ならぬ恋に落ちて駆け落ちするように結婚、子をなしたという話はどうやら本当らしかった。

文乃が取材できた名古屋財界ＯＢはけっして多くはなかった。しかし、彼らはみな華やかな混沌《こんとん》の時代を懐かしく語った。そんな漂白されていない剝き出しの多様性が、かつての経済成長の一つの活力源になっていたのかもしれない。

今の名古屋財界が魅力を失ったと言いたいわけではない。しかし、通常の記事ではなく企画記事ということで、古き良き日の名古屋への郷愁を感じさせる筆致で書いたのは確かだった。

そんな人間が、今度は「清濁併せ吞む度量は今の世の中に求められていない」と言って、当時の財界をよく知る、目の前の人物を責めている。我ながら滑稽だった。

クルマを作らないことで儲ける

気恥ずかしさから黙っていると、部屋の隅に飾られている一枚の写真が目に入った。「雫」にあったものとは違うが、これも佳代の若い頃の写真だろう。白黒写真。演目はわからないが金髪のウィッグをつけて、欧米人の役を演じている。はっきりとした目鼻立ちの佳代には、その風貌が実によく似合っていた。

「雲雀ヶ丘歌劇団にいらっしゃったそうですね。息子さんからお聞きしました」

沈黙を破って文乃は言った。佳代は目でうなずいた。

「トヨトミ自動車の豊臣統一社長のご子息の翔太さんの奥さんも元雲雀ヶ丘だそうですが、さすがと言いますか、美貌は相当なものでした」

「ええ、彼女のことはＯＧの間でも話題になりました。でも女優もトヨトミの妻も美貌だけじゃダメじゃないかしら」

佳代の顔が少しほころんだ気がした。

「今の社長の統一さんの奥様の清美さんはまさに才色兼備ですからね」

そのとき一瞬、佳代の女優の仮面の下から驚いたような、怒っているような素の顔がのぞいたことを文乃は見逃さなかった。

「清美さんをご存じなのですか？」

「いいえ、存じ上げませんわ」と静かに話す佳代は、ふたたび女優の仮面をつけていた。

そこで文乃は、佳代に付けられた奇妙な異名に思い至った。「トヨトミの母」。この異名が何を指すのかはわからなかったが、何か知っているかもしれないと、多野木に聞いた話を振ってみることにした。

「清美さんは、トヨトミの老舗ディーラー、レッツトヨトミ名古屋の社長の保科さんの奥様とご姉妹だという噂を聞いたことがあるのですが……」

「……それは、存じ上げませんが、清美さんはたしか三友銀行のお嬢さんだったのではないですか」

「元頭取の田臥さんですね。翔太さんのお話に戻るのですが、これまでトヨトミでも目立った活躍がなく、私たちにもあまり人となりが伝わってこないんです。雲雀ヶ丘のOGの間で凜子さんの話が出るとのことでしたが、家庭生活については伝わってきたりしていませんか？」

　さあ、と佳代は言い、その翔太さんという方はおいくつなのかしら、と尋ねた。

「三十代半ばです。奥様はいくつか年下ですね」

「その年齢で目立った活躍がないというのは、先々あまり明るい見込みは持ちにくいかもしれませんね……」

　佳代は翔太と会ったことがないばかりか、名前を知っていたかどうかすら怪しい。見ず知らずの人物のことで無下に否定的なことを言う人物には見えなかっただけに、佳代の発言は妙に印象に残った。

「お店には名古屋財界の名士だった方がたくさんお見えになっていたとうかがいました。きっと若いころから頭角を現した方ばかりなのでしょうね」

「いえ、大器晩成型と言いましょうか、若い頃は不遇だった方もいらっしゃいます。でも、そういう方もふつうの方とはどこか違うものを持っているものです。トヨトミの武田剛平さんとか……」

　名古屋の財界人を見続けてきた佳代には、「出世する男」を嗅ぎ分ける力が身についているのだろう。しかし、出世は実力だけで決まるわけではないのだ。とくにトヨトミのような企業は。

「でもその武田さんは、創業家の豊臣家の逆鱗《げきりん》に触れて失脚してしまいました。トヨトミ自動車は、ほとんど株を持っていないのになぜか豊臣家がオーナーとして君臨する、事実上の同族企業です」

「……でしたら、たとえ凡庸でも、いずれその翔太さんが社長になるんでしょうね」

佳代の表情がわずかに尖った。

「……とはいえ統一さんからそのまま翔太さんにバトンタッチすることはないと思います。でも、ゆくゆくは必ず社長になるはずで、そのための準備を着々と進めているように見えます」

そう言って文乃は、世襲の地固めと思われる工作の数々について話し始めた。

トヨトミが計画する未来都市「フューチャーシティ」の建設を翔太が担当していること。それが経済性を度外視した、つまり、利益を上げることこそが実績となる企業なのに、利益を上げなくても、つまり失敗しても咎められないどころか、なにをしても「成功」というゴールしかないプロジェクトであるということ。

実力派の幹部たちを関連会社や他社に追いやり、その代わりに女性役員比率を上げることと、外資系の株主がうるさい「ＳＤＧｓ」や「従業員の心理的安全性」に配慮していることをアピールする一石二鳥を狙って、ＣＷＯ（チーフ・ウェルビーイング・オフィサー）やＣＳＯ（チーフ・サステナビリティ・オフィサー）といった舌を噛みそうな役職をつけて女性を役員に登用していること。そうやって掻き集められた役員から社外取締役まで、絵に描いたように従順な、つまり何があっても統一の意向にノーと言わない人々は、文乃には、小さいころひな壇に飾ったひな人形そっくりに思えたこと。

メディアが大嫌いな統一が、メディアに多額の広告費をばら撒くだけでなく、専門紙を買収したり、オウンドメディアの「トヨトミニュース」を立ち上げて自身やトヨトミの同族経営への批判を封じようとしていること。もちろんトヨトミニュースには子飼いのジャーナリストや仲のいいタレントを起用し、ニュースという名のコマーシャルを大量に流してトヨトミのプロパガンダをしていること……。

「この国が低迷するわけね……。総理官邸でバカ騒ぎした総理の息子を筆頭に、右を向いても左を向いてもバカ息子と親バカばかり」

ぽつりと佳代が痛烈なことを言う。

「ただ、サプライヤーを守る甲斐性はさすがだと思います。二〇二二年三月期の決算でトヨトミは減益だったのですが」

「そのようね、どこの新聞も書いていないけど」

現場を離れた今も、佳代はクラブママ時代の情報収集の習慣が残っているのかもしれなかった。

しかし、佳代のチクリと皮肉るような口調に、文乃の胸は痛んだ。減益を報じないのはマスコミのトヨトミへの忖度だということを、どうやら佳代はわかっているらしかった。

二年前の決算会見でトヨトミが出した減益予想を大きく報じたことで、日商新聞はトヨトミの逆鱗に触れ、以降トヨトミの会見から締め出されたままだ。この一件はすぐに業界に広がり、同様の措置を取られるのを恐れたマスコミ各社は、今回の減益についてはどこも報じていない。

「五月の決算でトヨトミの下請け各社は大赤字になることが予想されていたのですが、そうはなりませんでした。トヨトミが部品の値上げを受け入れ、工場の電気代まで持つことで、彼らの赤字分を補塡したのです。総額は一兆円とも一兆五〇〇〇億円とも言われています」

するとと佳代は愉快そうに言った。

「それなら、あの子は書いてほしかったでしょうね。今回の減益はサプライヤーを救ったためなのだ、と。なぜ書かないのだと癇癪を起こしているかもしれないわよ」

「そうかもしれません。ここまでのことをするのは異例ですからね」

「察しがつくのよ。あの社長が考えていることは。たぶんこれも、世襲への布石でしょう」

「なぜでしょうか？」

文乃は、なぜサプライヤーの赤字をトヨトミが補塡するのが世襲への布石なのかを尋ねたつもりだったのだが、佳代は違った風に捉えたようだった。

「新太郎さんから息子さんについてはいろいろと聞いていましたから」

おそらく、彼女は文乃の質問を、なぜ統一の考えていることがわかるのか、という意味に受け取ったのだ。

もしかしたら、佳代は新太郎を通じて若き日の統一と何かしら接点があったのかもしれなかった。

「お店に出ていた当時はトヨトミの方とも交流があったのでしょうか？」

「ええ、とくに新太郎さんには開店当初から贔屓にしていただいていて。まだあの方が社長になる前、史郎さんが社長だった頃だったかしら。史郎さんに連れられて来たのが最初だったと思います。その新太郎さんが武田剛平さんを連れていらっしゃったりもしました」

史郎とは、トヨトミ自動車の〝中興の祖〟と呼ばれる、分家筋の豊臣史郎のことである。

佳代の元には、豊臣統一の父、新太郎も足繁く通っていた、という東京で安本から聞いた話と符合する。

一時期、私はアメリカで暮らしていたんですけどね、と前置きして佳代は言った。

「アメリカ人は、ウィナー・テイクス・オール、一人勝ちも勝者総取りも大好き。だけど、日本人の気質は一人勝ちを嫌うのよ。まして今、国がどんどん貧しくなっているときでしょう。コロナ禍で業績が悪化している会社も生活が困窮している人も多いなかで、トヨトミだけが大儲けしていたら、反感を持つ人は少なくない。彼はそれを恐れたのだと思います。だから減益になってでもサプライヤーを助けた。それがなければ、今回の決算ではトヨトミの一人勝ちだったはずですよ」

佳代の言うとおりだった。トヨトミの業績は悪くない。それどころか多くの企業が業績を落とすなかで堅調に利益を確保していた。

この背景には世界的な半導体不足がある。自動車だけでなくパソコンやスマートフォンなど、半導体が使われている製品は数知れない。自動車業界でこの半導体の供給が滞り始めたのは二〇二〇年秋ごろのこと。

となるとコロナ禍でサプライチェーンが混乱したことが原因のように思えるが、実際はもっと複雑な背景がある。そもそもパンデミックの前から半導体チップの需要は供給を上回っていた。

デジタル化が進む世界で、どの国にとっても半導体は優先順位の高い「戦略物質」である。設計・生産に膨大なコストと長い時間がかかり、世界の生産量の六割以上を中国、韓国、台湾が担っている半導体をいかに自らの供給網に囲い込むかで、すでに国や大企業の〝仁義なき戦い〟が始まっていたのだ。

半導体争奪戦の根底には米中の覇権争いがある。グローバル化によって強く結びついたアメリカと中国の経済だったが、中国の台頭に警戒感を強めるアメリカは、特定の品目の輸出入に制限を課すなど、中国からの貿易面での「デカップリング」（脱・中国）の動きを強めている。こと物流面において、グローバル化にはコロナ前から亀裂が入っていたのだ。

そこに新型コロナウイルスによるパンデミックが起きた。世界各地で都市がロックダウンされ、港湾や工場が閉鎖され、地球上に張り巡らされていたサプライチェーンは混乱した。

当然、半導体チップのメーカーは材料の入手に苦しむようになる。一方で「巣籠《すご》もり需要」が生まれ、家電製品やスマホ、タブレット、ゲーム機、テレワークや遠隔授業で使用するノートパソコンなどに組み込まれる半導体チップの需要が激増した。自動車需要の減少を見込んだメーカーが手放した生産枠をそれらの需要は易々《やすやす》と飲み込み、それらはまだメーカーの手に戻ってきていない。世界の自動車用半導体チップの三〇パーセントほどを生産していた日本の「シリウス・エレクトロニクス」の工場で火災が起こり、一時生産がストップするという不運もあった。

コロナ禍で起こった需要の変動に、自動車メーカーも自動車のサプライチェーンも対応できていない状況が続いていた。しかし、それは悪いことばかりではなかった。世界的な半導体不足によって新車の供給能力が落ちた結果、あらゆる車種が品薄となり、クルマを買ってから納車まで何年もかかる状況が生まれていた。メーカーは値引きをせず定価でクルマを売れるようになった。トヨトミ自動車はその恩恵を最大限に受けていた。

中古車価格もこれまでにないような値上がりをしていた。新車を買ってから納車されるまで何年間も待てない人々が中古車を買い求めたからである。この状況も中古車の販売ネットワークを持つトヨトミには追い風だった。結局のところ、コロナ禍はトヨトミにとって大したダメージにならなかったばかりか、これまでのように「大量に作って大量に売る」のではなく「クルマを作らないことで儲かる」という〝発見〟さえもたらしたのである。

しかし、部品を一つ売っていくら、という商売をしているサプライヤーはそうはいかない。半導体不足でメーカーが新車の生産台数を絞れば、それはサプライヤーを直撃する。

「クルマを作らないことで儲かる」の状況が続けば、佳代の言うとおりサプライヤーから見たこれまでさんざん部品の値下げを呑ませ、無理難題を押し付けてきたトヨトミは、彼らを犠牲にして「一人勝ち」しているように見えるだろう。

彼らはトヨトミに不満を募らせる。佳代の言うことが文乃にはよくわかった。

実際、トヨトミが大日鉄に訴訟を起こされた時、オフレコという条件ではあるが「いい気味だ」「これまで真綿で首を絞めるように値下げを呑ませ続けてきた罰だ」というサプライヤーに沸き上がる声を、文乃は取材で何度も耳にした。

今回のトヨトミのサプライヤーへの救済措置は、言われてみると露骨にサプライヤーへのゴマスリだった。そしてそれは佳代の言うとおり、本当に豊臣統一が目論む「世襲」への布石なのだろうか。

「どうにか止められないものなのかしらね？」

佳代がつぶやいた。

「世襲を、ですか？」

「そうじゃないの」

文乃が訝《いぶか》しげな顔をすると「いえ、なんでもないの。忘れてください」と佳代は言った。

それから悲しむような、昔を懐かしむような声でつぶやいた。

「だってそう思うじゃない。こんなにひどい会社になるなんて誰も思わなかった……」

文乃の頭に、また「トヨトミの母」という異名が浮かんだ。目の前の老女は、やはりトヨトミと何らかの関係があるようだった。

株価

山間の街道筋にある九十九龍大社の周辺には民家がぽつりぽつりと点在するのみで、街灯もまばらである。陽が傾いたとたんに暗くなり、辺りは急に寂しくなる。長年この地で暮らしている宮司でさえ、重々しい夜の帳にひそむ大蛇に大社が飲み込まれていくような感覚があり、心細い。そんな時、宮司の頭には決まって大社を麓に抱く鞍馬山に棲んでいたとされる天狗《てんぐ》の伝説が思い浮かぶ。

宮司はその日の社務を終えると、境内の裏手にある自宅に引っ込もうと、手荷物を持って社務所を出ようとした。その時社務所の扉がガラリと開き、見覚えのある男が顔を出した。

「社長」

宮司は現れた織田善吉を久しぶりにそう呼んだ。会長に退いて以降、宮司は織田善吉のことを「会長」と呼ぶようになっていたが、先月、織田は織田電子のＣＥＯに電撃復帰した。そこから参拝に来るのは初めてだ。

「こんな時間に珍しいですね」

「いつものやつや」

織田善吉はぶっきらぼうに言って蠟燭を求めた。こんな時間に参拝に来たことはこれまでになかったのではないだろうか。

例によって蠟燭に一心不乱に家族と会社の名前を書いていく織田を、宮司はじっと見つめていたが、この日の織田はどことなく生気がなく、疲れている様子だった。社務所の明かりに照らされた姿は一回り小さくなったような気がするし、落ち窪んだ眼窩《がんか》はどこかうつろだった。

織田は蠟燭を持ってふらりと立ち上がり、社務所の引き戸を開けて、外の祭壇に蠟燭を立てると、本殿の周りを回り始めた。

せっかちな織田はいつもなら年齢に似合わぬ早足で駆けるように歩くのに、足取りが弱々しく、歩みも遅い。ときおり本殿の壁に寄りかかり、休んでいるようである。織田が戻ってきたとき、宮司は見かねて声をかけた。

「だいぶお疲れとちゃいますか。どうかご無理はなさらず」

「疲れとらんよ。絶好調や」

案の定、織田は強がった。創業したばかりの頃、血走った眼をした織田が駆け込んできて霊能力のあった父にすがってきたときも、けっして弱音を吐かなかった。内心を吐露するのはいつも困難を乗り越えた後、その困難が成長のバネへと昇華してからだった。

宮司と織田はその後、雑談をした。こんな時間に参拝にやってきたこともそうだが、織田の疲れた様子は只事《ただごと》ではなかった。どうやら会社で何か問題が起きているらしい。宮司はそう察したが、具体的に尋ねることはしなかった。

しかし、話題は思わぬことから織田電子の方向に転がった。織田が引いたみくじ棒の番号のみくじ箋を出してやると、眼鏡をはずし腕を伸ばして引き離しつつじっくりと読んでいたが、その顔色がみるみる怒りに紅潮していった。

「アホな神籤や。こんなもん信じられるか」

「いかがされましたか？」と宮司は織田からみくじ箋を受け取る。

川の流れに身を任せよ　もがけばもがくほど身体は沈む

みくじ箋には短くこう書かれていた。宮司にはなんということもない託宣に思えたが、織田は身体を震わせるほど怒っていた。これのどこが織田の瞋恚《しんい》に触れるのか、宮司には見当がつかなかった。

「あの……。これが何か？」

「次に託せる人間がおらんからわしがいつまでも舵取りをせなあかんのやないか。もがくもがくって……。わしが地位に固執しとるみたいやないか」

「後継者の話ですか？」と尋ねると、織田は荒く鼻息を吐き出した。

「どいつもこいつも無能や。わしの経営がわかっておらん」

「そら、社長ほどの経営者がそこらにごろごろいるわけがありませんよ」

と宮司は煎茶を出しながら織田を持ち上げてみせたが、織田は気の昂ぶりが収まらないようだった。

「３Ｄ会社出身の二流の人間をわしよりも評価する人間がおるのが信じられん。この国はいったいどうなっとるんや？」

織田が何に苛立っているのかわからない宮司は神妙な顔でうなずくしかなかったが、織田電子の後継者にまつわることだというのは察しがついた。というのも、織田のＣＥＯ復帰と同時に、後継者候補として入社した星渉が降格されたという報道を目にしていたからだ。

おそらく、その星という男が織田の眼鏡にかなわなかったのだろう。しかし、後継者に失格の烙印を押して解任するのは今に始まったことではない。織田はこれまでに、家電会社をＶ字回復させた経営者も、外資系ＩＴ企業の元ＣＯＯも、大手銀行から連れてきた前任者も、三顧の礼をもって迎え、襤褸《ぼろ》切《き》れのように捨ててきた。

何があったんです、と宮司は思い切って尋ねた。

「ＣＥＯに復帰した時、もうあいつはいらんと思ったんや。満足な結果を出せない人間をそのままにするわけにいかんやろ。高い報酬を払っとるんやから」

「星さんという方のことなら報道で見ました。降格という形で会社には残っていらっしゃると」

「あいつがＣＥＯをやっとる間、うちの株価は下がりっぱなしや。あたりまえや。業績が上がらんのやから。それを言っても、車載用モーターの事業はまだ種まきの時期だとかなんとか抜かしてのらりくらり逃げよる」

「それでCEO交代ですか」

「そうや」

「それは致し方ないことではないですか。社長がCEOに戻れば業績もすぐ上向くでしょうね」

そう言ってみたが、織田はじっとテーブルを見つめていた。

「これまでにも何度か外から連れてきた人間に会社を任せてみたが、どいつもこいつも中途半端やった。そのたびにわしは助け舟を出して経営に復帰したんや。そうすると軒並み株価が上がり、業績も上がった。従業員だけやない。市場が、いや世界経済がわしを必要としていたんや。そらそうやろ。わしが作った会社や。一番よく知っとるのはわしや」

織田は興奮してまくしたてると、一度咳き込んで、茶をすすった。

織田がCEOに復帰したのは先月。その時点で織田電子の株価は九〇〇〇円ほど。織田はかねてから株価が一万円を切るのは耐え難い屈辱だと言っていた。

CEO復帰の背景には低迷する株価があるのは想像に難くなかった。しかし、意を決して復帰した後も、織田電子の株価は上がっていないどころか八五〇〇円ほどに下がっていることを、織田との縁で少しばかり株を持っている宮司は知っていた。

織田は茶を飲み干し、テーブルの上にカツンと音を立てて置いた。

「ところがや、星を解任しようとしたら、役員連中がこぞってそれはやめてくれと言う。星はこれからの織田電子に必要な人間だと言うんや。わしには理解できん。断言するが、星はそこまで価値のある人材ではない」

「その申し出を呑んで社に残したわけですか」

「結果を残せん経営者は去るほかないというのがわしの意見やったよ」

「ではなぜ？」

「欧米の機関投資家連中がこぞって、星を解任するのなら投資を引き揚げると言ってきた」

それは、と言いかけたものの二の句が継げずにいると、織田もまた、歯ぎしりの音が聞こえてきそうな表情を浮かべて押し黙った。そして絞り出すように言った。

「市場はわしより星を選んだんや。わしが地位にしがみつき、後継者を育てる気のない老害だと判断したわけや」

それで神籤に怒っていたわけか、と宮司は合点がいった。

「断じて違います。私の知る社長はそんな方ではありません」

ついおべっかを口にした宮司だったが、内心では織田電子への織田の執着が奇妙に滑稽なものに思えていた。織田は織田電子の創業者だが、それはつまり創業者でしかないということなのかもしれない。

織田電子という会社の寿命は織田本人よりもずっと長いはずだ。いつかどこかで事業を承継することは避けられない。誰かに事業を承継させようという自身の決断か、あるいは、事業を背負っている自身の死によって。

しかし、織田にとって自分自身と会社は文字どおり一心同体だった。八十歳を目前にした自分に残された時間は少なくなってきている。ということは、織田電子の残り時間も限られている……だからこそ自分が連れてきた後継者候補に時間的猶予を与えられないのだろう。「あいつでもない、こいつでもない」とCEOの首をすげ替え続ける織田は、宮司の目には「しがみついている」ようにしか見えなかった。たとえ織田が完璧に納得する後継者がいたとして、織田の死後の織田電子がどうなるかなどわからない。織田がやっていることは、死に抗《あらが》うのと同じだ。

父から霊能力を承継できなかった宮司は思い悩み、大学で宗教学を専攻して、世界中のさまざまな宗教の死生観を学んできた。織田は手放すことができないだろうと宮司は思った。

織田がしがみついているのは、「地位」などではなく、自分自身の「生命」なのだから。

第十章　懇願　二〇二二年　七月

リコール

クルマは名古屋を目指し、海老名から東名高速に入る。豊臣翔太がハンドルを握るトヨトミ初の量産型ＥＶ「プロメテウス・ネオ」は軽快に加速した。朝九時に三四度という記録的な気温と強烈な日差しのせいで、前方の路面が陽炎《かげろう》にゆらめいて見える。助手席には妻の凜子が、ときおりスマートフォンに目をやりながら座っている。

「晴れてよかったね」

少し身を乗り出してフロントガラスから上空を見上げたあと、そう言って輝くような笑顔をこちらに向けた凜子に、翔太は曖昧な笑顔を返した。芸能活動から身を引いても凜子の美貌は衰えを知らず、むしろどんどん美しくなっていくように翔太には思われたが、心ここにあらず、意識は初めてハンドルを握るプロメテウス・ネオに集中している。

今年三月に発表されたプロメテウス・ネオは、EVの宿命的な二律背反の課題――航続距離をガソリン車並みに伸ばすには、電池をたくさん積む必要があり価格が高騰する。安価なモデルではバッテリーが積めずに航続距離が伸びず、ユーザーからしたら不便になってしまう――を解決した画期的なモデルとして、海外を中心に爆発的な人気となっている。日本での普及はこれからだが、父・統一譲りの「クルマオタク」である翔太は一足先に手配させていた。

快適なクルマだった。加速がよく、アクセルを踏んで得たスピードがブレーキを踏まない限り氷上を滑るように持続する。これが量産車の価格帯で手に入るのは画期的なことだと、翔太は父が成し遂げたことを心の底から称賛した。

毀誉褒貶ありながらも、トヨトミは着実に前に進んでいる。ところが俺はどうだ？　進歩するどころか後退しているじゃないか。空が晴れれば晴れるほど、妻が美しければ美しいほど、我が身の不甲斐なさが身に染みた。

「麗蘭《れいら》、お昼一緒に食べられるみたい」

LINEでメッセージのやりとりをしていた凜子がうれしそうに言った。

「そっか、俺は結婚式以来だな」

おざなりの返事を返す。

雲雀ヶ丘歌劇団時代、同僚の女優たちから妬まれ、いじめにあっていた凜子が唯一気を許していた親友が涌井《わくい》麗蘭だった。麗蘭は東海地方全域でひつまぶしのチェーンを営んでいる「わくい屋」

の社長令嬢である。今日は名古屋にある本店で彼女を交えて昼食をとり、夜は豊臣の実家を訪ねて両親と会う予定だった。

正直、名古屋には行きたくなかった。父・統一と顔を合わせるには最悪のタイミングだった。

「フューチャーシティ」は暗礁に乗り上げていた。

悩みに悩み抜いた挙げ句、翔太が考えた「フューチャーシティ」のコンセプトは「人間が人間らしくいられる都市」というものだった。ロボットやＡＩといった先端技術がこの街で暮らす人間の生活の隅々まで浸透し、人間を助ける。移動のためにバスやタクシーを待ったり、車を運転したり、単純作業に従事したりといった雑事から解放された人々は、今のところ人間だけの「特権」である創造的な仕事に集中できる。その状態こそが「人間らしい時間」である。

こんなコンセプトでスタートしたフューチャーシティの開発だったが、細部がなかなか決まらない。電力会社や通信キャリア、電機メーカーなど畑違いの企業も多数参画するこのプロジェクトにとって、翔太の掲げた「人間らしく」というビジョンはあまりにも抽象的でわからないという批判が耳に入ってきていた。

これらの「声」は、翔太にはこう聞こえる。

「おいおい、不勉強なお兄さん、いったい何を作りたいんだ?」「甘やかされて育ったおぼっちゃんの戯《ざ》れ言《ごと》なんて真に受けることないでしょ」「しょせん、豊臣家の惣領息子が社長になるための儀式ですよね、これ」「贅沢なおもちゃ遊びなんかにつきあってられないよ」……。

多くの自動車メーカーと同様、トヨトミも「クルマ」という製品を売る製造業から、「移動」そのものをデザインし、売るサービス業への転換を余儀なくされている。

巨大なトヨトミの裾沼工場を取り潰した広大な更地に一から街を作り上げるフューチャーシティはそのための試金石であり、トヨトミの未来を占うプロジェクトである。グループ全体からの期待は大きい。

期待を寄せているのはトヨトミだけではない。電力会社や通信キャリアは、フューチャーシティを未来都市の生活インフラをパッケージ化して海外に輸出するための貴重なテストケースと見ていた。コンビニやスーパー大手は試験的に無人店舗を設置する予定でいたし、決済各社はフューチャーシティ内でのみ使用できる独自の電子通貨を導入するアイデアを出していた。

そしてこのプロジェクトにもっとも期待を寄せていたのが建設予定地である裾沼市であった。トヨトミの工場が閉鎖したことで明らかなように、少子高齢化、過疎化が進む典型的な地方自治体だ。市民の中にはトヨトミが市に代わってこの地域の都市開発をしてくれるという過大な期待を抱く者もいたし、工場だった頃ほどの雇用効果は見込めなくとも、フューチャーシティからの需要で地元企業が潤い、結果として雇用につながると考える人もいた。

そんな裾沼市とフューチャーシティの関係が暗転したのは五月のこと。市とトヨトミの協力関係を推進する立場だった現職市長が市長選で落選したのである。

当選した新市長はフューチャーシティに冷淡だった。選挙期間中からこのプロジェクトへの反対姿勢を露わにしていたが、当選するとただちにフューチャーシティとの協力関係を見直すことを宣言した。

そして実際に新市長の田所誠《たどころまこと》は、市が数年来進めてきた「超未来都市裾沼構想」を終了させたのである。

ＩＴや先端技術を駆使したまちづくりを目指すこの構想は、フューチャーシティと連携する計画で、発表時には「フューチャーシティ周辺の整備および地域との融合」が事業の一つとして挙げられていた。当初十五年続けることになっていたこの構想を、新市長は「住民の理解が得られない」としてわずか二年で終了させたのだった。

裾沼市のこの決定によってフューチャーシティは地域とのつながりを失い、孤立することになる。テクノクラートや高度専門人材ばかりが暮らす独立王国のような街への裾沼市民の感情が好意的なものになるとは翔太には思えなかった。

フューチャーシティは周辺自治体と接続されてこそ大きなインパクトがある。その意味でフューチャーシティは片翼を失い、小さな箱庭のようなものに成り果てようとしていた。

クルマが裾野インターを通過したあたりで、ハンドル脇に固定してある翔太のスマートフォンが鳴った。着信元は豊臣清美、とあった。翔太の母親である。通話ボタンを押し、スピーカーをオンにすると、清美の切迫した声が車内に響いた。

「翔太、あなた今どこにいるの？」

清美には出発時にＬＩＮＥで「今から帰る」とメッセージを送っていた。その時は「気をつけて帰ってきてね」と返事がきただけだったが、何かあったのだろうか？

「どこって、東名を走ってるよ」

「だから、どのあたり?」

「裾野インターを過ぎたあたりかな」

「今すぐクルマを降りて。路肩に停められるでしょ」

話が見えなかった。

「ちょっと待ってよ。いったいどういうこと?」

「あなた、あのクルマに乗っているんでしょ?」

「あのクルマって、プロメテウス・ネオのこと?」

「お父さんから今電話が来たんだけどね、そのクルマ、欠陥が見つかったらしいのよ。スピードを出すとタイヤが外れることがあるんだって」

「ええっ?」

背筋が凍った。助手席の凜子の顔がこわばったのがわかる。高速道路でタイヤが外れたら大惨事だ。思わず急ブレーキをかけそうになった。

「とにかく、すぐにクルマを降りて。無理にこっちに来る必要はないからね。お父さんには言っておくから」

電話が切れると、翔太はすぐにクルマを路肩に停め、外に出た。せっかく人気に火がつきはじめたプロメテウス・ネオに見つかった重大な欠陥。EVはガソリン車と比べて、アクセルを踏むと初動時からものすごいパワーを駆動系に伝える。その後の調べでタイヤのホイールとハブをつなぐボルトに問題があったことがわかった。アメリカのＥＶベンチャーのコスモ・モーターズや中国勢が年間三〇〇万台生産・販売している一方で、トヨトミのＥＶ開発の立ち後れを象徴するような欠陥だった。

足元から這い上る熱気に、すぐに額に汗が噴き出してくる。凜子は日焼けを嫌ってか、外に出てこない。翔太が窓を叩くと、彼女はパワーウィンドウを開いた。

「そういうことみたい。今日は帰ろうか」

とりあえず次の愛鷹パーキングエリアまで行こうか、それともここでレッカーを待とうか迷いながら翔太は凜子に申し出た。

「どうにか名古屋まで行けないの？」

凜子は目をすがめてこちらを見ながら言った。

「ランチを気にしてる？」

麗蘭との再会を何週間も前から凜子が楽しみにしていたのはわかっていた。しかし、凜子は首を横に振った。

「バカね、そんなのもうキャンセルしたよ」

「じゃあ、引き返そう」

そう言うと、凜子はじっと翔太を見た。

「お義父《とう》さんに会いたくないの？」

身体が思わずぴくり、と反応した。結婚以来、あまり凜子と仕事の話をしたことはなかった。企業で働いた経験のない凛子に自分の仕事の話をしても理解できないと思ったからだった。

しかし、凛子は翔太の仕事がうまくいっていないことをなんとなく察し、こちらの心を見透かしていた。本当は名古屋になど行きたくなかった。内心、クルマを降りろと清美に言われて安堵していたのだ。

次々と追い抜いていくクルマのハンドルを握る人々のほとんどすべてが、運転席からこちらを一瞥《いちべつ》した。路肩に止まった見慣れないクルマとその傍に立つ男。そしてその男は世界的自動車メーカーの御曹司であり、未来の社長である。

しかし、おそらく翔太に気づいたドライバーは一人もいなかった。何も成果を出せず、世に顔が知られることもなく、しかし何年かしたある日突然「トヨトミ自動車の新社長」として降って湧いたようにグループによって前面に打ち出されるのだ。それが途方もなく恥ずかしく情けないことのような気がした。そして、任されたプロジェクトがうまくいかず、父親に会うのを避けている自分にも嫌気がさした。

「いや」と翔太は言った。父親に会うのを恐れる姿を凛子に見せるわけにはいかなかった。

「会いたくないもんか。さあ、名古屋まで行こう。クルマはレッカーしてもらって、俺たちは電車で行くぞ」

長命寺山

織田善吉が生まれた近江八幡市。近江商人の生誕地であり、明治の「お雇い外国人」ウィリアム・メレル・ヴォリーズがこよなく愛した琵琶湖畔の地でもある。その町はずれに広がる「西の湖」は豊かな湿地に葦《あし》が群生しまだ琵琶湖の原風景を残す、ただ一つの内湖だ。その内湖を望む安土山に天下布武を唱えた織田信長がスペインの宣教師たちを驚嘆させた豪壮な城を築いたのはいまから四百五十年ほど前のことである。

午後十時五分前、県道二六号線が西の湖から流れ出て琵琶湖に注ぐ長命寺川にかかる橋の上でタクシーを降りた織田歳三《おだとしぞう》は、古ぼけたジャケットの懐からハイライトをとりだし、火をつけた。琵琶湖の黒い鏡のような水面が、歳三が吐き出したタバコの煙を際立たせた。

まばらな街灯がかすかに波立つ水面を照らしていたが、沖合のほうはまったくの闇だ。この陰気な夜の景色が歳三は子どもの頃から嫌い、いや、怖かった。ここにやってくるのは家を飛び出した十五歳の冬以来、約二十年ぶりだった。

父である織田善吉とは物心ついた頃から折り合いが悪かった。父権をかざす善吉に反発して家を飛び出し、東京の定時制高校に働きながら通った。大学は奨学金を受けて卒業した。ときおり、善吉や母から連絡が来たが、返事をしたことはない。もちろん、帰省したこともなかった。

大学を出てからはＪＯＣＶ（青年海外協力隊）でラテンアメリカの貧困地域の教育支援に携わっ

た。その後、スペインのコンサルティング・ファームに就職。バルセロナのスマートシティ開発に携わり三十五歳になる春に日本に帰国。教育分野から都市開発に関わるコンサルティング会社を立ち上げた。

父・善吉も大学を新設、あるいは買収したり、教育事業に多大な投資をしたりと、日本の未来を支えるための大黒柱としての教育には金を惜しまなかった。あれだけ嫌いだった父とまったく同じことを憂え、同じことをしている自分に思わず苦笑した。

その善吉が急に会いたいと言ってきた。最初は無視していたが、あまりに頻繁にメールを送ってくるため、仕方なくここまでやってきたのだった。

橋を通るクルマはほとんどなかったが、約束の十時きっかりに市街地方面から近づいてくるヘッドライトの明かりが見えた。空色の車体を確認すると、歳三はタバコを地面で揉み消した。

橋の上でクルマが停まり、後部座席から父が姿を現すと、歳三はそのひとまわりもふたまわりも小さくなった体軀に目を見張った。髪は乱れ、こちらに向かってくる足取りは弱々しかった。メディアに出ている姿は何度も目にしていたし、そこからはまだ健在な印象しか受けなかったが、こうして対峙すると、過ぎ去った年月が二人の間に重々しく立ちはだかっているようだった。

「歳三か。立派になったやないか。噂には聞いとるよ」

織田がしわがれた声で言った。それに答えずにいると「有望な会社や。出資させてもらおか」と軽口を叩いた。

「結構ですよ。株を握られて経営に口を出されたんじゃたまりません」

織田は声を漏らさずに肩を震わせた。暗くてよく見えなかったが、笑っているようだった。

「いつまでやる気や、その会社」

「自分で作った会社です。気が済むまでやりますよ。それは父さんも同じじゃないですか。幸い業績も好調だしね」

「そうや、気の済むまでやる気や。うちも絶好調やで」

「そんな好調企業の経営者がこんなところに呼び出して、何の用です？」

「織田電子の発展に水をさす連中がおる」

洞穴のように落ち窪んだ眼窩に目だけがギラギラしているように見えた。

歳三、と強い声が言った。

「うちに入れ。おまえなら後を託せる」

歳三が予想していたとおりの展開だった。織田電子が後継者選びに難航しているのはメディアの報道を通して耳に入っている。

「世襲だけはしないんじゃなかったっけ？」

ふん、と織田は鼻を鳴らした。

「そう思っとったがこうどいつもこいつも無能ではな。背に腹は代えられん」

「兄さんたちがいるじゃないか」

歳三の二人の兄は東京で会社を経営している。どちらもリーマンショックや東日本大震災、コロナ禍を生き延びてそれなりの業績を残している。

「あかん、ひ弱や。わしの出資で会社を立ち上げただけで、裸一貫から始めたわけやない。その点、おまえは……」

「どの後継者候補もいい人選だったと思うよ」

「ダメやダメや。そこそこの会社でそこそこにできた程度の人間は、しょせんサラリーマンの器や。うちでは通用しない。星でやっとわかったわ。必要なのは起業家精神を持った人間の飢餓感やったんや。ハングリーさが足りん！」

「誰が入っても同じだよ、父さん」

歳三は冷たい声で言った。

「後継者が決まらないのは、父さんに問題があるせいだ」

「わしのどこに問題があるというんや」

織田がムッとした。

「人を信用しないところだよ。自分がやってきたやり方じゃないと織田電子が成長しないと思ってるだろ」

「そんなことはない！　そんな硬直的な考え方で経営者が務まるかっ！」

一喝するように織田が吠えた。

いや、硬直的だね、と歳三は織田の言葉をはねつけた。

「それに、俺は織田電子の従業員じゃないぜ。声を荒らげても無駄さ」

もう一本、ハイライトに火をつける。深々と煙を吸い込み、雲の後ろに隠れた星々がぼんやりと光を投げかけるのをしばし見つめてから、長命寺山の上空、北の高い位置に上りつつあるカシオペア座のほうに吐き出した。

「父さんが求めているのは後継者じゃない。自分の分身だよ。だけどそんな人間がいるわけがない。織田電子の成長期だった一九八〇年代の成功体験を振りかざして自分と同じやり方でできる後継者を探していたら、お眼鏡にかなう人間が見つかるわけがないじゃないか。父さんは結局、人に託す気がないんだよ」

それは違う、と織田は否定した。

「命が有限なのはよくわかっとる。足も弱ってきたし、目も今ではよう見えん」

「その割によく医学にカネを出すね。教育への投資は惜しまないと言いつつ、自分のために不老長寿の研究をさせてるんだろ？　それに、自分で連れてきた〝後継者候補〟にダメを出して自分がCEOに復帰となるとずいぶんとうれしそうじゃないか。ニュースで見たよ」

「バカを言うな。わしはやむなくCEOに戻っとるんや。あの連中は織田電子を託すにはマネジメント能力も突貫力も足りないから、仕方なくな」

「外から連れてきたCEOが使えない。あたりまえだ、実力を出す前に父さんが痺れを切らして交代させてしまうんだから。新CEOの実力不足で業績が停滞したところに真打登場。創業者がCEOに復帰して市場は拍手喝采。父さんはこれがやりたいんだろ？」

その時、マフラーを改造したスポーツタイプのセダンがけたたましい音をたてて二人の脇を通過した。そのヘッドライトに背後から照らされ、織田の顔の全体が黒く陰った。そのイメージから浮かび上がった言葉を歳三は織田に投げかけた。

「父さん、あなたは亡霊だ」

「何を言うんや！」

織田の顔がこわばる。死を思わせる単語に過敏に反応する父は哀れだったが、滑稽だった。後継者を探していると言いながらも、本心で求めているのは「あなたしかいない」という市場からの待望論なのだ。喜劇じゃないか。

歳三は言った。

「ビジネスの世界で生き抜けるのは時代に合わせて変われる者と、自分より能力のある人材をつくり、その人を信じて任せられる者だけだ。父さんの立身出世の成功体験なんて、今の人間にも、日々新たになる企業環境にも通用しないよ。父さんが去った後の織田電子がどうなろうと俺の知ったこっちゃない。ダメになるならそれは父さんがそういう組織にしたからだ。俺は関わらないよ」

そう言ってその場を立ち去ろうとした。乗ってきたタクシーをつないでおくのを忘れていたことに気づいた。近江八幡の駅まではかなり距離があったが、歩きたい気分だった。

橋の南の端まで来たところで不意に「社長！」と叫ぶ声がした。振り返ると空色のセダンから運転手が飛び出し、橋の真ん中に駆け寄っていた。

只事ではない。そう直感した歳三は橋のほうに走って戻った。織田が胸を押さえて倒れていた。

「動かすな！　救急車を！」

運転手に指示すると、歳三は父の状態を把握しようとかがみ込んだ。外傷はない。倒れた拍子に頭を打った形跡はなかった。ベルトをゆるめて仰向けに寝かせようとすると、歳三、と呼ぶ織田の細い声が聞こえた。口元に耳をやる。

「頼む……頼む……」

あれだけ世襲を否定していた父が、自分に後を託そうとしていることの意味はわかっていた。しかし歳三は父の懇願に応えられず、曖昧にうなずくことしかできなかった。救急車のサイレンが近づいてくるのが聞こえた。自分がひどく残酷なことをしているように思えた。

賭け

「年は越せないかもしれないから、おまえも覚悟しておけ」

名古屋市。豊臣統一邸の大食堂ではあらかた食事は終わり、デザートとして供された桃のジェラートの小皿に残ったとろりとした汁気が、高い天井から吊られたシャンデリアの光につやつやと輝いている。

食卓に残っているのは統一と翔太、そして妻の凜子だけだった。終始口数が少なかった統一の言葉に、凜子はしおらしくうなずいた。

「そんなに悪いの?」

翔太が尋ねると、統一は「もう歳が歳だからなぁ」と、ぽつりと言った。統一の父である豊臣新太郎のことだった。二〇一二年に脳梗塞で倒れ、下半身にわずかな障害が残っていたものの、息災だった新太郎の体調が急に悪化し、入院したのである。ちょっとした風邪をこじらせて肺炎を起こしていると聞いていた。今年九十八歳。「その時」が近づいているという予感を、一族は一様に感じ取っていた。

しかし、それでなくても食卓の空気は重かった。それもそのはずだ。統一の念願であり、トヨトミのEV戦略の基軸であったプロメテウス・ネオに重大な欠陥が発覚したのだ。それに加えて、翔太が手がけているフューチャーシティの行き詰まりである。豊臣家には、今明るいニュースが一つとしてなかった。

明るい性格の凜子は最初のうちこそ統一や姑《しゅうとめ》の清美に話しかけていたが、不機嫌な統一に気を遣うように清美が控えめに相手をするのみでは、そのうちに萎縮して言葉少なになるのも無理はなかった。

その暗い雰囲気が影響したのか、食事中に統一と清美がにわかに諍《いさか》う一幕があった。はじめのうちこそ会話の端々で統一を励ましていた清美だったが、沈み込んだ気分がいっこうに上向かないことについにさじを投げたのか、「豊橋にいるほうが気が休まるんじゃありません?」と、カトラリーが触れ合う音に紛れるかのような小声で言った。ちょうど、凜子が手洗いに立ち、食卓が親子三人になったタイミングだった。

清美の言葉に、統一は気色ばんだ。

「トヨトミ自動車の社長として日々駆け回っているってのに、休みの日まで研修施設で寝ろって言うのか!」

清美は冷ややかな声で統一に告げた。

「あら、ふだんこちらに寄りつかないくらいですから、快適なんでしょう？　お世話してくれる方がいらっしゃるみたいですし」

一瞬、統一がたじろいだ表情を見せたが、「あれはただの秘書だ」とうめくように言った。

「本社にいると、いろいろと邪魔が入るからな。豊橋の研修施設にいたほうが仕事がはかどるんだ」

「私にはあちこちからの批判から逃げて雲隠れしているように見えますよ。今回のＥＶの欠陥も、きっと厳しいご意見が殺到するでしょうね。しばらくこちらには帰ってこないおつもりですか？」

ドカン、と統一がテーブルを叩くと、ワイングラスの中のワインが激しく波打った。

「おまえっ、俺を批判が怖い意気地なしだと思っているのかっ！」

「あなたのお立場はよく理解しているつもりです。でも、トヨトミ自動車の将たるもの、本社で役員、社員の前で背中を見せるのも大切ではないですか。今のあなたはまるで……」

凜子が戻ってきた。食卓の異様な空気を感じとったのか、隠れるように着席した。

入れ違うように清美が立ち上がると、統一がその背中を睨みつけて言った。

「まるで、何だ？」

清美は振り向かなかった。

「まるで、別人ね。トヨトミの経営への情熱を失って蟬《せみ》の抜け殻みたい。本社で役員や社員と顔を合わせたらそれがバレてしまうから、豊橋に逃避している……」

一瞬、時が止まったように翔太には感じられた。誰も身じろぎひとつしない。統一すら清美の直言に言葉を失っているのがわかった。

「いいんですよ。相次ぐトラブルに翻弄されながらも一生懸命立ち向かっていた着任当時の、青年のような熱量を保ち続けられる人などいませんから。あなたは十分やられたと思います。このあたりで、次の方にバトンを譲ってのんびりなさったらいかが？」

そう言うと、清美はぷいと自室に引っ込んでしまった。

「翔太、少し散歩に行かないか」

食事の後、自室でノートパソコンを開きメールのチェックをしていた翔太のもとに統一がやってきて声をかけた。翔太は無言でノートパソコンを閉じ、統一の後に従った。

日中の猛暑はわずかに和らいだものの、夜になっても不快な蒸し暑さがポロシャツから出た腕をすぐに汗ばませる。もう深夜の十二時近いというのに、豊臣統一邸の広大な敷地を囲む木々からはまだ蟬の声が聞こえた。散歩といっても外を歩くわけにはいかない。庭の中を歩くだけだろうと、翔太は察しをつけた。

「プロメテウス・ネオの話は知っているな」

統一の言葉に翔太は深くうなずいた。それは前を歩く統一には見えなかったはずだが、統一は話し続けた。

「あれは、いいクルマだ。リコールになるだろうが、うまく収まったらトヨトミのＥＶの主力になるだろう」

　翔太の頭には、タイヤが外れるかもしれない、と告げる清美の声が残っていた。一般のユーザーがこの言葉を聞かされたらどう思うのだろう、と考えた。きっとSNSで大炎上するだろうな。それにプロメテウス・ネオの車載OSは内製したものではない。航続距離は伸びても、まだトヨトミのEVは先行者に追いついてはいないのだ。

「フューチャーシティのことだけど」

　そう切り出すと、統一がゆっくりとうなずくのが見えた。

「仕方ない。自治体の決定だ。選挙の結果次第で決まったことが覆る。民主主義の弱さだと思うしかない」

　父・統一の性格であれば、市への怒りを爆発させているはずだった。拍子抜けした翔太は、「まさか、本当にトヨトミの経営への情熱を失ってしまったんじゃないだろうね」と軽口を叩いたが、振り向いた父はにこりともしていない。

　口から出たのは、思ってもみない一言だった。

「おまえ、プロメテウス・ネオのリコールの処理を仕切ってみないか？」

　えっ、と言葉に詰まる。

「フューチャーシティはどうするのさ？」

「あれはまだまだ時間がかかる。すぐにどうこうなるものじゃない。この問題の処理が終わった頃には開所の目処《めど》が立っているだろう。その頃にTRINITYに戻ればいい」

与えたおもちゃを平気で取り上げる。

いつかＴＲＩＮＩＴＹにやってきた怪しげな男の声が不意に脳裏によみがえった。

心の中に嫌な感情が湧き上がる。自分に経験を積ませようとしているかのような父の口ぶり。しかし、実際は……。

「僕にフューチャーシティは荷が重かったと考えているんですか？」

「そうじゃない。今やるべきことがほかにあるだけだ。おまえの将来にとって有益な仕事がな」

「苦しい時に逃げて、手柄だけちょうだいしに戻るようなことはできないよ」

「リコール対応を甘くみるな。遊んでいる今より余程ハードだぞ」

「あ、遊んでいる？」

さすがに言いすぎたと思ったのか、統一はその後の言葉を言い淀《よど》んだが、「とにかく、いい経験になるはずだから、やってみろ」と告げると母屋のほうに踵を返そうとした。

「嫌だ」

気づくと口から漏れていた。燃えるような怒りが翔太を駆り立てていた。眩暈すら覚えるほどの激しい怒りだった。身勝手な父への怒り、そしてそんな父に任された仕事で成果を出せず、世間の批判から守るように別の仕事をさせられる自分への怒り。その怒りに駆り立てられ、翔太は言った。

「僕を批判から守るつもりかもしれないが、フューチャーシティがうまくいかないなら、それは僕の責任だ。批判されたっていい。いや、批判ぐらい受けさせてくれ」

「それは違うな」

ガーデンライトに下から照らされた統一の顔は、眼鏡の奥の瞳が見えず、感情が読めなかった。しかし、父と瓜二つの外見をしている自分も同じように見えるのだろうが、父からは感情を見透かされているように思えた。

「おまえを守るためじゃない。トヨトミを守るためだ」

「トヨトミじゃなくて、豊臣家だろう」

「同じことだ」

ふっと父の口から吐息が漏れる。

「批判の矢面に立ったことなどない人間が何を言う？」

「父さんは批判に耐えられるっていうのか？　二〇一〇年のアメリカの公聴会のことを言い出すんだろうが、母さんじゃないけど、ここ最近は豊橋に引きこもって、トヨトミニュースで言いたいことを垂れ流すだけじゃないか。逃げ回ってばかりの人間に言われたくないね」

父が身を固くするのがわかった。怒鳴られる。そう思った瞬間、父の肩から力が抜けた。

「これは決まったことだ。ＣＥＯのジム・ハイフナーは解任し、トヨトミから新たなＣＥＯを出す。フューチャーシティはともかく、車載ＯＳの開発が遅れるのは致命傷になりかねん」

ＴＲＩＮＩＴＹが乗っ取られる。フューチャーシティも、車載ＯＳの開発も。そう思ったとき、翔太は奇妙な感覚を持った。なぜこの父は、トヨトミをここまで我が物のように扱うのだろうか？

トヨトミ自動車は豊臣一族のもの。社員たちは使用人にすぎないと子どもの頃から刷り込まれてきた。少なくとも、翔太にはそれに異論を唱える資格はない。しかし、トヨトミは豊臣統一のものではなかった。なぜ俺がここまで振り回されなければならない？

「賭けないか」と翔太は言った。

統一は黙ったままだった。ただ、薄い唇が固く結ばれた。

「裾沼市をもう一度フューチャーシティに巻き込む」

「バカを言え。おまえに何ができる」

「市長に直談判する。もし翻意させることができたら」

そこで言葉を切る。こんなことを自分が言っていいのだろうか、と躊躇《ちゅうちょ》した。しかし、自分だって一族の人間だ。トヨトミのことを思うのであれば、父にものを言う権利はある。

「社長を辞めるか、女と別れてくれ」

「なっ、何を言っている！」

自分の顔にそのまま年輪を重ねたような父の顔。その眼鏡の奥の目がひん剝かれた。

「僕では裾沼市長を翻意させられないと思っているんだろう？」

「俺を辞めさせてどうするんだ。おまえがやるとでも言うのか？」

一瞬口ごもったが、ここまで言ってしまったらもう何を言っても同じだ、と翔太は開き直る。

「僕ではまだまだ社長は務まらないのはわかっている。しかし、トヨトミの社長はもう代わったほうがいい。もう父さんの考え方もやり方も古いんだ」

〝烏合の衆〟

大津市内の病院の車寄せに、タクシーが一台、猛スピードでやってくる。扉が開くと同時に男が飛び出して、エントランスから院内に駆け込んだ。出張先のルーマニアから急遽帰国した星渉である。受付の前では専務の小梶が待っていた。

「織田さんの容体は？」

そう問うと、小梶はゆっくりと首を振った。

「命には別状ありません。ただ、冠動脈が二本詰まっていて重篤でした。医師によると、ほぼまちがいなく脳に障害が残るとのことです」

恐れていたことが起きてしまった。急性心筋梗塞で織田が倒れたのを知らされた時、星の脳裏に浮かんだのは、織田が経営能力を失った後に訪れる、織田電子の混乱だった。誰が舵取りをするにしても、織田の代わりは務まらない。たとえ、それが星自身だとしても。

一方で、これで織田電子は変われるかもしれないというかすかな希望も抱いていた。組織体制もオペレーションも事業計画も一から見直してやりなおすのだ。どのみち織田電子は創業者である織田と心中するかのような体制だったのだ。組織改革の時期が数年早まっただけだ。何期か業績が落ち込んだとしても、それは織田がいなくても成長する組織に生まれ変わるための、しゃがみ込みの時期だった。

「明日の夜、臨時の取締役会議を開きます。ご出席ください」

「やはり、織田さんは……」

小梶はうなずいた。そして、すぐにどこかに電話をかけはじめた。

自分の立場はこれで何か変わるのだろうか、と星は考えた。織田と対立して以降、海外出張を繰り返し命じられ、この半年ほどほとんど日本にいることがなく世界各地の生産拠点を飛び回っていた。露骨な懲罰的措置だった。自分に逆らう人間はこうなる、という見せしめであり、追い出し工作でもあった。

しかし、織田はもう経営の現場に復帰することは不可能だということが、小梶の態度からははっきりと見てとれた。それなら、自分はどうなるのだろうか?

次の日の夜、星は織田電子の本社に久々に入った。織田の不興を買った、あの昼食会で使われた会議室である。

もとより、その多くは織田の影響下にあった役員たちである。星を見る目は冷たいだろう、それどころか出張を繰り返すうちに忘れられていることすら覚悟していた星だったが、議場の取締役らはみな星を見ると、どこか懐かしさを感じているようですらある表情で挨拶をしてきた。

「ご存じのとおり、織田善吉ＣＥＯが心筋梗塞で倒れられました。残念ながら、今後の経営は難しい状況です」

織田の容体はすでに知れ渡っていたはずだが、小梶がそう切り出すと会議室はざわついた。このうちの何人が、自分がＣＥＯの座につくチャンスがやってきたと思っているのだろうか、と星は考えた。かつて在籍したヤマト自動車では、そのような野心を持った人間が渦巻いていた。しかし、織田電子の役員たちには自分の出番だと武者震いするような人間はいないように見えた。それどころか、織田というカリスマを失い、どうしていいかわからず、途方に暮れているような印象を受けた。

「烏合の衆」という、かつて織田が己らに投げつけてきた言葉が脳裏に浮かんだ。

烏合の衆か。どうやらそれは星ではなく、織田自身が作り出したものだったらしい。

「取締役の中から、新ＣＥＯを選出しなければなりません」と、小梶は議場を見回しながら言った。

織田の秘書だった若い女性が議場の取締役の一人一人に白い紙を配り始めた。

「投票の前に、少しお話があります」

小梶がそう言うと、議場の大扉がゆっくりと開き、一人の若い男が入ってきた。ボロボロのスーツに安物のネクタイとシャツがよく身に馴染んでいた。

「織田ＣＥＯのご子息である、織田歳三さんです」

小梶がそう紹介すると、議場から困惑の声が上がった。織田は子息を織田電子に入れることを断固として拒否してきた。詳しくは知らなかったが、息子たちはそれぞれにビジネスを興していると聞いたことがあった。その織田の息子がいったいなぜここにいるのだろうか。

小梶に目で促された歳三は「ご紹介にあずかりました、織田歳三です」と恭しく挨拶をした。

「父が倒れた時、私はその場におりました」

その言葉に、議場の面々の集中力が一気に歳三に向かう気配があった。先ほどまでざわめいていた議場は、今や触れたら切れそうなほどに、鋭く沈黙していた。

「家庭内の事情、簡単に言えば私と父の折り合いの悪さから、私は長く父と関係が断絶したままでした。その父から私に連絡が来て、およそ二十年ぶりに会うことになったのです」

歳三はそこで、議場にいる取締役陣を見回した。

「父はその場で、私に織田電子の経営を託したいと言いました。もちろん、今すぐというわけではないでしょう。おそらく将来的にCEOに就任することを視野に、織田電子に入社してほしい、という程度のニュアンスだったと思います」

驚きの声を漏らしたのは星だけではなかった。一人ひとりの声がえぇっ、というどよめきへと膨らんだ。無理もない。子息に経営を譲るのを頑なに拒んできたのは、病に倒れた織田本人だったのだから。

しかし、どういう心境の変化で織田が息子に頼ったのか、星には痛いほど理解できた。

織田は〝後継者候補〟たち全員に失望したのだ。自分の後を託せる人材はいない。それなら、禁を破って息子に経営を託したほうが、織田にとってまだマシだったのだろう。

「正直に申しまして、迷いました。父が何より嫌っていたのが子息への事業承継、つまり世襲だったのは、みなさんはよくご存じかと思います。しかし、織田電子を発展させたいという父の思い、執念だけは否定できないのです。それを否定することは、同じく起業家でありいち企業の創業者である私自身を否定することになってしまう」

ごくり、と唾を飲み込む音がした。織田歳三が織田電子に入社する。予想だにしなかった出来事と、それが社内にもたらす影響を、誰もがそれぞれに想像していた。

「ちょっと待ってください」

大きな声が割って入る。星だった。

「歳三さん、あなたが決めたことを否定するつもりはありません。将来的にこの会社を経営していく覚悟もよくわかりました」

自分の発言がどう受け止められるのか、怖くて仕方なかった。創業者の身に起きた不幸に乗じて権力を握ろうとする狡猾《こうかつ》な人間と見られるのか、それとも織田から託されたミッションにあくまで忠実であろうとする誠実な人間と映るのか。しかし、星は言わずにはいられなかった。

「しかし、今ではない。あなたは自分の決めた道を進むべきだ。私たちは自分たちの力で変わらねばなりません」

星の発言の受け止め方は各人で違うようだった。疑わしげな目を向ける者もいれば、深くうなずく者もいた。

「いいえ、私は決めました」

歳三は決然と言った。

「父の気質を一番よく受け継いだのは私でした。だからこそ父と私は折り合いが悪かったのです。あまりにも似すぎていました。それは、私が織田電子の社風によく馴染むということでもあります。父の語る経営哲学も、私にはとてもよく理解できる。やり方にはまったく賛同できませんが……」

歳三さん、と星は反論した。

「創業者の威光による企業統治からは卒業しなければならないのです。私はこの会社に入ってから、それをずっと考えてきました。それは織田さんも考えてきたことだったはずです」

じっと歳三を見据える。どちらが先に目を逸らすのかを競うように、二人は睨み合った。星は歳三の瞳からそのまま目を背けずに語りかけた。

「しかし、織田さんは創業者ゆえにそれができなかった。世襲は一種の〝麻薬〟です。一度やったらその後も繰り返すことになる。その連鎖は織田電子を織田が目指した姿から遠ざけるでしょう。卒業のタイミングは今しかない。経営の世襲など、一度もしてはならないのです。私がＣＥＯになる必要などありません。この会社のことを思い、成長を思い、発展を思う人間なら誰がＣＥＯになってもいい」

星はそこで言葉を切った。そして、ここまで言うべきかと迷いながら続けた。

「しかし、それはあなたであってはならない。あなただけであってはならない。それでは、あなたのためにも、会社のためにも、そしてほかならぬ織田さんのためにもならないと私は思うのです」

この意見が受け入れられなければ、さすがに俺は去るしかない。星はその覚悟をしていた。

「私たちはやれる。織田の積み上げてきたことを無駄にしてはなりません」

不意に傍《かたわら》から声がした。見ると小梶が、これまで見たことのない強い意志のこもった目で立っていた。

「見ていてほしい。私は創業メンバーです。私の人生は織田と共にあったと言っていい。いや、私は生涯織田の子分でした。いいところも悪いところもさんざん見てきました。彼は紛れもなく天才でした。しかし、それゆえに自分を変えることがついにできなかったのです」

歳三がニヤリと笑うのが見えた。

「たしかに、口では長時間労働の是正や生産性向上を掲げ、社内で今も続く前時代的な働き方の改善を訴えていました。しかし、結局彼は今の織田電子を作り上げた猛烈な働き方でしか企業は成長しないと信じていたのです。そして、それを指揮することができるのは自分だけだとも考えていました。買収した大学の医学部に不老不死の研究までさせてね」

小梶はそこで痛みに耐えるような表情を浮かべた。

「そんなものは絵空事です。不老不死などありえないことですし、長時間労働による成長は持続性がない。こんな当たり前のことですら、私は織田に提言することができなかった。あまりに長く彼と時間を過ごしすぎたのです。『それが常識人の限界やな。経営は頭のネジが飛んでいるくらいでなければいかん』という織田の言葉が怖かった。とっくに思い知っていたはずの己の凡庸さを改めて突きつけられるのが怖かった。それは多かれ少なかれ、ほかの取締役陣も同じでしょう。織田の檄文《げきぶん》にあったように、われわれは〝烏合の衆〟だったのです」

柔和な目に力を込めて議場を見渡した。視線をテーブルの上に落とす者、口を固く結ぶ者、額に手をやる者。

「今が織田電子の正念場です。未来への分岐点です。自律的に成長する組織に変わる最後のチャンスかもしれない。おそらく、年齢的に私がそれを見届けることはないでしょうが」

その視線の先には歳三がいる。歳三はうなずきながら聞き入っていた。かすかに笑っているようでもあった。

「自分の事業を畳んで、この会社に入るつもりでここまでやってきましたが、私の出る幕はなさそうですね」

笑みが膨らみ、爆発した。大笑い。

「私が幼い頃に父は言っていました。強烈なリーダーシップを持つ狂人だけが、誰もが驚く偉業を成し遂げる、と。私はそれを冷ややかに見ていましたし、そんな父の下で働く織田電子社員に同情していました。しかし、今後父が経営ができるまで回復するのは、おそらく難しいでしょう。無秩序な狂人の後は、知性と規律の人が引き継ぐべきです。残念ながら、私は父に似てしまいました。今の織田電子を率いるには向いていないのかもしれない」

「星さん」

すかさず小梶が言った。

「私はあなたしかいないと思っています。歳三さんが今言った条件をもっとも備えているのはあなただと私は思う。私たちは会社を成長させたい。その気持ちは変わりません。どうか、お願いできませんか？」

はじめに考えたのは、自分でいいのだろうか、ということだった。織田と反目し、地位を追われ、海外に〝島流し〟にされていた自分を、この会社の人々は認めてくれるのだろうか。

しかし、小梶は迷いのない目で、ひとり拍手を始めた。すると、すぐに追随する取締役が現れ手を叩くと、その数は増えていった。やがて拍手の音は突然の雷雨のように議場を覆い尽くした。織田を崇《あが》めたてていた者も、そうでない者も皆、手を叩いていた。

彼らは織田の言うように〝烏合の衆〟なのだろうか、と星は考えた。胸が熱くなった。いや、そうではない。誰もがそれぞれにこの会社のことを考えてきたのだ。

その時、ずいぶん前に聞かれた質問が不意に脳裏に浮かんだ。

「何が移籍の決め手となったのでしょうか？」

聞いてきたのは日商新聞の若い記者だった。その時、星は彼女の質問に答えることができなかった。

しかし、星はいま、自分をあたたかく迎えてくれる織田電子の面々を見て、一つの答えが見えた気がした。

織田は自分とは相容れなかったが、事業の成長への渇望だけは本物だった。そして、星は議場の人々から、織田と同じ渇望と飢餓感をひしひしと感じ取っていた。それらは織田の指導力によって育まれ、織田の強権によって眠らされ、織田の病によって再び目覚めさせられたものだった。

結局のところ、俺は人の情熱が好きなのだと思った。織田から電話がかかってきたあの夜、俺は織田という男の熱に触れた。そして、彼の下で働く人々のことを知りたいと思ったのだ。

ヤマト自動車にいた頃、星はたしかに地位を求めていた。それが、自衛隊の戦闘機乗りになるという夢に破れた自分を救う唯一の道だと信じていた。

しかし、今はそうではなかった。ここには織田の情熱を受け継いだ人々がいる。彼らの情熱を織田とは違ったやり方で一つにまとめたかった。彼らのためにも、自分はやらねばならない。それがあの記者への答えだ。

この会社なら成長していける。この土壇場で、誰もが血と威光にすがりたくなるこのタイミングで、創業家に頼らず自らの力で歩いていくことを決めたのだ。事業の承継に必要なものは、創業者のやり方・考え方をそのまま踏襲することでもなければ、ましてや血統でもない。創業の精神とそこで働く人々の情熱を、時代に合わせてつなぎ合わせることだ。星は拍手の鳴り止まない議場で、胸をいっぱいにして立ち尽くしながら、そんなことを考えていた。

第十一章　脅迫　二〇二二年　九月

秘められた家系図

昼下がりの名古屋市営地下鉄東山線・千種《ちくさ》駅のホームは閑散としていた。取材先から帰社しようと電車を待ちながらスマートフォンでメールをチェックしていた日商新聞の高杉文乃が、近づいてくる列車の気配に視線を上げようとした刹那、耳元で囁く男の声を聞いた。

「そこまでにしろ。次はないよ」

ハッとして振り向く間もなく身体が前に投げ出され、視野の上下がぐるりと逆転する。平衡感覚が失われる。ホームの際のほうに突き飛ばされた文乃はスマートフォンを握ったままの右手をついて必死で身体を支えた。身体が横向きに叩きつけられ、そのままゴロゴロと勢いよく転がる。そこに電車が勢いよく走り込んできた。耳をつんざく警笛。しかしこの駅はホームドアがある。急ブレーキをかけることもなく、列車は停車した。

心配して駆け寄ってくる客が数人、遅れて駅員もやってきた。幸いスマートフォンもノートパソコンが入っている革製のバッグも無事だ。何より、文乃自身も右肩を強く打っただけで、大きなケガはなかった。

しかし、動悸がいつまでも収まらなかった。突き飛ばした男はもうとっくに姿を消していた。

「次はない」と男は囁いていた。「次」はホームドアがない駅でやるということだろうか。文乃はハンカチで額に噴き出した汗を押さえた。ブラウスの下の背中でも冷たい汗が一筋流れ落ちるのがわかった。

住谷佳代をこれ以上探るな、というメッセージだと思った。となると脅迫の主は誰だろうか。真っ先に思い浮かんだのは「レッツトヨトミ名古屋」の保科圭吾の香水のきつい匂いだった。彼の兄である道康の携帯電話にかかってきた電話は、紛れもなく住谷佳代からのものだった。

となると、文乃に佳代の周辺を探ってほしくないという理由は、やはり「レッツトヨトミ名古屋」もまた暴力団とのクルマの取引に手を染めていて、「雫」で春日組か、あるいはほかの暴力団と会合を持っているからなのだろうか。

もしそうであれば、佳代を嗅ぎ回られるのは確かに都合が悪い。しかし、文乃は別の可能性を考え始めていた。それは佳代との短い邂逅《かいこう》から兆した「勘」にすぎなかった。

帰社した文乃は痛めた右肩の状態を確かめるよりも先に、まず社内の喫煙所に向かった。そこにいるであろう人間に、その「勘」について話してみるつもりだった。

案の定、喫煙所に多野木はいた。タバコの煙を燻《くゆ》らしながら眠そうに目をしばたたかせていた。

その多野木に、千種駅での出来事を話した。思ったとおり、多野木は食いついてきた。

「しかし、手荒な脅迫を受けたってのに落ち着いてるね、おまえさんは」と呆れたように多野木は言った。

「そりゃ怖いですよ、私だって。でも、好奇心が勝っちゃって。それに、脅迫に屈するなんて悔しいじゃないですか」

目力を強めて言い返すと、多野木はたじろいだように肩をすくめて話を元に戻した。

「保科圭吾の忠告を考えると、おまえの言うとおりレッツトヨトミ名古屋も暴力団との取引があるのかもしれないな」

多野木は新しいタバコに火をつけた。思い切り吸い込むと中の葉がジジッと音を立てた。

その可能性もありますね、と文乃は目の前に吐かれた煙を手で払いながら言った。たったそれだけの動きなのに右肩が痛んだ。

「ただ、脅迫してきたのは彼らじゃないと思うんです」

多野木が怪訝な顔をする。

「もし本当にレッツトヨトミ名古屋が暴力団と取引をしていたとしても、彼らからしたらあの店に大した意味はないですよ。あそこが危なくなったら別の店で商談すればいいんですから。私が住谷を嗅ぎ回るのは鬱陶しいでしょうけど、店を変えればそれでおしまい。あそこまで乱暴に脅迫するほどのことじゃない」

「じゃあ、誰だ？」

「住谷佳代自身が誰かに頼んで脅迫させたか、トヨトミじゃないかと」

そう言うと多野木の顔が固まった。

「今なんて？」

「トヨトミですよ。もしかしたら住谷佳代がトヨトミに頼んで脅迫させたのかもしれません」

「何を言っているかさっぱりわからない。その隠居ばあさんはいったい誰なんだ？　トヨトミとどんな関係が？」

「わかりません。でも、何か匂うんですよ、住谷佳代は。少なくとも彼女はトヨトミと何らかの関係がある」

「だとしたら、トヨトミディーラーの尾張モーターズが暴力団と取引するのに自分の店を使わせているのは辻褄が合わないんじゃないか？」

「そうなんですよねぇ」

文乃は耳の後ろの髪を掻きむしったが、ふとその手を止めた。

「もし、住谷が統一さんの実の母親だとしたら？」

多野木がむせる。ひとしきり痰《たん》の絡んだ咳を繰り返すと、おい、と文乃を睨んだ。

「荒唐無稽なことを言うからには、それなりの証拠をつかんでいるんだろうな？」

証拠はありません、と文乃は涼しい顔で言った。

「ただ、住谷と話した時、彼女が一度だけ、統一さんを〈あの子〉と呼んだんです」

「それだけかよ」と多野木が急に興味を失ったように、吸い殻を灰皿に放り込む。

「いや、でも一介の元クラブママがそんな呼び方しないでしょう」

「おおかた現役時代に若い頃の統一さんと会ったことがあるんだろうよ。新太郎さんが懇意にしていたんだろ？」

そう言った多野木がハッとした顔をする。

「まさか、新太郎さんの愛人が住谷で、彼女に産ませた子が……」

「そう、統一さんなんじゃないですか。私は住谷が新太郎さんの愛人だったことはまちがいないと思っています。新太郎さんの奥さんの麗子さんが、そのことを知っていたかどうかはわかりませんけど」

「それなら、まさに〝トヨトミの母〟だな」

多野木は考え込んでしまった。

「麗子さんは皇室につながる旧財閥系の家の令嬢だ。もし統一さんが由緒正しい家柄のお嬢様の子ではなく、父親がクラブママに産ませた子だったとしたら、確かに住谷を嗅ぎ回っているおまえをトヨトミが脅迫する理由にはなるな。豊臣家の〝裏の家系図〟を暴かれるのは避けたいはずだ」

「とくにトヨトミは将来的な世襲に向けて動いている最中ですから。家系の正統性が傷つけられることには敏感になっているはずです。それに住谷はどこまで行っても愛人です。新太郎さんだけでなく、トヨトミに対して何らかの屈折した感情を持っていたとしてもおかしくない」

「我が子をトヨトミに奪われた挙げ句、結局は捨てられた恨みで暴力団との取引に場所を貸していああ、と多野木はつぶやいたが、急に上を向いて高笑いを始めた。

「さすがに荒唐無稽すぎるよ！」

つられて笑うと、また右肩が疼《うず》いた。

「まあ、何も証拠はありませんけどね」

「さはさりながら、事実は小説より奇なり、かもな。どんな事実が隠れてるかなんてわからんよ」

そう言った多野木は、不意にニヤリと笑う。

「しかし、調べてどうする？　記事になんて絶対できんぞ。週刊誌にでも売り込むつもりか？」

「四年後に『名古屋財界の戦後七十五年史』のネタにでもしますよ。私はとにかく知りたいんです。日本一の会社の秘めたる裏側を」

やれやれ、といった調子で多野木が言う。

「トヨトミ一族の秘められた家系図を追う、か。たしかに、おまえがやっていることはトヨトミからしたら最悪だ」

「興味を持ったらとことん調べないと気が済まない性分でして」

そうおどけてみせると、多野木は真顔になった。

「気をつけろよ。春日組が関わってるんだから」

「脅迫ですよね。もちろんです」

「それだけじゃない。この件を追ってることは社内の連中にも言うな。トヨトミに通じている記者もいるからな」

「取材関係の連絡に社用のメールアカウントは使わないようにしますよ」

「あたりまえだ。おまえ、住谷に会ったことを社内の誰かに言ってないだろうな？」

そう言われて思い返すと、取材メモをチーム内で共有していた。それを伝えると、多野木は首を振った。

「うかつすぎるよ。案外、武藤あたりからトヨトミに話が行ったのかもしれんぞ。あいつ、豊臣市にマンション買ったらしいからな」

「テレビ朝陽の森川さんみたいに、トヨトミに転職するんじゃないでしょうね」

今年の春先、テレビ朝陽のアナウンサーだった森川俊介《もりかわしゅんすけ》のトヨトミへの転職はメディア関係者の間で大いに話題になった。今ではトヨトミのオウンドメディア「トヨトミニュース」で見ない日はない。ジャーナリストからトヨトミの代弁者への華麗なる転身である。

「トヨトミのことだけは悪く書かないからな。あながちありえない話じゃない。あいつはもうトヨトミの人間だと思ったほうがいい」

文乃はくすりと笑った。

「記事にならないネタを追ってることについては何も言わないんですね」

多野木はまたタバコに火をつけた。

「好奇心と野次馬根性がメシのタネさ。文句は言えんよ」

にわかに勇気が湧いてくる。

「もう一度、住谷に会います」

どんと多野木の胸をついて、文乃は喫煙所を飛び出した。

闘士

自宅のある横浜から通常なら一時間半ほど、午前九時半には目的地の裾沼市役所に到着する予定だったが、東名高速は妙に混雑していた。豊臣翔太が妻の凜子に借りたトヨトミ・グランドカイザーを市役所の駐車場に停めたのは、約束の午前十時まであと五分というところだった。

駆け出すようにクルマから降りると市役所の庁舎へ向かう。受付で名前を告げるとまじまじと顔を見られたが、職員はすぐに市長室に通してくれた。

市長室の時計は九時五十八分をさしていた。翔太は安堵のため息とともに、市長のデスクの背後の大きな窓に目をやる。いつもフューチャーシティの建設地から見ているのとはわずかに違う角度の富士が見えた。デスクの脇にある旗立台に掲げられた市旗にもまた富士山が描かれていた。窓の下には当選祝いの蘭がまだ飾られていた。

一分と待たずに、書類のぎっしりと詰まったブリーフケースを抱えた裾沼市長の田所誠が、せかせかとした足取りで入ってきた。翔太は応接ソファーから立ち上がる。

「急なお願いですみません。今日はお時間を取っていただいてありがとうございます」

そう言って頭を下げると、田所は慇懃な調子で「トヨトミ自動車さんには工場があった頃からうちの市はお世話になりっぱなしです。豊臣一族の御曹司からのお願いとあっては時間を作らないわけにはいきません」と言い、目を細めた。

「おっしゃるとおり、裾沼市とトヨトミには長い歴史があります。裾沼工場があった頃は、多く市民の方々に働き手としてお力添えをいただきました。フューチャーシティのほうでも、ご協力いただけると思っていましたが……」

「私もフューチャーシティがどんなものになるのか、楽しみにしている一人なんですよ」

選挙期間中の対決的な物言いが嘘のように田所は如才なく言うと、ブリーフケースからひと束の書類を出し、翔太に見せた。タイトルに「トヨトミ・フューチャーシティ計画概要」とある。おそらく計画を説明する際にＴＲＩＮＩＴＹから前市長に手渡されたものだろう。

「私は裾沼市もこの未来都市に連なってくださると信じていました。どうにか『超未来都市裾沼構想』を復活させていただけないものでしょうか」

「個人としてはフューチャーシティを応援したい気持ちはあります。しかし、市長としては超未来都市構想よりも優先すべき課題が山ほどあるのです」

「と、申しますと？」

「裾沼市は高齢化が進み、人口減も加速している。これをまずどうにかしなければなりません。市の予算はすべてここに注《つ》ぎ込んでもいいくらいだと訴えてきました。こんな極端な考えを持つ人間を、市民の方々は支持してくれました。この地で生まれ、この地で育った人間として、市民の気持ちに報いなければなりません」

「でしたら、いっそうフューチャーシティの意味は市にとって大きくなるはずです。自動運転車が走り、あらゆるデバイスがインターネットにつながることでエネルギーは極限まで効率的に使われる。資源が乏しく高齢化が進む日本にとって、いや世界にとって必要な実験都市です。裾沼市には、そして田所市長にはぜひ先駆者になっていただきたい」

そう言うと、市長は不思議そうな顔をして、「では、裾沼市は何をすればいいのですか？」と尋ねた。

「ですから『超未来都市裾沼構想』を……」

「市長になった後、この構想を紐解《ひもと》いてみて驚きました。実態が何もなかったのです。担当の職員が言うにはＴＲＩＮＩＴＹやトヨトミ自動車にフューチャーシティについていくら尋ねても、曖昧なコンセプトを聞かされるばかりで、具体的な内容を教えていただけない、と。これでは協力しようにもできません。こちらは人員も時間も無駄に割かれてしまう」

「それは父が……」と口から出かかったのを飲み込んだ。フューチャーシティを「自由にやれ」と言っていた父が唯一翔太に課したのが「情報開示をしないこと」だった。一般向けに情報を出さないことはもちろん、地元自治体への情報開示も厳しく制限するよう命じた。いわく「移動の履歴など、住民の行動データを集めて解析するスマートシティは、民主主義的な考え方では必ず反対運動が起こる。民主主義的な透明性は捨てろ」。

裾沼市のフューチャーシティへの反発は、父のこの方針が招いたものだった。

そもそも、と田所は言った。

「このプロジェクト自体、裾沼市というよりもトヨトミのため、とくに次期社長とも目されているあなたに手柄を立てさせるためのものという性格が強い。裾沼市民の中にも、トヨトミの御曹司のキャリアのために市の予算を使って協力する意味がわからないという方もいらっしゃいます」

「いえ、フューチャーシティはいずれ必ず裾沼市のメリットにもなります。断じて私のためのプロジェクトなどではありません！」

嘘だった。このプロジェクトがいずれ社長になる自分のために設えられたものだということは、痛いほどわかっていた。

「いずれ、とはいつですか？」

ぴしゃりと市長は言った。

「ほとんどの日本の自治体には、もういつ実るかわからない果実を待つ余裕などないのです。あなたは日本の実情も、市民の感情もわかっていないようだ。いらぬおせっかいでしょうが、そんな人の作る街で、人々は幸せに暮らせるでしょうか？」

そう言うと、田所はソファーから立ち上がった。

「失礼ですが、次の打ち合わせがあるもので、私はここで失礼いたします」

そう言うとブリーフケースを手に持ち、入ってきた時よりもさらに足を速めて部屋から出ていった。

あとに残された翔太は、しばらくソファーから立ち上がることができなかった。痛恨の極み。フューチャーシティの内容にこだわるあまり、地元自治体のことをないがしろにしていると言われても仕方がない。父の言うことを鵜呑《うの》みにしてしまった自分がとてつもなく恥ずかしかった。

田所のことは事前に調べていた。現在五十九歳。この地で育った少年時代は札付きの不良だったそうだが、正義感が強く、近所の足の弱った老人のために買い物を引き受けたり、地元のチンピラに恫喝《どうかつ》されて財布を奪われた後輩のためにチンピラたちの溜まり場に乗り込んで大立ち回りを演じたりと、老若男女問わず慕われていたらしい。帝都大学教育学部時代は市民運動の闘士として鳴らし、東京でいくつかの会社を経営したのちに裾沼市に戻ってきて、市長選に無所属で出馬。地元住民は歓迎し、「田所ならまちがいない」と喜んで票を投じたという。

年齢も違うが、人間の厚みが自分とはまるで違った。世界的自動車メーカーの惣領息子として生まれたはいいが、生まれた後に積み上げたものは何一つなく、父に反発しながらも、父の言うことを鵜呑みにしている。

田所はトヨトミを恐れ、ひざまずくような人間ではなかった。丁寧な態度ではあったが、「市民のために身を粉にして働く俺に、おまえなど相手にしているヒマはない」と言われた気がした。

庁舎を出て、グランドカイザーの運転席に、身を投げ出すように座った。無力さと敗北感で、身体に力が入らなかった。翔太は痛みに耐えるようにハンドルについた両手に顔をうずめた。

第十二章　真相　二〇二二年　十月

盗み聞き

その日の仕事を終えて名古屋から新幹線に飛び乗った高杉文乃が住谷佳代の邸宅に到着したのは午後十時過ぎだった。あれから何度連絡しても、住谷佳代からの返事はなかった。痺れを切らした文乃は、アポイントなしで自宅を〝夜討ち〟することにしたのだった。

初めて会った数ヵ月前。わずか二十分ほどの短い会見で、文乃は佳代がトヨトミ内部、それも創業家にまつわる何か秘められた事実を知っており、それを話したがっている印象を受けていた。

住谷邸はひっそりと静まり返っていたが、文乃は家屋内に明かりが灯っているのを確認した。まだ眠ってはいないらしかった。

インターホンを鳴らす。反応なし。扉をノックし、住谷さん、と外から呼びかけたが、応答はなかった。

ふと思い立ち、引き戸を引くと、扉は音もなく横に滑った。五センチほど開けて、中を覗《のぞ》き込んでみた。高齢の佳代が倒れているのではないかと一瞬頭をよぎったが、玄関にはよく磨かれた黒の革靴が脱ぎ揃えられ、廊下の奥の茶室から話し声が聞こえた。

人のことは言えないが、こんな時間に来客があったとは。出直すべきか迷った文乃だったが、茶室から聞こえてきた「尾張モーターズ」という言葉に思わず耳をそばだてた。

「気をつけて見ていなさいと言ったでしょう。何度も何度も」

まぎれもなく佳代の声だった。しかし、話し方が以前に会った時とは違い、声色は冷ややかに尖り、相手を叱責していた。

相手の声は聞き取りにくく、何を話しているのかわからなかった。いけないことだとはわかっていたが、引き戸をさらに開き、身体を中に滑り込ませる。音を立てないようにパンプスを脱いで手に持ち廊下に立つと、話し声ははっきりと聞こえた。

「いくら資本関係がないと言っても、ディーラーが暴力団にクルマを売っていることが公になれば、トヨトミも無傷ではすまないわよ。時限爆弾になる」

まるで、佳代は尾張モーターズが暴力団とクルマの取引をするのを止めているかのような口ぶりだった。

ハッとした。

暴力団との取引を黙認するのではなく、トヨトミに警告してやめさせようとしていたのであれば、佳代が豊臣家と何らかの関係があるとする自分の仮説との辻褄が合う。

「うちの店を使わせないだけでは意味がないと思いません？」とあの時佳代は言っていた。あれは自分の責任を回避するための言い訳などではなく、トヨトミ関係者としてディーラーの不品行を正したいという気持ちゆえの発言だったのである。

「我々が進めているディーラー再編の弊害、とおっしゃりたいのでしょうな」

相手の男はひとつ咳払いをして言った。ストッキングをはいた足を滑らせるようにして、磨き上げられた廊下を茶室のほうに進んだ。室内の方が明るいため、障子に自分の影が映る心配はなかったが、念のため廊下に落ちた茶室の光の中に入らないようにした。

そうとも言える、と佳代は言った。不機嫌な声だった。

「でも、あの子を社長にした弊害とも言える。昔はきれいな目をした好青年だったのに、いつからかしら、外には紙を貼りつけたようにいつも同じ笑顔を見せながら、会社の中では執念深く邪魔者を排除し、関連会社やディーラーを恫喝する独裁者になったのは」

茶室の空気がピリッと引き締まるのが二人の息づかいからわかった。相手の男が誰なのかはわからなかった。しかし、まちがいなくトヨトミの関係者だった。

「さあ、いつからでしょう」

男の声がわずかにかすれた。

「私の知る限り、たしかに若い頃の統一さんは人のいいお坊ちゃん以上でも以下でもありませんでした。年長者からはかわいがられ、年下からは慕われていた。仕事はできませんでしたが」

「あなたは彼の上司だったわね。お目付け役だったのに、いつのまにか一緒に増長した」

くぐもった笑い声が聞こえた。

「あなたは私が統一さんをダメにしたとおっしゃいますが、トヨトミ自動車は着実に発展しています。会社経営は道徳の授業ではない」

今度は佳代が笑う番だった。

「その発展はいつまで続くかしら？　ＥＶでは出遅れ、どうにか出した新モデルは欠陥車だった。自動車業界の変化にまるでついていけず、過去の遺産で食べている。あの子を裸の王様にしたことの末路ね」

仮に統一さんが裸の王様だったとして、と男は言った。

「服を脱いだのは本人ですよ」

「いいえ、脱がせたのは周りの人間よ。耳に痛い忠告をする人間をあの子から遠ざけ、時には二度と浮かび上がれないような部署に左遷して、自分が本当はどんな姿をしているかわからないようにした。そのツケはこれから回ってくる。周りの人間の責任は重いわね」

「私が何をしたと言うのです？」

男は言った。

「あいかわらずね、あなた。全部わかっているくせに」

佳代のうわずった声が聞こえたと同時に、海からの突風が縁側の窓をがたがたと震わせた。文乃は全身を耳のようにして、風の音の中に埋もれそうになる会話に全神経を集中していた。

「あなたがトヨトミに戻ってきてから、あの子にモノを言える人材がどんどんトヨトミから消えていった。辞めさせられたり、異動させられたりしてね」

「滅相もない！」

男は笑った。

「これじゃあ、まるっきり私が悪役だ」

「トヨトミの経理部の主計室を解体したのもあなたでしょう。唯一、あの子に歯止めをかけられる部署だったのに」

「バカな。主計は解体すべきだったのです。彼らは保守的すぎる。統一さんが目指す〝攻めの経営〟と合わなかった」

「あのチャランポランな経営が〝攻めの経営〟ですって」

今度は佳代が吹き出した。

「あの子の経営にそれほど一貫したものがあるのであれば、なぜあなたの手足となって主計のエリートたちをほかの部署に追いやった松本雄三をトヨトミ九州に飛ばしたのかしら」

男が言葉に詰まったのがわかる。佳代のひとことは、男の急所だったのだ。

「後ろめたいことをやっている自覚があるからでしょう。知りすぎた男が邪魔になったのね」

「それは……誤解です」

「人事部で将来を嘱望された幹部候補が、あなたに振り回されて九州に島流し。キャリアを台無しにされた。若い頃主計室に入りたかったのに入れなかった、あなたの五十年越しの私怨に付き合っちを持ち込むほど愚かではありませんよ」

「男の嫉妬ほど怖いものはないわ。憧れが強かったぶん、憎しみも深くなる」

「役員定年もとうに過ぎ、最後のご奉公だと思って日々を過ごしている立場です。仕事に私情を持

てね」

男がトヨトミの要職に就いているのはまちがいない。そして主計に入りたかったということは、経理系の出身だろう。そして統一の上司だったという過去と役員定年を過ぎている年齢。文乃の知る限り、そんな人物は一人しかいなかった。

しかし、なぜその人物がここに？　混乱した。目の前で起きていることはあまりにも現実離れしていた。私は今何を耳にしているのだろう。

「あの子はね、度量が小さいの。だからこそあなたのような人が導いてあげないといけないのよ。それなのにあなたはあの子と一緒になって口うるさい人間を遠ざけた。世襲に血道をあげ、豊臣本家によるガバナンスが切り崩されることが不安で仕方がないあの子と、あの子の敵を排除することでトヨトミ内での地位を固めようとするあなたの相性は抜群だったのね。豊臣家の分家なんてまさにそう。あの子の従弟《いとこ》も、甥っ子もトヨトミの要職に就けないどころか、グループ企業の端の端まで追いやられている。私に言わせれば、二人ともあの子よりよほど優秀よ」

「それは違います。私はもともと豊臣本家と分家が対立している状態はトヨトミにとってよくないという考えでした」

「あの子にとって、トヨトミは豊臣本家のもの。だから分家に自分より優秀な人間がいることが、あの子には耐えられないし、怖いのよ。あなたは口だけよ。本家と分家の対立をなくしたいなら、豊臣本家以外の才能を自分の目の届かない場所に追いやり続けるあの子を止めなければいけなかった」

男は黙ってしまった。佳代に言い負かされたのか、口うるささに辟易《へきえき》しているのかは、文乃にはわからなかった。

「あなたのお立場はよくわかっているつもりです」

男の声が苦渋の色を帯びた。しかし、文乃にはその声が妙に芝居がかって聞こえた。

「しかし、我々にもやり方がある。一つのご意見として今のお話は心に留めておきますよ」

あの子を放っておくと、早晩トヨトミはダメになるわ、と佳代は追いすがるように言った。

「もう分家筋はトヨトミの経営には立ち入れず、社内の反対勢力は一掃された。本来なら客観性と公平性が求められる社外取締役も、トヨトミのメインバンクのOBに経産省OBで息のかかった人間ばかり。あの子は〝目の上のたんこぶ〟を排除して、これで堂々と世襲ができるとご満悦でしょうけど、これではいずれ必ず海外の投資家からガバナンスの不備を指摘される。こんなこと、あなたなら百も承知なはずなのに、黙認している」

「トヨトミは取引先も関係者も膨大な数です。社外取締役選びで利害関係がない人物を探すのが難しいのですよ」

佳代の呼吸からは深い落胆がうかがえた。

「あなたならもしかすると、と思ったけど、見込み違いだったみたいね」

「統一さんだってもうこの巨大企業を十年以上率いてきた、哲学を持つ立派な経営者です。老いぼれの言うことなど聞きませんよ」

そして、男は「お互い歳をとりました。私も、統一さんも。そして、あなたも」と言った。その疲れたような声には実感がこもっていた。


畳を踏み締めるみしり、という音が聞こえた。文乃は慌てて隠れる場所を探す。

「都合のいい時だけ年寄りぶるのはよして。まだまだ脂ぎった顔をしているわよ。頭の中は権力欲でいっぱい、どうにか社長の座が転がり込んでくるのを待っている、といったところね」

佳代が冷ややかに言った。男の最後の声もまた冷ややかだった。

「あなたこそ、こんなこと百も承知でしょうが、私とて〝使用人〟に過ぎないのです。どんなに統一さんの信頼を得ていたとしてもね」

茶室の戸が開き、男が姿を現した。廊下を挟んで茶室の向かい側にあった台所に咄嗟《とっさ》に飛び込んだ文乃は、食器棚の陰に身を隠し、その男の顔を見た。

総白髪の短髪に切れ長の瞳と薄い唇、フレームが鶯色の洒落《しゃれ》た眼鏡。トヨトミ自動車副社長の林公平は茶室の中に一礼すると、玄関に向かった。引き戸の外でかすかにエンジンの音が聞こえ、磨《す》りガラスでぼかされたヘッドライトの明かりが、その面長の顔をうっすらと照らした。

「鍵が開いていますね。お気をつけください。さっき誰か来たようですし」

そう言い残すと、林はからりと引き戸を開き、出て行った。文乃がやってきた時には周囲に誰もいなかったが、外には門前に横づけされたクルマの気配があった。林が社用車として使っているトヨトミの高級モデル「クイーン」だろう。重厚なエンジン音が遠ざかっていくと、屋内は海の波音がごくかすかに聞こえるだけの、穏やかな夜に満たされた。

託されたもの

必死に頭を整理しようとした。佳代が統一の母であるとする文乃の仮説は、まだ否定されたわけではなかった。それどころか、林と佳代の会話を聞いた後では、いっそう信憑性を帯びた気すらした。佳代の口ぶりは、不甲斐ない我が子に思いが伝わらずにもどかしがる母親そのものだったからである。

しかし、それでもこの場所をトヨトミの最重要人物である林が訪問したという事実は文乃にとって衝撃的であり、自分で立てた仮説が裏付けられるかもしれないというのに、恐れていたことが現実になっていくような、嫌な胸騒ぎがした。いったい、自分はトヨトミと豊臣家の何を見ているのだろうか。

それとは別に、林を目撃したこと自体もちょっとした驚きだった。それは林自身がここ数ヵ月、メディアなど表舞台から姿を消し、その消息が記者らの間で話題になっていたことによる。

トヨトミ自動車現社長である豊臣統一からの絶大な信頼を盾に、役員定年をとうに過ぎた今も特例のような立場でトヨトミの中枢で権力を振るってきた林の〝雲隠れ〟を巡っては、憶測が飛び交っていた。統一の息子・翔太が社長の座に就くまでの〝つなぎ〟として社長を任せる人物の人選を巡って統一と対立し、遠ざけられたと言う者もいたし、統一の愛人問題に苦言を呈して疎んじられたと言う者もいた。はたまた、認知症の症状が出て社業を続けられなくなったと言う者もいた。どれも本当らしく、どれも嘘っぽかった。

「そこにいるのはどなたでしょう？　出ていらっしゃい」

小声だが、よく通る声に、文乃は肩をぴくり、と震わせた。台所から出てくると、茶室の障子戸をおずおずと開く。佳代は前回会ったときと同様に和装だった。正座し、まっすぐ前を見据えたままだったが、文乃は射すくめられたかのように、動けなかった。

「あの、なぜ林さんが？」

一瞬、佳代にまじまじと見つめられたが、すぐに文乃の顔を思い出したようだった。しかし、文乃はそれが芝居だと見抜いていた。

「あなたが考えているとおりだと存じますよ」

佳代の口調に穏やかさが戻り、顔には笑みが浮かんでいた。

「つまり、クルマの横流しの件ですか」

それには、佳代は答えず、文乃に座るように促した。林が座っていた座布団に正座すると、文乃はさっそく切り出す。茶碗の抹茶はほとんど口をつけられないまま冷めていた。その濃緑の液体は文乃の面している状況と同じように濁って、底知れなかった。

「もう時間も時間ですし、単刀直入にお話しします。暴力団への横流しはやめさせた、とおっしゃっていました」

佳代は短く言った。時刻は午後十一時になろうとしていた。

「そうですか……。実際はどれほどのトヨトミディーラーが横流しを行っていたのでしょうか。今のところ私が把握しているのは尾張モータースだけなのですが」

「それは私には……。ただ、今後はトヨトミディーラーが横流しに関わることは一切ない、と」

世界一の自動車メーカーの重役を叱責したかと思うと、自分のような若手記者に会いたかったとばかりに擦り寄ってくる。その二面性が恐ろしかった。このままでは気圧されたまま煙に巻かれてしまう。文乃はちょっと待ってください、と話を遮った。

「それで納得できるわけがないじゃないですか。そもそも、なぜ林さんがここまで出向いてきたんですか。そんなことをあなたに説明するために、こんな夜遅くに？」

きっと佳代を見据える。

「あなたは……あなたはいったい誰なんですか？」

すると佳代はくすりと微笑んだ。

「さあ、誰なのでしょう？」

文乃が黙っていると、縁側の外で風にそよぐ漆黒の木々を少しの間眺めてから佳代はぽつりと言った。

「トヨトミの今後を憂える一人のお婆《ばあ》さん、といったところでしょうか」

しかし、佳代は明らかに文乃に何か伝えたいことがあり、しかしそれを伝えるべきか逡巡しているようだった。

なぜあなたがトヨトミの今後を憂えるのか、と聞こうとしたが、文乃は質問の仕方を変えた。

「あなたは統一さん、トヨトミ自動車社長の豊臣統一さんと何らかの血のつながりがあるのではないですか？」

佳代の顔が一瞬こわばったように見えたが、すぐにまた相好を崩す。

「私が経営しているクラブに、統一さんのお父様の新太郎さんが通っていて、当時私が彼の愛人だという噂があった。推測はこんなところから出ているんでしょうね」

「以前お会いした時に、あなたが一度だけ統一さんを〈あの子〉と呼んだんです」

今度は本当に佳代の顔が固まった。

「はじめは偶然かと思っていました。でも、さっきは何度もそう呼んでいた。おっしゃるとおり、ただの推測です。でも、あなたが統一さんのお母様ならば、林さんを呼びつけて我が子への忠告を託すのも、ディーラーと暴力団の取引を静観しながらもトヨトミ側に状況を報告し、やめさせるように説得していたのも辻褄が合うんです」

相手が何も言う気がないのを確認して、文乃は続ける。

「おそらくトヨトミはあなたの忠告どおり、尾張モーターズに闇取引をやめるように求めたのでしょう。でも、彼らはなかなか取引をやめませんでした。そこには不正車検に対しても咎め立てしなかったのだから、暴力団との闇取引にも目をつぶってくれるという算段があったのかもしれませんし、不正車検に続いて闇取引も黙認したという弱みを尾張モーターズに握られたトヨトミは強く言えなかったのかもしれません」

言葉を切ると虫の音がやけに鮮明に聞こえた。遠くでどこかの家のししおどしが甲高く鳴った。

「そこで、あなたは私を利用することを考えたんじゃないですか？　私がこの件の取材でディーラー側に接触すれば、彼らは警戒して取引をやめるのではないかと。新聞記者は取引する店を変えられたくらいでは諦めずに食らいつきますから、少なくともしばらくは取引をせずにおとなしくするかもしれません。報道はいくらでも止められるわけですし。それにもっと言えば、この件を私に追わせるように仕向けたのもあなたじゃないですか？　私が横流しについて知ったのは会社ではなく私のメールアドレスに直接届いた内部告発がきっかけでした。以前、雫にお邪魔したときに昭一さんに名刺をお渡ししましたから。あなたにはそれができたはずです。なぜ私を選んだのかはわかりませんが……」

「想像逞《たくま》しいのねぇ！」

怒ったような表情に変わったが、目は笑っている。

はぐらかさないでください、と文乃は相手を睨む。

「ただ、ここで困ったことが起こりました。私があらぬ方向に動いてしまった。つまり、横流しについて調べるのではなく、あなたの正体を探るほうに」

「とっくに隠居した人間ですから。今さら身辺を嗅ぎ回られるのは困りますわ」

「ええ、だからあなたは私がこれ以上調べるのをやめさせようとした。私は脅迫を受けることになった」

「脅迫？」

「ええ、名古屋の地下鉄の駅でね」

「それは私とは関係ありません」

それまで微笑みを絶やさなかった佳代の顔が突如鋭くなった。怒ったように吐き捨てた。

「そんなことをするわけがないじゃありませんか。記者を脅迫するだなんて」

それでは、あの脅迫はいったい誰が。佳代の言葉を信じていいのか判断しかねた。相手は元女優だった。文乃は相手の顔を観察した。しかし、その整った顔からは何の情報も読み取ることはできなかった。


「教えてください。私に何を聞かせたかったんですか。そして、私に何をさせようというんですか？　今日だって、あなたは私を招き入れるためにあえて鍵を開けておいたんでしょう」

佳代は答えなかった。教えてください、と文乃はもう一度言った。

すると、佳代は目を閉じて、動かなくなった。眠ってしまったのかと心配になるほどの長い間、黙考していた。長い沈黙だった。正座した足の感覚が徐々に遠のいていくのがわかった。

「あなたは以前に私に取材を申し込んできて、こちらが断ると私を架空の語り手にして名古屋財界の戦後について書いた。ずいぶんと図々しいことをするものだと思って、あなたを調べさせていただきました。あなたは経済紙の記者にしては珍しく、トヨトミに飼い慣らされず、公平な視点でトヨトミを評価し、時に批判的な記事を書いていた。こういう記者なら信頼できると思ったのです。私にはトヨトミにいく筋かの人脈がありますが、ことを動かせる力がありません。だから協力者を必要としています」

「話が見えないのですが……何の協力者ですか？」

「私と林さんの話を聞いていたのでしょう？　あの子にはもうトヨトミを率いる資格がありません。どうにか社長から退かせたいのです。あの子くらいの能力がある人間なら、トヨトミには掃いて捨てるほどいるわけですから。今のトヨトミは生まれだけが取り柄の人間をトップに据えておく余裕などありません。それを本人だけがわかっていない……」

あの、文乃は佳代の話を遮った。

「それは……クーデターの協力者ということですか？」

佳代はそれに答えず、冷えた抹茶に口をつけた。

「周りからの諫言で自らを律し、ただせる人間であれば、こんなことを考えなくてもいいのでしょうが……。お聞きいただいたとおり、助言をできる人間がそもそももうほとんどいないのです。一縷《いちる》の望みを託して林さんをお呼びたてしたのですが、あの方ももはやそんなことはできないのでしょう」

「私はただの新聞記者ですし、日商新聞はトヨトミから出入り禁止になっています。何かできることがあるとは思えないのですが……」

それは私も重々承知しております、と佳代は言い、膝の上で重ねた両手を握りしめた。

「あの子を追いやることができる人間が一人だけいます。彼の背中を押してくださいませんか？」

佳代は少しそこでお待ちください、と言って立ち上がり、部屋を出ていった。十五分ほど経ち、十一時半を回ったところで、佳代は再び文乃の前に現れた。化粧と着付けが直されていた。

「これを渡していただきたいのです」

と佳代は文乃に手の中のものを握らせた。ＵＳＢメモリーだった。

「誰にです？」

「翔太に」

えっ、と言葉に詰まった。文乃は統一の息子・翔太とは面識がなかった。そもそも翔太はトヨトミのオウンドメディアにこそよく登場するが、外部メディアへの露出は極めて少ない。どのように接触したものかと思案していると、佳代はにやりと笑った。

「難しいことは何もありません。あなたは祖母から孫への届け物を預かっただけなのですから」

告白

小伝馬町。ＴＲＩＮＩＴＹ東京オフィスの豊臣翔太の執務室から見えるスカイツリーの上方は朝から分厚い雲の中に隠れている。

今にも大粒の雨が降り出しそうな空模様は、翔太の憂鬱な心をいっそう陰らせるようだった。

自分なりにフューチャーシティには情熱を注いできた。「コンセプトが曖昧すぎる」「トヨトミは先行者のモノマネと既存の商品の改良で伸びた会社。ゼロから創造したことのない会社にスマートシティ開発などできるのか」……。

疑念や批判が多く向けられているのは知っていたが、まだ形になっていない段階で受ける批判に屈するわけにはいかないと、懸命にやってきた。自由にやっていいと統一から言われた時は戸惑ったものだが、いつしか翔太はこのプロジェクトを大切に思うようになっていたし、社会人になって初めて誇りを持って仕事に取り組めていると感じていた。そのフューチャーシティから外されるのだ。

父との〝賭け〟に勝てる目処は立っていなかった。父への反発から啖呵を切ったものの、裾沼市長の田所はにべもなかった。彼の決断を覆すには、少なくとも裾沼市にフューチャーシティに協力することのメリットを示さなければならなかったが、翔太は自分の決めたコンセプトをどんなに咀嚼し、検討し、拡大解釈してもそれを見つけることができないでいた。

このままではフューチャーシティのプロジェクトから外されてしまう。フューチャーシティが成果を出せていないことの責任を問われそうになったタイミングでのプロジェクトからの離脱は、翔太が槍玉に上がる前に救助しようという父の親心であることが翔太を傷つけていた。いずれやってくるトヨトミの社長就任の時のために、キャリアに傷がつかないよう保護されるのだ。一人前として見なされていないどころか、まだ赤ん坊扱いだった。

いや、もしかすると一人前になろうとなるまいと、自分は父の考えるトヨトミ運営の駒の一つに過ぎないのかもしれなかった。創業一族の御曹司とはいえ、いや御曹司だからこそ、トヨトミのトップである父の意向には逆らえない。巨大な組織の前では、自分の人生など吹けば飛ぶ髪の毛一本の価値もないように思えた。

同様にTRINITYもまた〝親〟であるトヨトミ自動車に逆らえない。この会社は今、意思決定権を親に奪われようとしていた。

執務室の電話が鳴った。秘書からだろうかと電話を取ってみたが、受付からのものだった。

「この時間に来客の予定はないと思うけど」とぶっきらぼうに言うと、受付の派遣社員は困惑しきった口調で言った。

「副社長にどうしても会いたいという方がいらっしゃっているのですが」

アポイントなしの訪問客を取り次ぐことなどありえない。帰ってもらって、と短く言うと、電話を切ろうとした。

「あの、お祖母様からの届け物を預かっている、とおっしゃっています」

「おばあさま？」

「は、はい。そのように」

「今来ているのは誰？」

「日商新聞の方です。高杉様とおっしゃっています」

記者と聞いてにわかに胸がざわついた。母方の祖母はすでに亡くなっており、翔太の祖母は豊臣の家の麗子しかいない。祖父の新太郎に何かあったということか？　いや、それなら実家から電話がかかってくるはずだ。

「わかった、そちらで預かっておいてくれ」と命じると、受付スタッフは「いえ、どうしても直接手渡したい、と」

埒《らち》があかない。翔太は苛立ちから後頭部の髪を掻きむしり、ハンガーラックに一年中かけっぱなしになっている来客対応用のジャケットをひっつかむと、乱暴な音を立てて執務室のドアを開いた。フューチャーシティ構想も実現がおぼつかず、翔太自身もそこから引き離されつつある。何もかもがうまくいかない状況で、訳のわからないことに時間を取られるのが腹立たしかった。

一階に降りると、受付の脇に若い女性記者がたたずみ、こちらの顔を見ると軽く会釈をした。

「日商新聞の高杉文乃と申します」と名刺を出して挨拶をすると、記者はバッグから一通の封筒を出した。

「それが届け物ですか?」と尋ねると、記者はうなずいて、「中にＵＳＢメモリーが入っています」と言った。

「事情が飲み込めないのですが、なぜあなたがそんなものを?」

私もうまく説明ができないのですが、と前置きして、高杉と名乗る記者は言った。

「おばあさまとは、あなたのお祖父様《じいさま》である豊臣新太郎さんの奥様ではありません。ただ、その方はおそらくまちがいなく、あなたのお祖母様です」

はあ、と間抜けな声が出てしまった。すみません、私もここまでしかお話しできることがないんです、と高杉が頭を下げる。

「私の祖母はもう一人しかいませんし、僕だけに何かを送ってきたことはありません。何かのまちがいでは？」

「いえ、申し上げにくいのですが。おばあさまはもう一人いるのかもしれません」

そう言われて翔太にはピンとくるものがあった。

元来、豊臣の家は好色の家系だ。本人が話すはずもないが、父・統一には婚外子がいるという噂を聞いていたし、親族や祖先を遡っても同様の話は数知れずあった。「お祖母様」となると父方である祖父の新太郎の愛人だろうか。母・清美の父にあたる三友銀行元頭取の田臥満津夫《たぶせみつお》の愛人ということもありえたが、堅物で知られた銀行マンの祖父が愛人を作るとは思えなかった。

そこでようやく、翔太は記者が差し出した封筒を受け取って懐に入れた。

それでは私はこれで、と立ち去ろうとする記者を翔太は呼び止めた。

「この封筒の主はどこに？」

「和歌山です」

その地名に心当たりはなかったが、記者は確かに日商新聞の社員であるようだったし、その表情はどこか切羽詰まっていた。

「よかったら、一緒に中を確認しませんか」と翔太が言うと、記者はいいんですか、と眉を引き上げた。

「このご時世です。もし物騒なものだったらあなたも巻き添えになっていただく」

すると記者はくすりと笑った。

「なかなか取材も受けていただけない〝御曹司〞のあなたのお人柄はベールに包まれています。でも、冗談を言うこともあるということがわかりました」

「冗談も言いますし、泣きも笑いも怒りもする、平凡な人間ですよ。さあ、行きましょう」

　執務室に入ると、翔太はさっそく封筒の中のＵＳＢメモリーを取り出した。そして少しの間逡巡し、デスクの上のノートパソコンではなく、部屋の隅に据え付けられたラックから別のパソコンを持ち出し、起動した。おそらくセキュリティ上の懸念からだろう。文乃には翔太がまだかなり警戒しているように見えたが、それもやむを得ない。誰だって、見知らぬ人から手渡されたメモリーを仕事で使うパソコンに差し込むのはためらわれるだろう。

　メモリーを差し込むとすぐにモニターにフォルダが開き、翔太は一つしか入っていないファイルを開く。

　動画再生アプリが起動し、佳代の姿が映し出された。昨夜の奇妙な体験がまだ脳裏に生々しく残っていた。

　翔太さん、と佳代は呼びかけた。翔太の背後に立つ文乃には彼の表情はわからなかったが、ひとこと「知らない方です……」と言った。

〈突然のことで驚いているかと思います。本来なら、私はあなたに存在を知られることもなく生涯を終えるはずでした。それが一番でした〉

　動画の佳代は、それこそ孫を見守るような優しい目をしていた。

〈ただ、あなたのお父さん、つまり統一さんによってトヨトミの伝統は破壊され、激動のさなかにある自動車業界で、未来への種まきもままならない。そんな状況を見るのに耐えられず、恥を忍んでこのようなメッセージを送ることをお許しください〉

そこで、翔太は一度こちらを振り返った。文乃は無言でうなずきを返す。

〈二〇一〇年の公聴会以降、あの子はタガが外れたように傍若無人な振る舞いをするようになりました。創業一族、とくに豊臣本家の持つ権威性という無形の力に気づいたのだと思います。いつしか彼は万能感に浸り、豊臣本家による企業統治に異を唱えるものを排斥し、本家の血筋で経営のバトンをリレーすることに固執するようになった……。そのことはあなたも気がついているのではないでしょうか〉

モニターの中の佳代はそこで言葉を切った。ハンカチで口元を押さえながら静かに咳をし、声を整えた。

〈怖い話をしましょう。あなたにも関係があることです〉

デスクに深く腰掛けた翔太が前のめりになる。

〈私は若い頃、雲雀ヶ丘歌劇団の女優でした。雲雀ヶ丘のＯＧには広いネットワークがあり、現役の女優や退団してテレビに活動の場を移したＯＧ、芸能界から退いたＯＧのその後について情報が回ってきます。当然、あなたの奥様の凜子さんのことも。結論から言うと、あなたと凜子さんの結婚は豊臣家と松山家によって仕組まれたものです〉

「嘘だ！」と翔太が叫んだ。

「私と凜子はごく自然な成り行きで知り合い、交際をはじめたのです。この人の言うことはまちがっている」

文乃には、翔太の興奮が唐突なものに思えた。ただ、その興奮とは裏腹に、佳代が再び話し始めると、翔太はモニターを食い入るように見つめた。

〈雲雀ヶ丘には現役かそうでないかにかかわらず、財界人の令嬢が多くいます。彼女たちの間で、松山家の令嬢が豊臣の御曹司に嫁ぐという噂が飛び交ったのは二〇一八年のことだったかと思います〉

「私と凜子が知り合う前です」

翔太の肩が小さく震えていた。

〈両家は二人を見合いではなく、いかに自然な形で知り合わせるかについて、何度も秘密裏に会合を持っていました。おそらくはあなたか凜子さんのどちらかが政略結婚に反発していたのでしょう。そして、この工作はあの子の強い要望で行われたとも聞きました〉

執務室の窓をかすめるように細かな雨が落ち始めていた。文乃はその雨粒が窓の上で合流し、大きな水滴となり太くいびつな筋を作っていく様子を眺めていた。なぜだかわからないが、翔太を見ているのが忍びなかった。その後ろ姿からはさまざまな感情が溢れ出しているように文乃には思えた。驚き、怒り、そして悲しみ。

〈近代的な民主主義が根づいた日本であっても、国を動かしているのは一部の旧財閥の御曹司や世襲の政治家だったりする。豊臣家もその一つで、国の産業政策へのトヨトミの発言力は大きい。おそらく日本の企業の中でもっとも大きいのではないでしょうか。あの子はそれでも飽くことなく、トヨトミと豊臣家の砦《とりで》を固めようとしているのです。でも、それだけならまだいい。グループ企業、下請け企業を合わせたら何十万人、何百万人にも及ぶ従業員を守るために、トヨトミは強くあらねばなりません。トップとしての責任感ゆえの行動とも言えます〉

「父は、トヨトミはもう財界にも政界にも確固たる地位を築いた。もう見栄を張る必要はない、と言ってくれました。そして結婚は好きな相手としろ、と。でも結局、私はここでも父と同じ道を歩んでいたんだ」

翔太はモニターのほうを見ながら肩を落として言った。

〈ただ、あの子自身は政略結婚を拒絶し、自分が見初めた相手と半ば強引に結婚した。本来ならあなたの結婚で裏工作をする資格などないの。その一貫性のなさと、世襲のため、豊臣本家による企業統治を強固にするためなら我が子でも騙《だま》す狡猾さこそがあの子の本質なのです〉

えっ、と思わず声が出た。統一の妻・清美は三友銀行の頭取だった田臥満津夫の娘で、見合い婚だというのは有名な話である。翔太も同じことを思ったのか、不思議そうな顔でこちらを見た。

〈アメリカで二人は出会いました。彼はビジネススクールに通っていて、清美さんもまた留学でニューヨークにいた。清美さんがウェイトレスをしていたレストランにたまたま統一さんが来て、一目惚れしたのが馴れ初めです。二人は惹かれ合い、いつしか結婚を誓い合う仲になった〉

聞いたことのない話だった。しかし、この老女の話を侮ってはいけないことは、もうこれまでの経緯からよくわかっていた。

〈そこに豊臣家の介入はなかったと、私ははっきり言える。偶然出会い、恋に落ちただけです。だからこそ大揉めに揉めた。結婚の話を出すと新太郎さんの奥さんの麗子さんが強く反対したのです。おそらく結婚させたい相手が別にいたのでしょうね。でも、あの子は反対を振り切って強引に結婚してしまった〉

ここで文乃はかすかな引っかかりを覚えた。佳代が統一の父・新太郎の愛人だった可能性が高いと考えると、統一と清美の出会いに豊臣家の暗躍がなかったと断言できるという佳代の主張は納得できる。しかし、引っかかっているのはそこではない。しかしどこがどう引っかかっているのかわからなかった。何かが妙だった。

しかし、その引っかかりの正体を探るべく続きを待っている文乃の目の前で、翔太は動画を止めてしまった。

「高杉さん、申し訳ないのですが、私はこれから人に会わなければならなくなりました。今日のことはまた改めてお話ししますから、ここでお引き取りを」

そう言うと、翔太はジャケットの襟を正しながら立ち上がった。

誰に会うのか詳しく聞きたい気持ちはあったが、翔太の表情は暗く陰り、有無を言わせない迫力があった。

「続きは、もう見ないのですか？」

「ええ、私の祖母だというこの方が私に何を求めているのか、続きを見なくてもわかるからです」

「この方は、本当にあなたのお祖母様だと思いますか？」

翔太は首の後ろに手をやり、少しの間考えてから、わかりませんと言った。

「でも、メッセージは伝わりました。奇遇にも、私も同じことを考えていたのです。だから、もしかしたら本当に血がつながっているのかもしれませんね」

文乃はうなずいて一礼し、辞去しようとしたが、部屋の出口に向かおうとした時、翔太が何かつぶやいたのが視界の端に入り、振り向いた。

翔太は文乃に聞こえるように、その言葉をもう一度言った。

「私は父を許さない」

父を殺す

文乃が立ち去った後、翔太は懐をもう一度探った。さっきUSBを入れた時、指先に何かが触れた。その感触で、翔太は一年ほど前のあの妙な男との邂逅を思い出した。あの時、男の名刺を入れたのだった。

老女が自分に何を伝えようとしているのか、翔太は動画の続きを見なくてもわかっていた。それは、USBを懐に入れようとした時にあの男の名刺に触れ、別れ際に彼にかけられた言葉が不意に脳裏に蘇ったからだった。

(世襲によって企業が飛躍するのは、子が親を殺した時です)

あの老女は、統一を社長の座から引きずり下ろせと俺に言いたかったのだ。

あの男と、自分の祖母だという老女。交差する二つの不思議な縁に導かれているのを感じた。

統一を辞めさせることができる勢力はトヨトミ社内にも社外にももはや存在しない。翔太がやろうとしているのは、統一がやろうとしている世襲への意趣返しだといえた。豊臣本家こそがトヨトミを統治すべきであると盲信する父を阻止し、排除できるのはやはり豊臣本家の人間だけなのだ。

自分がトヨトミの社長になれるかどうかなど、どうでもよかった。トヨトミの未来のために、醜い世襲を止めなければならないと思った。それは親には絶対にできない。できるとしたら子である己だ。

スマートフォンで、名刺に記されていた番号に電話をかけると、すぐに相手が出た。

「私を覚えていますか？」

翔太が開口一番そう尋ねると、相手は「もちろん」と答えた。

「これから会えませんか。あなたがいるところまでうかがいます」

「承知しました。ちょうど都内にいるので、そちらまでうかがいますよ」

「いえ、私からお願いしていることなので」

そう言うと、電話口で快活な笑い声が響く。

「雨が降っています。それに今日はとても寒い。こんな日にトヨトミの御曹司を歩かせるわけにはいきません」

ムッとして、そうですか、と言い返すと、相手は意に介した様子もなく言った。

「気にしないでください。会いたい人間には自分の足で会いに行く、がモットーなのです。これから一つ商談があるので、二時間後に貴社でいいですか？」

どこまでも飄々とした相手「織田歳三」は小憎らしくもあり、頼もしくもあった。電話が切れると、翔太は急いで資料作りに取りかかった。久しぶりに、血が沸騰するような興奮を味わっていた。

ＴＲＩＮＩＴＹのオフィスに織田歳三がやってきたのは正午少し前。雨は本降りになり、強風もあいまって大きな雨粒がエントランスに吹き込んでくる有様だった。受付で豊臣翔太を呼び出し、待つ間にスーツについた水滴を払おうとしたが、払ってどうにかなるような濡れ方ではなく、すぐに諦めて眼鏡と髪をハンカチで拭うだけにした。

確証があったわけではないが、いつか翔太のほうから連絡をよこしてくるような予感はあった。

フューチャーシティの開発は、そのコンセプト設定の遅れと曖昧さもあって、一つの方向に向かっていない。多数のまとまりのないプロジェクトが好き勝手に進行しているような状態で、遠くないうちに暗礁に乗り上げるのは目に見えていた。おそらく、翔太からの連絡は、この問題について知恵を貸してほしいというものだと思われた。

フューチャーシティの構想に一本の芯を通すためのアイデアであれば、歳三にはいくらでもあった。かつて翔太に授けた構想は、その中でももっともスケールが大きく、自信のあるものだった。

エントランスのエレベーターが開き、翔太が現れた。

「ご無沙汰しております」

歳三が挨拶をすると、翔太は無言でうなずきを返す。

エレベーターの中で、翔太は歳三に「いつか、あなたがここを訪れた時にしていた話をもう一度してくれませんか？」と言った。

「天才が生まれる街、ですか？」

「ええ、もしかしたらあなたの案なら、いやあの案しかない」

広々とした会議室へ通され、翔太と向き合う位置に座る。テーブルは純白だったが、椅子は赤や緑、黄色といった原色のものがランダムに配されており、目がチカチカした。

「初めにお聞きしたいのですが、あなたの案はハッタリではないのですね？」

「ご冗談を」と歳三は言った。

「ハッタリなど生まれてこのかた、言ったことがありません。フューチャーシティは未来の世界を作る天才を作る場にすることがもっとも価値を生み出せると確信しています」

「力を貸していただきたいのです」そう言って翔太は頭を下げた。再び顔を上げると、翔太の目には強い光が宿り、こちらを射すくめるようだった。

「ずいぶんと情熱的ですね。まるで人が変わったみたいだ」

翔太はぽつりと言った。

「父を超えたいのです。いえ、あなたの言葉を借りるなら、父を殺したい」

歳三は吹き出した。

「確かに私はそんなようなことを言いましたが、それにしても物騒なことをおっしゃる。要はお父上に認められたいということでしょう？」

いいえ、と翔太は首を振った。

「もう父に認められる必要などありません。私は父をトヨトミ・グループのトップから引きずり下ろすのですから」

ははぁ、と歳三は唇を歪めて言った。

「フューチャーシティに親会社のトヨトミが介入してきたわけですね」

「ええ、しかしトヨトミはフューチャーシティのプロジェクトだけでなく、この会社自体に介入してきています。あなたの見立てどおりだ。だから、私はあなたを信じます」

「しかし、フューチャーシティとお父上を引きずり下ろすことがどうつながるのです？」

「賭けをしたんです」

「賭け？」

「フューチャーシティのある裾沼市が、フューチャーシティとの協力をやめ、距離を置こうとしていることをご存じでしょう？」

歳三がうなずくと同時に翔太は言った。

「私が裾沼市の田所市長を説得し、翻意させることができたら、父は社長の座から退く、と」

「なんともすごい！　日本経済、いや世界経済を揺るがす賭けだ！」

テーブルをばちんと叩き、天を仰いで大笑した歳三だったが、あくまで真剣な翔太が目に入り、すぐにその笑いを引っ込めた。

「私こそハッタリなど言いません。あなたのアイデアなら市長を説得できると思うのです」

できますとも、と歳三は胸を張る。

「日本の未来を変える試みです。これに共鳴しないようなら政治家失格だ」

翔太は立ち上がる。

「これから市長に会います。あなたにも来ていただきたい」

情で動くな、と自分の中のもう一人の自分が警鐘を鳴らしたが、歳三はその声を無視した。たしかに、今の自分は翔太の熱意にほだされているのかもしれなかった。父・織田善吉ならこんな選択はすまい。

しかし、冷徹さの限界も、歳三はよく知っていた。相手と心を通わせ、混じり合わせることこそビジネスの醍醐味なのだ。父の末路は、最後までそれができなかった哀れな男のもののように歳三には思われた。

それに、翔太に力を貸してやりたいという情だけで動いているわけではなかった。自分の構想がフューチャーシティに採用されたことに興奮していた。

歳三も立ち上がった。翔太の手が伸びてくる。それを力強く握り返した。

未来へ

裾沼市長の田所誠は幸いにも在庁していたが、アポイントなしの訪問とあって、会議室で翔太と歳三は三十分ほど待たされた。東京からクルマを飛ばしてやってきた二人だったが、裾沼市に着く頃には日が傾いていた。こちらでは雨は止み、晴れ間が見えた。雄大な富士の向こうに太陽が隠れていき、その裾野があかね色に染まる頃になって、ようやく市長は現れた。

今日はどうしましたか、と市長は水を向けたが、先日の会合を思い返すと、翔太はどう話を切り出したものかためらった末に、まず頭を下げた。

「フューチャーシティのことです。これまでは市長や職員の方々に詳細をお知らせできずに申し訳ございませんでした」

「こちらは?」と市長は歳三のほうに目をやると、歳三はすぐに名刺を出して、挨拶をする。

「選挙期間中から、注目して見させていただいていました。過激とも言える少子高齢化対策と人口減対策で話題をさらってきた市政の革命家だ。お会いできて光栄です」

持ち上げてみせた歳三だったが、市長はにこりともせずに「私には時間がありません。ご用件をお聞きしましょうか」と言った。

前回会った時も思ったが、半ば以上が白くなった癖の強い髪が伸び放題に伸び、頬や口元は無精髭に覆われた市長は、ふだんは温厚だが敵には迷わず牙を剝くライオンを思わせた。

「単刀直入に言います。もう一度フューチャーシティに協力していただきたい」

「それはお断りしたはずです。今の裾沼市に必要なことはもっとほかにある、とね」

「ええ、そして今の自治体には、いつ実るかわからない果実を待つ余裕がない、ともおっしゃっていました。しかし、貧すれば鈍する。未来への種まきを怠ったら余計に先細りになります。それは自治体も企業も同じでしょう」

「むろん、心得ていますし、未来への準備はしているつもりですよ。しかし、この手の先進的な計画は、住民の理解を得るのが難しいのです」

そう言うと、市長はさりげなく時計を見た。ダメか、と翔太は諦めかけた。しかし、またここを訪問するつもりだった。市長がフューチャーシティへの理解を示し、共鳴してくれるまで、何度でも。

すみません、後の予定がありまして、と市長は立ち上がった。待ってください、と追いすがる。

「あなたが裾沼市にどんな未来を見ているのかはわかりません。しかし、私の描いている未来のほうが大きく、魅力的だということだけは言えます」

「私は、子どもの頃から市長になることを夢見てきた人間です。聞き捨てなりませんね」と市長は少し苛立った表情を見せた。

「もうお帰りください。突然やってきたかと思ったら、一度断ったことをまた持ち出してくるし、私の施策にケチをつけるし。不愉快だ」

「田所さん。あなたは無所属でしたね」

歳三が出口に向かおうとする田所に声をかけた。田所は振り返る。

「ええ、そうですが」

「日本の首長は、ある意味で大統領と同じで、住民に直接選ばれる。だからこそ自分の政策を、直接進められる」

よくご存じで、とでもいうように田所は少し目を細めた。

「つまり国政に出るよりもよほどスピード感を持って仕事ができるし、大胆に改革ができる立場だ。

でも、日本の首長はそれをやらないのです。これはなぜなのですか？」

「私は痛いほどそれを知っていますよ。選挙中に改革を訴えて無所属から当選した人間はこれまでに何人もいますが、彼らはなぜか市長に就任すると議会の目を気にし、与党サイドと和解しようとするのです。与党の公認を得ている前の市長の政策に異を唱えて選挙戦を戦ったのに、当選したら手打ちにしようとする。そうなるとやろうとしていた改革などもう進められない。そして彼を選んだ住民たちは失望するのです。ああ、結局この人も与党に取り込まれたのだ、と」

「あなたは、今のところそうなっていない」

「あたりまえだ！」と田所はライオンのように吠えた。

「私は権力を固めたいわけではない。市民に奉仕したいのだ！」

「田所さん、私は裾沼市の市長があなたに変わってよかったと思っています。前市長は与党系でフューチャーシティの誘致に前向きでしたが、我々がやろうとしていることを知ったら難色を示したでしょう」

以前からフューチャーシティの担当者だったかのように話す歳三は役者だった。おそらく彼は、途中からプロジェクトに加入して交渉ごとに加わることに慣れているのだ。

「彼はフューチャーシティについて何も知りませんでしたよ。せいぜいがテーマパークができるくらいのことだと思っていたのではないですか」

「ご高齢でしたし、無理もありません。しかし、あなたならフューチャーシティが持つ意味をわかっていただけると思うのです」

歳三に加勢するように、翔太は目に力を込め、強くうなずいてみせる。

「お時間がないようだ、一言にまとめましょう」

そう言って歳三はこちらを見た。つられて田所の顔もこちらに向いた。えっ、と翔太は思わず目を泳がせた。

フューチャーシティを一言でまとめる？　頭が真っ白になる。「天才が生まれる街」と言えばいいのだろうか。いや、それでは歳三がこちらに続きを促した意味がない。自分の言葉で言え、ということなのだろう。

数秒の間、翔太は考えたが何も頭に浮かんでこない。顔から汗が噴き出してくるのがわかった。田所の顔が怪訝なものに変わっていく。もう、どうにでもなれ、と翔太は叫んだ。

「裾沼市は第二のシリコンバレーになるのです！」

歳三がにっこりとする。口から出まかせだったが、どうやら気に入ったらしい。田所も興味を持ったようだった。翔太は畳み掛ける。

「少子化対策も人口流入政策も大切ですが、他の自治体から住民を奪っているだけだとも言えます。もう今の日本は国内で人の奪い合いをしている場合ではない。新しい産業、新しいビジネスを生み出さなければ国ごと沈没してしまう。日本はもうそういう段階に入っているのです。私はそれをどうにかして止めたい」

歳三に続いて田所の政策を真っ向から否定し、怒られるかと思ったが、意外にも田所は深くうなずいただけだった。

「田所さんの政策が裾沼市の二十年後を見据えたものなのだとしたら、フューチャーシティは日本の百年後を見据えています。ゼロから一を作り出せる人間、あるべき未来を想像し、そこから今すべきことを逆算して設定できる人間、つまりこれまでの日本の教育では作ることができなかった人間が次々に生み出される街にしたい。裾沼市にもそこに加わっていただきたいのです」

「つまり、フューチャーシティは教育を中心に据えた街づくりをするという理解でいいのですか？」

ええ、と翔太は力強く言った。

「トヨトミの持つ技術とノウハウをすべてこの街に開放します。トヨトミにはせっかく蓄えたこうした知財を活用する能力はありません。ならば、社外に提供したほうが有益です。大学や企業の研究所を誘致し、トヨトミの持つ特許を自由に使わせ、新しいアイデアをどんどん実装できる環境を作る。小中学校とも連携し、空想やアイデアが実現する経験を積ませるのです。幼いうちから創造性を鍛え上げられた子どもたちは大人になり、日本各地、いや世界に散ってそれぞれに活躍するでしょう。逆に、裾沼市で子どもを育てたいと思う親も出てくるはずです。そしてこの地で実力を試してみたいと考える野心を持った若者も」

「人間の快適さのみのために技術を使うことには、もともと私は反対でした。それで助かる人もいるのでしょうが、人が本質的に持つ怠惰さに拍車がかかるようでね」

田所が続ける。

「だから、正直トヨトミが対外的に出しているフューチャーシティのイメージにはあまり魅力を感じませんでした。しかし、あなたの言うことが実現するのなら、確かに、日本の沈没を止められるかもしれない」

　そう言った田所は懐からスマートフォンを出し、電話をかけ始めた。相手が出ると、すみませんと詫びた田所は、

「急用が入ってしまいまして、お打ち合わせをリスケさせていただけませんか」

　と申し出て、電話だというのに律儀に相手に頭を下げた。それを見た歳三がこちらを見てにんまりとした。翔太も満面の笑みを返す。伝わったのだ。フューチャーシティのコンセプトが。話したことは車中で歳三から聞いたことの受け売りなのは情けないが、自分の熱意が一人の人を動かしたのは確かだった。

「さて、後の予定はなくなりました」と田所は言った。

「市長室に行きましょう。もう少し詳しく今の話をお聞かせください」

身の振り方

　翌週の週末。高杉文乃は三河湾に臨む海辺にそびえるトヨトミ自動車の役員専用研修施設「友愛」の門前にいた。呼び出したのは豊臣翔太だったが、午後十一時という時間、そして一人で来るようにという要望はいかにも奇妙で、警戒を催すものだった。

　周囲にはヨットハーバーやリゾートホテルが立ち並び、十分に明るかったが、「友愛」の付近には人気がなかった。沖合にはいくつかの船の明かりが瞬いていた。

三日月の静かな夜だった。約束の時間ちょうどに、近づいてくるヘッドライトが見えた。文乃の目の前に止まったトヨトミ・グランドカイザーの運転席の窓が開き、翔太が顔をのぞかせた。

「ついてきてください」と翔太はいい、門前のセキュリティキーを解除すると、施設へと続く重厚な門が開いていく。ゆっくりと駐車場に入っていくクルマの後を追った。

翔太は一人ではなかった。ボロボロのスーツと垢《あか》じみたシャツを着た連れの男を見て、文乃は目を見張った。日商DX（デジタルトランスフォーメーション）アワードの授賞式で話しかけてきた正体不明の男だった。

ますます話が見えない。この男は誰なのか。そして翔太は何をしようとしているのか。漠然とした不安に駆られたが、そんな文乃を気にすることもなく、二人の男は施設内に入って行った。

茶色が基調の見た目こそ地味だが、施設内は絢爛《けんらん》そのものだった。館内には大浴場や和洋中それぞれの超高級食材を取り揃えた食堂、ビリヤードルーム、ボルダリングルーム、シアタールームなどが並び、研修施設というよりも高級リゾートホテルとみまごう充実ぶりだ。

館内通路のところどころにある窓からは施設内のヨットハーバーに並ぶ大小さまざまなヨットが風の凪《な》いだ夜にまどろんでいるのが見えた。広大な庭園にはグランピング向けのログハウスが並んでいる。小ぶりな球体のテントは、おそらく屋外サウナだろう。

翔太は慣れた足どりで、館内をずんずんと進み、施設中央の広大な吹き抜けの脇にあるエレベーターに乗った。

三階でエレベーターが止まった時、文乃は意を決して翔太に尋ねた。

「あの、これから何をするんですか？」

翔太は無表情に「この間の続きです」と言った。

「メディアの方がいたほうがいい」

続き、とは佳代から預かった動画を見た時の続きということだろう。あの時、翔太は「父を許さない」と言っていた。

三階はスポーツジムになっていた。翔太はそこをのぞいたが、誰もいない。次に通路を突き当たりまで歩き、大きな木製の扉をノックした。ここも反応がなかった。

「ここが父の執務室なのです。しかし、いないな」

そう言った翔太は少しの間頭を巡らせていたが、意を決したように扉を押した。ぎぎぎ、と重々しい音をたてて扉は開いた。

執務室に統一の姿はなかったが、エボニー材のデスクの上の開きっぱなしになったノートパソコンや、まだ湯気が立っているコーヒーカップからは人の痕跡がうかがえた。

翔太に続いて室内のペルシャ絨毯を踏む。こんなところに入ったメディア関係者は自分だけだろうと思うと、興奮した。物珍しくきょろきょろと周りを見回す文乃をよそに、翔太と男はデスクの脇の南側の壁にあるドアの前に立った。

「おそらく、ここでしょう。お見苦しいものを見せるかもしれませんが、ご容赦ください」

翔太はそう言うと、ドアを一気に開いた。潮の香りのする風が吹き出してくる。

「誰だ！」と中から声がした。トヨトミ自動車担当の文乃には聞き慣れた声だった。

豊臣統一はガウンを羽織り、海に臨むバルコニーに立っていた。窓は開いていて、海からの風が室内に吹き込んでくる。翔太の顔を見ると、手に持ったワイングラスが落ち、軽い音をたてて割れた。

かたわらには、ネグリジェ姿の若い女が、やはり目を白黒させて、三人の姿を見ると統一にしがみついた。三十代半ばと思われる、派手な顔立ちの女だった。この女が噂の愛人だろう。豪奢《ごうしゃ》な部屋だった。六〇畳はあるであろう広々とした室内の西側の壁は全面が飾り棚になっており、統一が女に買い与えたものと思われる宝石類が、薄暗い室内で静かに輝いていた。ほかの壁にはラリーレースに出場した時の統一の写真がところ狭しとかけられ、中央にはキングサイズのベッド。その脇にはラリーで使用したクルマが飾られている。ベッドは生々しく寝乱れていた。

「賭けは僕の勝ちだ」

翔太が言った。その声に勝ち誇った色はなかった。深く失望した時の、暗く陰った声だった。

「裾沼市長は翻意したよ。フューチャーシティと連動させる形で、新しく都市計画プランを立てるそうだ」

「バカな！　そんなに簡単に自治体は方針転換するのか」

「田所市長はリーダーシップのある政治家だし、議会に忖度しないよ。父さんとは違う、志のある独裁者だ」

統一の唇がわなないた。それ以上に驚いていたのが文乃だった。大スクープである。しかし、目の前で進行している出来事のほうが、さらに大きなことだった。統一は翔太との間で何を賭けたのだろう。

「約束どおり、僕はTRINITYに残留だ。プロメテウス・ネオのリコール処理は誰かほかの人にやらせてくれ」

統一が唇を噛んだ。わかった、と呻《うめ》くように言ったが、その声はかすれ、波音になんなくかき消された。

「次は父さんの番だ。どちらを取る？　僕は別にどちらでもいいよ」

すると、統一は隣の女にちらりと目をやった。

「その連中は誰なんだ」と統一は声を震わせて言った。

「フューチャーシティに入っていただく織田歳三さんと、日商新聞の高杉さんだよ」

その瞬間、統一は激昂して叫んだ。

「こんなところに記者を呼ぶとは！　おまえ、正気か⁉」

正気も正気だよ、と翔太は無表情に言い、そして文乃のほうを向いた。

「父とは賭けをしていたのです。私が裾沼市長を翻意させ、再び市をフューチャーシティに巻き込むことができたら、父はトヨトミの社長を退くか、その女と別れる」

ええっ！　と甲高い声が響いた。翔太の言葉に衝撃を受けた文乃は、それが自分の声だと錯覚したが、叫んだのは愛人の女だった。

「さあ、決めてもらおうか。どちらにする？」

「いっちゃん！　どうしてそんな約束をしちゃったのよ！」と女は金切り声で統一のガウンの袖を

つかんで詰め寄った。

「私を捨てないよね！　いつか奥さんにしてくれるって言ったよね⁉」

興奮してまくしたてる女を見て、翔太は軽蔑しきったように言った。

「家に大反対されたのを押し切ってまでした結婚だったのに、その末路はこれか。母さんが気の毒で仕方ないよ」

統一が何かを言いかけたが、それはもう言葉にならなかった。

「まあ、お相手もいることだし、身の振り方はゆっくり考えてくれよ。僕らはもう行く」

翔太は執務室のほうへと踵を返したが、ドアの前で統一を振り返り、バルコニーで呆然《ぼうぜん》とする統一に叫ぶように言った。

「そうそう、辞めるでも女と別れるでもどっちでもいいんだけど、どっちにするにしてもトヨトミからＴＲＩＮＩＴＹに送り込んだＣＥＯはどかしてくれ。代わりに父さんが追いやった博芳さんと寿郎さんに手伝ってもらおうと思うんだ」

豊臣博芳《とよとみひろよし》とは統一の従弟にあたる人物で、豊臣一族の中でも群を抜いた秀才だった。もともとはグループ企業の尾張電子で順調にキャリアを重ねていたが、カミソリのように頭の切れるこの分家の逸材と比較されるのを恐れ、また翔太への世襲の障害になることを懸念した統一によって子会社の「尾張電子セールス」に飛ばされ、今ではそこの顧問になっていた。

寿郎《としろう》とは統一の姉・美賀子《みかこ》と経産官僚だった広畑泰寿《ひろはたやすとし》の間の子であり、統一の甥、翔太の従兄にあたる。トヨトミ本体で順調にキャリアを積んでいたのだが、統一の父である豊臣新太郎との思い出話を社内で吹聴していたのが統一の耳に入り、「傍流の人間がおこがましい。地の果てまで飛ばしてやる！」と激怒した統一によってアフリカ営業部に左遷されていた。

ちなみに美賀子は今、統一の父である豊臣新太郎の妻・麗子の身の回りの世話を一手に引き受けている。麗子にトヨトミの内情や自分の素行について話されるのを嫌った統一が、それまでトヨトミから派遣していた家政婦兼秘書を引き上げさせたらしいが、このあたりも統一がこの研修施設に入り浸る理由なのかもしれない。息子の件で関係が冷え切っている姉と自宅で顔を合わせたくないのだ。

今、自分はとんでもない場面に立ち会っている。信じられない思いで文乃は目の前の光景を見守っていた。分家を遠ざけ、翔太への世襲を盤石にする。その統一の目論見が、内側から崩れようとしているのだ。

「やめろ！　分家の人間に頼るのは許さん！」

統一は真っ青になって言った。

「やめないよ。誰であれ、優秀な人に裁量とポストを与えるのは経営者の基本のき、だろ」

統一はバルコニーから室内に入り、酔いのためか動揺のためかふらふらとおぼつかない足取りで翔太のほうに歩み寄った。女も統一を追って室内に入ったが、翔太のほうへは行かず、ベッドに腰掛けて身体にブランケットをまといつけた。

「おまえのためを思って言っているんだ。それだけはやめろ」

「僕はぼんぼん息子さ」と翔太は言った。

「誰かに助けてもらわなきゃ、何もできない。だから、本家だろうが分家だろうが、一族ではない人だろうが、助けてもらうことだけは厭わない。本家のプライドなんて、トヨトミの発展の邪魔になるだけだよ、父さん」

翔太は、統一の肩に手を置き、じゃあ行くよ、と言い残した。そして、歳三と文乃に目配せをすると、執務室の扉を開けた。文乃が寝室を出る刹那、女が統一のほうに駆け寄るのが目の端にちらりと見えた。

終章　さまざまな桜　二〇二三年　四月

文乃の謎解き

名古屋市鉄道豊臣線の豊臣市駅の改札を出ると初春の柔らかな微風が頬をくすぐる。ロータリーにはいたるところに今散ったばかりの桜の花びらが落ち、風に吹かれて少しずつ位置を変えていた。社を出るのが遅くなり、時間がなかった。タクシーがつかまるか不安だったが、幸いタクシー乗り場には数台のタクシーが列を作っていた。春の陽気に誘われたのか運転手らは外に出て立ち話をしている。

「トヨトミ記念ホールまでお願いします」

先頭のタクシーに乗った文乃が運転手に行き先を告げると、タクシーは静かに走り出した。トヨトミ記念ホールでは、二月に亡くなったトヨトミ自動車名誉会長の豊臣新太郎を偲《しの》ぶ会が開かれる。

トヨトミセレモニーホール、トヨトミ斎場、パーラートヨトミ……目につく看板は「トヨトミ」の名を冠したものばかりだった。まさにトヨトミの城下町である。行き交うクルマも圧倒的にトヨトミ車が多かった。

そんな中で、ときおり配送用の小型ＥＶトラックが、住宅地が並ぶ道の狭い区画に分け入っていくのが見えた。京都の洛北大学の学内ベンチャーである「Ｅフラット」が織田電子と共同開発した商用の小型トラックである。安価で、小回りが利き、環境への配慮が行き届いたトラック。Ｅフラットと織田電子は運輸業界のＥＶ需要を見事に捉え、このトラックは静かな大ヒット商品となっている。

織田電子のＣＥＯに返り咲いた星渉が先月の会見で語ったところによると、両社は今年の夏から乗用車にも手を広げて、航続距離は六〇キロほどだが四〇万円ほどで手に入る小型ＥＶの開発に取りかかるという。技術的にはまだまだ大手メーカーには及ばないが、需要を見抜く目のつけどころがいい。案外、日本でのＥＶの火付け役は彼らなのかもしれない。

そんなことを考えていると、タクシーがトヨトミ記念ホールに到着した。どうやら開始時間には間に合ったようだ。

新太郎の葬儀はすでに近親者のみで行われたという。受付を済ませホール内に入ると、見知った財界関係者やマスコミ関係者の顔がちらほらとあった。近くにいる人には直接挨拶し、遠くにいる人とは目で挨拶を交わした。

あの夜のひと月半ほど後の昨年十二月九日。トヨトミ自動車社長の豊臣統一は退任し、後任には技術畑一筋の照市茂彦《てるいちしげひこ》が就くことが発表された。今後は会長として財界活動に注力するという統一は、先月の退任会見で「クルマ屋の限界」という言葉を口にした。

つまり、技術革新によって激変する自動車業界は、もはや製造業出身の人間が率いていけるものではないという意見表明である。辞任の内情を知っている文乃はその退任理由に苦笑を禁じえなかったが、これはこれで統一の本心でもあるのかもしれない。

翔太は統一に社長辞任か、愛人と別れるかどちらかを選べ、と突きつけた。ということはまだ愛人とは続いているということだろうか。

文乃が調べたところ、愛人の飯山夏帆は名古屋でコンパニオンの派遣会社を経営していた。同業者の組合に入っていないため、料金を他社と揃える必要がない飯山の会社は、一時期は価格の安さと所属コンパニオンのボディタッチの過激さで人気だったようだが、二〇二一年頃からコロナの影響からか資金繰りが悪化しているようだった。今の飯山は何があっても愛人稼業はやめられないのではないだろうか。

偲ぶ会のオープニングは、三月にトヨトミ社長を退任し、会長に就任した豊臣統一のスピーチだったが、統一はトヨトミのことには触れず、亡き父との思い出を語るのみだった。ここ数ヵ月の奇妙な体験にまつわる人々の名前は、当然ながらいっさい出てこなかった。統一が語ったのは、あくまでもトヨトミと豊臣家の表の歴史だった。

別れの言葉を述べるために登壇した面々の顔ぶれは圧巻だった。大手広告代理店の電商と大報堂、JR中部、大日鉄、大手自動車メーカー、そしてマスコミ各社はすべて社長か会長が出席していた。

文乃は昭和の時代を体験していなかったが、新太郎の死によって実業界からまた昭和を代表する人物が消えていく寂寞感《せきばくかん》を会場が共有しているのは感じとれた。

退任してもなお、トヨトミに残る統一の不気味な存在感に気づいたのは、献花の際に一般参加者の列にトヨトミ自動車の元社長である丹波進《たんばすすむ》の顔を発見した時だった。通常、社長経験者は関係者席に招待されるはずだ。一般参加者としてサプライヤーや子会社の人間と共に献花する丹波を見て、豊臣本家の人間以外は人とも思わない統一の影がちらついた。

会が中盤にさしかかった頃、出入り口のほうをふと振り向いた文乃は、会場を出ていく見覚えのある人影に気づいた。瞬時に立ち上がり同列の出席者の膝の前を謝りながらそちらに急いだが、人影はすぐに見えなくなってしまった。

ようやく出入り口に辿りつき、外に出たが見当たらない。あちこちを見回しながら探し回ると、エントランスを出たところの車寄せに、その人はいた。ひょっとしたら来るのではないかと文乃が期待していた人物だった。

「住谷さん！」

佳代が座る車椅子を息子の昭一が押していた。タクシーの扉が開き、運転手が車椅子を乗せようと出てきたところだった。

文乃に気づいた佳代は運転手を制すと、こちらに向き直り、微笑みながらも呆れたように言った。

「どこにでもいるのね、あなたは」

幸い、運転手が車の中に戻ってしまうと辺りには誰もいなかった。私はまちがえていたようです、と文乃は佳代に言った。

「あなたは統一さんのお母さんではありません」

佳代は以前会った時と比べるとずいぶんと痩せたようだった。今日は喪服を着て、首元にはピアスと揃いのパールのロングネックレスを二連にしてかけていたが、鶴のように細くなった首が痛々しかった。それに、車椅子。身体の調子が悪いのだろうか。

佳代は文乃の言葉を肯定も否定もしなかった。ただ、静かに「あなたの想像を聞きましょうか」と言った。

「ずっと引っかかっていたんです。あなたは豊臣翔太さんを孫と呼んだ。でも、統一さんの母だとはけっして認めなかった」

すみません母は体調が悪いのです、と昭一が車椅子をタクシーのほうに向けようとしたが、佳代は大丈夫よ、と止めた。

「私はあなたが統一さんのお母様なのだと考えていましたが、あなたの話を聞いて何かおかしいと思ったんです。あなたは嘘は言っていませんでしたが、本当のことも言っていなかった」

車椅子の車輪がかすかにきい、と音をたてた。佳代が身じろぎしたのか、それとも昭一が車椅子を動かしたのか。

「何がおかしかったんでしょう？」と佳代は少し首を傾げた。

「統一さんと清美さんがアメリカで出会った話です。あなたは清美さんがウェイトレスをしていたとおっしゃっていました。でも清美さんは三友銀行の頭取令嬢ですよ。留学先でウェイトレスの仕事をするなんてありえません」

相手の頬がかすかに引きつるのがわかった。おそらく、自分の想像はまちがっていないのだ。

「あなたは、統一さんの奥様の清美さんのお母様だったんですね」

無反応。しかし、文乃は自分の予想に手応えを感じた。昭一の顔が明らかに陰ったからだった。

「以前に取材協力をお願いした『名古屋財界の戦後七十年史』を覚えていますか？」

「ええ」と、佳代はゆっくりとうなずいた。

「日商の東京本社でもあの企画特集を組んでいたんです。つまり『東京財界の戦後七十年史』です。あなたの話に持った違和感がどこからくるのかわからなくて、私は最初から話を整理しようと、あなたと接触するきっかけになったこの企画特集の資料を最初から調べ直しました。その中に、三友銀行の頭取だった田臥満津夫さんのご家族の写真があった。つまり、豊臣統一さんの奥様の清美さんのお父様です。それはどこかの写真館で撮影されたものでした」

佳代の息遣いがかすかに荒くなる。しかし、ここでやめるわけにはいかなかった。

「おそらく何かの記念日に家族全員で撮ったものでしょう。そこに写っていたのは田臥さんと奥様、それと高校生くらいの男の子が二人。写真の日付は一九六五年。清美さんはまだ小学生くらいの年齢でしょう」

そこで、昭一が深くため息をつき、ちらりと佳代のほうを見下ろした。佳代の表情は依然として動かない。

「認めませんよ、私は」

ええ、と文乃は言う。

「でも、事実としてそこに清美さんは写っていませんでした。それだけならたまたま病気をしていて写真撮影に参加できなかったとも考えられます」

そこで言葉を切り、二人のほうを見た。佳代は微笑みを絶やさなかったが、昭一の顔はこわばり赤みを帯びていた。

「でもね、清美さんには知美《ともみ》さんという妹がいるんです。その知美さんは、昨年辞任されましたが、トヨトミのディーラー企業であるレッツトヨトミ名古屋で社長をされていた保科道康さんの奥様だという噂があります。彼女も写真には写っていませんでした」

母さん、と昭一が佳代の肩に触れた。佳代は自分の手を静かに彼の手に重ねた。

「調べたら、田臥さんにはもともと娘がいないんですよ。そして、東京本社に確認したら、三友銀行からこの写真を紙面に掲載しないでほしいと強い申し入れがあったと。三友銀行は日商のメインバンクということで、その意向を汲んで掲載はしなかったようです」

「その二人が私の娘だとおっしゃるの？」

佳代が言った。声に生気がなく、弱々しい響きだった。

「一昨年の九月、私が保科さんを取材していた時のことです。取材中に保科さんの携帯電話に着信がありました。発信者は住谷佳代さん、あなたでした」

そこで初めて佳代の顔色が変わった。文乃の言葉を聞いてから表情が変わるまでに一瞬の間があった。これまでの佳代の反応とは明らかに違う。それはおそらく演技ではなかった。

「保科さんはあなたのことを〈遠い親戚〉だと言いましたが、私はそれを嘘だと思っていました。その時はあなたがディーラーによる暴力団へのクルマの横流しに積極的な関与をしていると考えていたから、保科さんがあなたとの関係を取り繕っていると思ったんです。でも、そうじゃなかった。あなたと保科さんは本当に〈親戚〉だった。その電話の要件まではわかりませんが……」

「釘を刺したんです」

佳代が静かに言った。

「えっ？」

「尾張モータ一ズの件を知って、これはどのトヨトミディーラーも手を染めかねない問題だと思いました。だから保科に電話をして妙なビジネスを始めないように言い含めたんです。彼らは暴力団との取引はやっていない。そこはあなたがまちがっています」

「では、正しいところはどこなのでしょう？」

「たしかに私は娘を田臥家に養子に出しました。ただ、それは上の娘の清美だけです。知美は私の娘として保科家に嫁いだのです」

がくり、と昭一が顔を落とした。

「なぜ清美さんを養子に出したのですか？」

「以前、お話ししたように、アメリカ時代にあの二人は知り合い、結婚を誓い合う仲になりました」

「あなたはそれを早い段階から知っていた？」

豊臣新太郎との関係を暗に尋ねたつもりだった。佳代は記念ホールのほうにちらりと目をやって言った。

「まあ、驚いたのは確かです。あの人から聞いた時は」

「その……お互いの子ども同士が恋仲になったということですよね。あなたと新太郎さんはどう思ったんです？」

愛人関係にある二人の子ども同士が愛しあい、結婚する。どんな心情になるのか文乃には見当もつかなかった。

「結婚の話が出た時、これは家柄が問題になるとすぐにわかりました。そもそも、結婚については新太郎さんの奥様の麗子さんが強く反対していました。それはもしかしたら新太郎さんと私の関係に気づいていたからかもしれません。新太郎さんにしても、表立って結婚に反対していたわけではなかったけど、豊臣本家の長男に嫁ぐのはそれなりの家の娘でなければいけないと考えていた。だから、そもそも無理があったのです。私はただの女優あがりの水商売の女でしたし、夫は大学教授でしたが家柄がいいわけではありませんでした。ですが、この結婚に一番こだわったのは統一さんでした。どうしても清美と結婚したいと譲らなかったのです」

「そこで出てきたのが田臥家に養子に入るという話だった」

ええ、と佳代は言い、その後しばし黙り込んだ。呼吸が乱れ、肩で息をしていた。昭一が、また後日にしてもらおうよと囁いたが、再び佳代は話し始めた。

「田臥家なら家柄としては申し分ない。笑ってしまったのは、麗子さんは養子縁組の話が出た途端にピタッと結婚に反対しなくなったらしいの。あの人にとっては、結婚は人と人のものではなく、家と家のものなのでしょう。その麗子さんの意向で、二人は見合い婚だという演出がされた。実際に見合いまでしてね」

「豊臣家に対してはどんな感情を持っているのですか？」

残酷な質問だと思いつつも、文乃は聞かずにはいられなかった。佳代は遠くを見た。さまざまな思いが交錯しているはずだった。絞り出した言葉はかすかに震えていた。

「そりゃあ嫌でした。私は私なりに新太郎さんを愛していた。その人からおまえの家とは縁組できないと言われたのは、屈辱だったと言っていいかもしれません。でも、私が翔太さんに対してしたことは、そんな感情とは関係がありません。遠目で見て、殻を破れない孫がもどかしかっただけです。そこに、あなたが現れた」

そして、小さく「感謝しています」と言った。

春の風が軽やかに佳代の長いまつ毛をそよがせた。佳代の膝のあたりに、どこからか舞ってきた桜の花びらが一枚落ちた。さて、と佳代はその花びらを指でやさしく払って言った。

「私の話はここでおしまい。そろそろ行くわ」

後ろを振り向いて目配せをすると、昭一は再び車椅子をタクシーのほうに向けた。

「高杉さん！」と遠くから呼ぶ声がした。振り向くと、翔太がホールのほうからこちらに走ってくるところだった。

「いらっしゃっていたんですね」と息を弾ませる翔太は、前に会った時よりもどこか精悍に見えた。

その翔太は文乃のかたわらの車椅子に気づき、佳代のほうを見た。

動画の老女だとすぐにわかったのだろう。翔太はしゃがみこみ、佳代と目線を合わせた。

「ありがとう」と翔太はおそるおそる、佳代の手をとった。そして付け加えるように「おばあちゃん」と言った。

佳代は目を細めて、その手を握り返した。

文乃には聞き取れなかったが、「がんばるのよ」と言ったのだろう。翔太は何度も、何度もうなずいていた。

「きっと、もうお会いすることはないでしょう。どうか、みなさまお元気で」

佳代は最後に満面の笑みを見せ、タクシーに乗せられた。昭一はもう誰からも引き止められぬよう、運転手に行き先を告げる。

去り際、佳代は窓ごしに会釈をし微笑んだ。それに応えるように翔太は大きく手を振った。タクシーが発車する。豊臣駅の方面にゆっくりと走り去っていくタクシーの後ろ姿を見ながら、文乃はこの数ヵ月で遭遇した奇妙な出来事の連続に思いを馳せていた。記事に書きたいが、書いていいのだろうか。

もし記事にできなかったら、いつか本にまとめたい。しかし、どうまとめたものか、どこから語り始めたものか、見当もつかなかった。この話を書くのなら、トヨトミ・グループの創始者・豊臣太助のことから始めなければならない。それに、ノンフィクションにしようか、それとも虚実交えてフィクションにしようか。書いたところで出版できるのだろうか。書き上げる頃には、トヨトミの社長は翔太になっているかもしれない。こんな本が出るとわかったら、翔太は父親譲りの癇癪を起こして怒り狂うだろうか。それとも、鷹揚《おうよう》に許してくれるだろうか。

どう書くかも、そもそも自分にこんな大きな話が書けるかもわからない。でも、とにかく書いてみようと思った。それに、タイトルだけは決めている。

東の山側から強い風が吹き、桜の枝を揺らした。花びらが舞い、翔太と文乃の頭や肩に落ちる。桜吹雪の向こう側のタクシーは角を曲がり見えなくなった。

佳代の言うとおり、もう彼女に会うことはないのかもしれない。しかし、佳代は文乃が構想する本の中で生き続けることになる。本のタイトルは、もちろん『トヨトミの世襲』だ。

〈了〉

引用出典『オペラ対訳シリーズ13　仮面舞踏会』（戸口智子訳　音楽之友社）

本書は、『週刊ポスト』誌上に
二〇二一年十一月十九・二十六日号から十二月十日号まで連載した
「トヨトミの暗雲」に大幅な加筆、修正を施し刊行しました。
登場する組織や人物はすべてフィクションであり、実在の組織や人物とは関係ありません。

梶山三郎（かじやま・さぶろう）
経済記者、覆面作家。
2016年10月18日、『トヨトミの野望　小説・巨大自動車企業』（講談社）で衝撃デビュー。2019年12月、続編となる『トヨトミの逆襲』（小学館）を刊行。本書はシリーズ第三作目。

トヨトミの世襲　小説・巨大自動車企業

二〇二三年十二月五日　初版第一刷発行

著者　梶山三郎

発行者　三井直也

発行所　株式会社小学館
〒一〇一－八〇〇一　東京都千代田区一ツ橋二－三－一
編集　〇三－三二三〇－五九六一
販売　〇三－五二八一－三五五五

ＤＴＰ　株式会社昭和ブライト
印刷所　萩原印刷株式会社
製本所　株式会社若林製本工場

ISBN978-4-09-386700-9

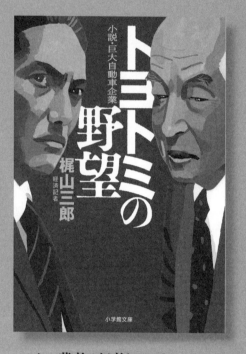